長編サスペンス

異常手口

南　英男

祥伝社文庫

目次

第一章　美女の全裸死体

1

札束が置かれた。

受け皿の底が見えなくなった。だいぶ嵩《かさ》がある。

有働力哉《うどうりきや》は口許《くちもと》を綻《ほころ》ばせた。

赤坂《あかさか》の秘密カジノのチップ交換所だ。みすじ通りに面した雑居ビルの地下一階である。ドアは二重になっていた。

監視カメラだらけだった。奥のフロアには、三台のルーレット台と六卓のカード・テーブルが据《す》え置かれている。ディーラーは全員、白人の若い女性だった。金髪の美女もいる。

非合法カジノを経営しているのは、広域暴力団の二次組織だ。店の支配人はダミーだった。たどたどしい日本語しか喋《しゃべ》れないナイジェリア生まれの三十代の男だ。愛想のいい黒人だった。

有働は改めて札束の厚みを目で測《はか》った。

二百万円以上はありそうだ。また笑みが零《こぼ》れた。ブラックジャックとルーレットで強運に恵まれ、泡銭《あぶくぜに》を得たのである。所要時間は一時間足らずだった。

「二百三十七万六千円になります」

窓口の向こうで、チップ交換嬢が告げた。日本人だ。

二十四、五だろうか。バニーガール風のコスチュームをまとい、胸の谷間を誇らしげに覗《のぞ》かせている。

有働は札束を無造作に受け取った。

麻の白い上着の内ポケットに収《おさ》める。長袖シャツとスラックスは黒だった。

やくざっぽい身なりをしているが、三十七歳の有働は現職の刑事だ。警視庁捜査一課第二強行犯《きょうこうはん》捜査殺人犯捜査第三係の主任で、職階は警部補である。

まだ独身だった。借りているマンションは、世田谷区の下北沢《しもきたざわ》にある。間取りは２ＤＫだ。

「そのうち、また寄らせてもらうよ」

有働はチップ交換嬢に言って、カジノの出入口に足を向けた。長い通路の先に扉《とびら》がある。

六月四日の夜だ。九時を回っていた。

有働はこの春の人事異動で、本庁組織犯罪対策部から刑事部捜査一課に移ったのである。

殺人犯捜査第三係の新係長になった波多野亮《はたのりよう》警部の引きだった。五十一歳の波多野は、異動前まで強行犯捜査第十係の係長を務《つと》めていた。

組織犯罪対策部は、二〇〇三年の改編まで捜査四課と呼ばれていた。暴力団や犯罪集団を取り締まるセクションだ。

有働は二十代の半《なか》ばから暴力団係刑事として裏社会の犯罪を摘発し、組関係者絡《がら》みの殺人事件の捜査を手がけてきた。現在の上司の波多野とは旧知の間柄だ。

一般の殺人事件の捜査は、捜査一課が担《にな》う。しかし、暴力団組員や犯罪集団が関与した殺人事件の捜査は旧捜査四課の組織犯罪対策部が当たっている。

有働は五件の殺人事件を解決に導《みちび》いた。その実績が波多野に買われ、捜査一課に引き抜かれたわけだ。

有働は巨漢で、強面《こわもて》である。大学時代にアメリカン・フットボールで鍛《きた》え上げた逞《たくま》しい体躯《たいく》はレスラー並だ。身長百八十二センチで、体重は七十九キロもある。

それでいて、動作は決して鈍《にぶ》くない。面相《めんそう》はライオンを連想させる。髪は短く、肌は浅黒い。

有働は闇社会の顔役たちにも恐れられていた。

事実、暴《あば》れ者だった。どんなアウトローにも怯《ひる》まない。そんなことから、〝不死身刑事《デカ》〟とか〝番長刑事《デカ》〟と呼ばれてきた。

武勇伝も数多い。胸と腹にはそれぞれ銃創《じゅうそう》の痕《あと》がくっきりと残り、背中には刀傷が斜めに走っている。

有働は下品で粗野《そや》だが、単なる乱暴者ではない。社会的弱者には常に温かな眼差《まなざ》しを注《そそ》いでいる。

といっても、これ見よがしの優しさや思い遣《や》りは示さない。そうしたスタンドプレイを嫌い、ぶっきら棒に相手を労《いたわ》るだけだ。

有働は、狡猾《こうかつ》な人間や凶悪な犯罪者に対しては非情に接している。場合によっては、暴力も振るう。実際、違法捜査を重ねてきた。

有働は、そもそも優等生ではない。十代のころは典型的な非行少年だった。

その体質は、いまだに抜け切っていなかった。刑事でありながら、法律や道徳に縛《しば》られることはない。また、権力や権威に媚《こ》びることは恥だと心得ている。気に入らない上司にはとことん逆《さか》らい、敬語も使わない。警察官僚にも対等な口を利く。そのせいで、キャリアたちには毛嫌いされている。

そんなふうに傍若無人《ぼうじゃくぶじん》ぶりを発揮できるのは、それなりの理由《わけ》があった。有働は警察内部の不正の証拠を握り、上層部の私生活の乱れも知っていた。

そんなことで、本庁警務部人事一課監察室や警察庁の特別監察官も有働の脱線には目をつぶらざるを得ないわけだ。要するに、彼はアンタッチャブルな存在だった。

有働は階段を駆け上がって、雑居ビルの外に出た。

小雨が降っていた。傘は持っていない。

有働は雨に濡れながら、行きつけのクラブ『エトワール』に向かった。

深川《ふかがわ》で生まれ育った有働は、子供のころから浪費家だった。材木商で一時は羽振りのよかった父親の影響だろうか。

月々の俸給は、たいがい一週間で遣《つか》い果たしてしまう。生活費や遊興費《ゆうきょうひ》に窮《きゅう》すると、秘密カジノや賭場《とば》に入り浸《びた》る。毎回稼げるわけではないが、勝つことが多い。

どんなにピンチになっても、暴力団から小遣いをせびるような真似《まね》はしなかった。そこまで堕落するのは生き方があまりにも卑《いや》しい。

有働は二百メートルほど歩き、洒落《しゃれ》たバー・ビルに足を踏み入れた。

エレベーターで五階に上がり、『エトワール』のドアを引く。黒服の男たちが所在なげにたたずみ、七人のホステスは隅のボックスに固まっている。客は誰もいなかった。

「いらっしゃい」

ママの友紀《ゆき》が奥から現われた。

和服姿だった。江戸小紋《こもん》を小粋に着こなしている。四十一歳になったはずだが、まだまだ若々しい。日本的な美人だ。奥二重《おくぶたえ》の切れ長の目がなんとも色っぽい。

「おれが口開けの客かい？」

「そうなの。去年のリーマン・ショック以来、さっぱりよ」

「パトロンが遣《や》り手の弁護士なんだから、売上が下がりっ放しでも、別にどうってことないだろうが」

「彼のとこも大変みたいなの。大手企業の顧問契約を何社も打ち切られたんですって」

「そうなのか。それじゃ、少しは売上に協力してやらねえとな」

「いい男性《ひと》ね。一度、有働さんと浮気しちゃおうかしら」

「ママは、おれよりも年上だったよな？」

有働は明るく厭味《いやみ》を口にした。

「意地悪ね。でも、体は二十代よ」

「それは言い過ぎだろ、いくらなんでもさ」

「ま、そうね」

「お茶挽《ひ》いてる娘《こ》たちを全員、おれのテーブルに呼んでくれ」

「嬉しいことを言ってくれるのね。本気で好きになりそう」

「こっちはノーサンキューだ」

「ご挨拶ね」

ママがはしゃぎ声をあげ、いそいそと案内に立った。

店内は割に広い。ボックス・シートが十二卓あり、カウンター席もあった。店内装飾はゴージャスだ。

有働は奥まった席に導かれた。ユトリロの油彩画を背に深々としたソファに腰かける。

ロングピースを喫《す》っていると、七人のホステスがやってきた。

揃《そろ》って美しい。顔馴染《なじ》みばかりだった。

チーママの紗矢《さや》を除いて、ほかは二十代だ。プロポーションも悪くない。ファッション・センスもそれぞれ光っている。

紗矢が気を遣《つか》って、有働と波長の合うホステスを両脇に坐らせた。

チーママは三十四歳で、姐御肌《あねごはだ》だった。年下のホステスたちに慕《した》われている。だが、男運はよくない。

有働はスコッチ・ウイスキーのオン・ザ・ロックスを作ってもらい、ホステスたちに好きなカクテルを振る舞った。フルーツの盛り合わせもオーダーしてやる。

ママの友紀も座に加わり、たちまち盛り上がった。有働はいつものように際《きわ》どい冗談を飛ばしながら、グラスを重ねた。

十時を過ぎると、たてつづけに三組の客が入ってきた。

ホステスたちが常連客のテーブルに散り、みずきという二十四歳のホステスだけが残った。彼女は、二つ年上の売れない漫才師と同棲しているという噂だった。

「彼氏、そろそろ芽が出そうか？」

有働は、みずきに訊《き》いた。

「逃げられちゃったの」

「また、どうして？」

「わたしの期待が重くなったんでしょうね。もともと彼、根が暗い性格なの。だから、ブラックな笑いを取れると踏んだんだけど、オーディションは落ちまくりだったんです」

「そうなのか」

「わたし、彼の青春を台なしにしちゃったのかもしれない。以前に有働さんには話したことがあると思うけど、わたし、長崎の高校を出てから三年間、青山《あおやま》のダンス・スクールに通ったのよね」

「プロのダンサーになりたかったんだったよな？」

「ええ、ジャズ・ダンスからヒップホップ系の踊りまでこなせるね。でも、ダンスで食べられるだけの才能はなかったみたい。それで、自分の夢の代わりに……」

「彼氏の夢を叶《かな》えてやろうと思ったわけだ？」

「そうなの。だけど、彼は本気でお笑いタレントをめざす気はなかったんでしょうね。だから、風俗嬢と駆け落ちしたんだと思う」

「ひどい奴だな。そっちにさんざん世話になっときながら、そんなことをするなんて」

「そのことは、もういいんです。わたしが彼の応援をしたかったんだから。でも、わたしの保険証を持ち出して、無断でサラ金の連帯保証人にしちゃったことはショックだったわ」

「彼氏、いくら借りたんだ？」

「百万なんだけど、金利が二十パーセント近いの」

「彼氏は、その金を駆け落ち資金にしたんだな」

「ええ、多分ね」

みずきが溜息《ためいき》をついた。

「恩知らずだな。彼氏の実家の住所、知ってるんだろう?」

「名古屋の中村区《なかむら》に実家があるって話は聞いてたけど、正確な住所までは知らないの」

「おれが調べてやるよ」

「ううん、いいの。好きになって一年半も一緒に暮らした相手だから、彼を犯罪者扱いしたくないんです」

「お人好《よ》しだな。彼氏を少しとっちめてやればいいのに」

有働は他人事《ひとごと》ながら、腹が立ってきた。

「彼の借金は、わたしが肩代わりします。少しずつでも毎月、きちんとサラ金に返すつもりなの。でも、三カ月分の返済が滞《とどこお》って、しつこく催促されてるんです」

「おれが出世払いで貸してやろう。いくらあればいいんだ?」

「お店のお客さんに甘えるわけにはいかないわ。でも、お願いがあるの」

「改まって何だい?」

「やっぱり、言えないわ」

「おれにできることなら、協力するよ。とにかく、話してみてくれ」

「それなら、勇気を出して言っちゃいます。今夜、わたしを買ってほしいの」

みずきが目を逸《そ》らし、一息に言った。

「大人をからかうなって」

「本気なんです。わたしを抱いたら、少しカンパしてもらいたいの。できれば十万円いただきたいけど、五万でもかまいません」

「おれは女好きだから、興味のある話だが、みずきちゃんを金で買うなんてことはできねえな」

「色気が足りませんか？　もっと熟《う》れた女性じゃないと、駄目なのね？」

「そういうわけじゃないんだが、弱ったな」

「ママに仮病《けびよう》を使って、早引《はやび》けさせてもらいます。近くのホテルにチェックインしたら、わたしの携帯に連絡して。わたし、すぐ部屋にうかがいますから」

「わかった。協力するよ。ただし、早引けはまずいな」

有働は低く言った。

「なんで？」

「ママもチーママも、夜の仕事を長くやってきたんだ。そっちが早引けなんかしたら、すぐに枕《まくら》営業をしてるって覚《さと》られるからさ。そうなったら、みずきちゃんはお払い箱にされるぜ」

「それは困るわ」

みずきが即座に応じた。

「ふだん通りに十一時四十分まで働けよ。そのころには、どこかホテルに入ってる」

「ええ、そうしてください」

「謝礼を先に渡しておこう。ホテルの部屋で金の遣《や》り取りをしたら、なんとなく惨《みじ》めな気持ちになるだろうからな」

有働は手探りで上着の内ポケットから一万円札の束《たば》を引き抜き、テーブルの下でみずきに渡した。枚数は数えなかった。厚みから察して、十七、八枚はあるだろう。

「あら、十万以上ありそうだわ。わたし、化粧室で枚数を確認してきます」

「いいから、そのまま取っておいてくれ」

「すみません。それでは、お言葉に甘えさせてもらいます」

みずきが申し訳なさそうに言い、頭を下げた。

有働はグラスを呷《あお》り、煙草《たばこ》をくわえた。ライターの火が差し出される。みずきの白い指先は小さく震えていた。店の客をホテルに誘ったのは、初めてなのだろう。

有働は酒、女、ギャンブルには目がなかった。娼婦と戯《たわむ》れたことは数え切れない。酒場の女たちも抱いてきた。ＯＬや人妻とも寝た。

だが、みずきの肉体を金で弄《もてあそ》ぶ気はなかった。相手の弱みにつけ込んだりしたら、後味《あとあじ》が悪い。第一、男が廃《すた》る。それ以前に野暮ったい。

「あら、宍戸《ししど》さんが見えたわ」

みずきが出入口に目をやった。入ってきた客は、彼女をひいきにしている五十代の経営コンサルタントだった。恰幅《かっぷく》がいい。

「おれは別の店でもう少し飲んでから、ホテルに入るよ。チェックを頼む」

「はい。連絡を待ってます」

「わかった」

有働はロングピースを深く喫《す》いつけた。

みずきがソファから立ち上がる。

有働は勘定を払い、ママとみずきに送られて『エトワール』を後にした。

エレベーターで一階に下る。バー・ビルを出ると、雨は止んでいた。有働は月に二、三度通っている土佐料理の店に寄ってから、自宅マンションに帰るつもりでいる。

裏通りを進んでいると、背後で乱れた靴音が響いた。切迫《せっぱく》した音だった。

有働は振り返った。ほとんど同時に、乾いた銃声が轟《とどろ》いた。

銃口炎《マズル・フラッシュ》も見えた。

有働は横に転がって、路上駐車中の黒いワンボックス・カーの陰に逃《のが》れた。首を伸ばし、目を凝《こ》らす。

数メートル離れた場所に、四十三、四の男が立っていた。中肉中背だ。回転式拳銃《リボルバー》を両手保持で構えている。

男の顔には見覚えがあった。六年前に殺人容疑で逮捕した関東誠友会《せいゆう》冬柴《ふゆしば》組の元幹部の肥後隆文《ひごたかふみ》だった。

肥後は対立している関西系の極道と間違え、路上で年恰好《としかっこう》の似たサラリーマンを撃ち殺してしまったのだ。被害者には四人の子供がいた。いずれも未成年だった。

肥後は誤射したことに気づき、犯行現場から逃亡を図った。数日後、有働は愛人宅に身を潜《ひそ》めていた肥後を検挙した。

その肥後が五年六カ月の刑期を終え、数カ月前に出所していたことは知っていた。破門された彼が自分を逆恨《さかうら》みしているという噂も耳に届いていた。だが、有働は特に警戒はしてこなかった。

「おい、出てきやがれ!」

肥後が喚《わめ》いて、両腕を前に突き出した。

握り締めている拳銃は、ブラジル製のロッシー626だった。銃身が短い。六連発のダブル・アクション銃だ。銃把《グリップ》のカバーは木製で、重量は八百グラムに満たない。

「肥後、おれを殺《や》りに来たのか？」

「そうだよ。てめえのせいで、おれは五年以上も麦飯《バクシヤリ》を喰《く》わされたんだ。きっちり決着《オトシマエ》をつけてやらあ」

「早く撃てや」

有働はワンボックス・カーの背後に逃げ込むと見せかけ、素早く横に走った。

五発が連射された。爆竹《ばくちく》が鳴り響くような銃声だった。硝煙が拡散する。あたりに火薬の臭《にお》いが立ちこめはじめた。

放たれた銃弾はワンボックス・カーの車体を貫《つらぬ》き、ウインドー・シールドも砕《くだ》いた。

「また失敗《ドジ》を踏みやがったな。どこまでも間抜けな野郎だ」

有働は嘲笑《ちようしよう》し、道路の中央に躍《おど》り出た。

弾倉には、もう実包《じつぽう》は詰まっていないはずだ。恐怖は少しも感じなかった。

肥後がリボルバーの銃把《グリップ》を高く翳《かざ》し、勢い込んで突進してくる。

有働は前に跳《と》び、肥後の利き腕を左手で払った。

すかさず右のボディー・ブロウを放つ。空気が揺れた。

パンチは肥後の鳩尾《みぞおち》に深く沈んだ。

有働は強烈なアッパー・カットで、肥後の顎《あご》を掬《すく》い上げた。骨と肉が鳴った。

肥後が大きくのけ反《ぞ》って、尻《しり》から路面に落ちた。

弾《はず》みで、ロッシー626が右手から零《こぼ》れた。路面が無機質な音をたてた。

いつの間にか、野次馬が集まっていた。数十人の男女が遠巻きに立ち、様子を見ている。

有働は肥後に大股で近づき、一方的に蹴《け》りはじめた。

加減はしなかった。場所も選ばない。側頭部、首、肩、脇腹、腰、太腿《ふともも》をサッカーボールのように蹴りまくった。

肥後は転げ回りながら、断続的に呻《うめ》いた。長く唸《うな》った。口の中を切ったらしく、鮮血混《ま》じりの唾を撒《ま》き散らした。

「こ、殺さねえでくれーっ」

肥後が情けない声で哀願《あいがん》し、体をくの字に縮めた。

怯《おび》え切った表情だ。もう反撃はできないだろう。

有働はヒップ・ポケットから格子柄のハンカチを取り出した。

ハンカチで拳銃をくるみ、摑《つか》み上げる。銃身はかすかに熱を帯びていた。

それから間もなく、二台のパトカーが駆けつけた。自動車警邏《けいら》隊の制服警官たちだった。有働は身分を明かし、押収したリボルバーを警官のひとりに預けた。

その直後、赤坂署刑事課強行犯係の刑事たちが捜査車輛《しやりよう》で臨場《りんじよう》した。三人だった。ほどなく救急車も到着した。肥後は、ただちに救急病院に搬送《はんそう》された。

有働は現場検証に立ち合わされた揚句《あげく》、赤坂署で長いこと事情聴取された。五十前後の刑事課長は過剰防衛だと声高《こわだか》に咎《とが》めた。

「いい加減にしてくれ。おれは蜂《はち》の巣《す》にされそうになったんだぞ。冷静でいられるかっ」

有働は言い返した。

「だからって、犯人《ホシ》を半殺しにすることはなかったじゃないか。明らかに、やり過ぎだよ。われわれは法の番人なんだ。ごろつきじゃない」

「偽善者め！」

「な、なんだと⁉　本庁《ホンブ》の人間だからって、生意気な口を利くな。わたしは警部なんだぞ」

「それがどうした？　いちいち職階なんて持ち出すんじゃねえ」

「わたしを侮辱《ぶじよく》する気かっ」

刑事課長が憤然《ふんぜん》と立ち上がった。有働も腰を浮かせ、坐っていた椅子を横に放り投げた。一瞬、刑事部屋が凍りついた。

「公務執行妨害だ。一晩、赤坂署《ここ》に泊まってもらうぞ」

「署長を呼んでこい！　おたくじゃ、話にならねえからな」

「両手を出せ。手錠《ワッパ》打ってやる！」

刑事課長が息巻《いきま》いた。有働は悪態《あくたい》をついた。

数秒後、怒り狂っていた課長の表情が急に和《なご》んだ。有働は頭《かぶり》を巡《めぐ》らせた。上司の波多野が入室してくる。

「立花《たちばな》さん、わたしの部下がご迷惑をかけてるようですね」

「この大男は、波多野班の兵隊だったんですか⁉　そういうことは、何も言わなかったものですんで……」

「有働は春先まで組対《そたい》にいたんですが、わたしが刑事部長に働きかけて、メンバーの一員にしたんですよ」

「そうでしたか」

「少々お行儀は悪いんですが、期待の助っ人なんですよ。不愉快な思いをさせたようですが、わたしに免じて赦《ゆる》してやってくれませんかね？」

「刑事の鑑《かがみ》と思ってる波多野警部にそこまで言われたら、あなたの部下をリリースしないわけにはいきません。どうぞ有働警部補を連れ帰ってください」

立花が波多野に笑顔を向けた。有働は上司に声をかけた。

「係長《ハンチョウ》、そこまで遜《へりくだ》ることはないって。おれは、肥後を少しきつめに痛めつけただけなんだからさ」

「おまえは黙ってろ。さ、行くぞ」

波多野が有働の片腕を引っ張った。有働は、そのまま上司に引かれる恰好で赤坂署を出た。

「係長《ハンチョウ》に迷惑かけちまったみたいだから、土佐料理と酒を奢《おご》るよ」

「一緒に酒を酌《く》み交わすのはいいが、こっちが手洗いに立った隙《すき》に勘定を払ったりしたら、おまえを捜査現場から外すぞ。それで毎日、被疑者の送致書類を書かせる」

「デスク・ワークをやらされたんじゃ、たまらねえや。オーケー、割り勘で飲《や》りましょう。店はこっちなんだ」

有働は先に歩きだした。

波多野と飲む酒はいつもうまい。どちらも東京の下町育ちで、気っぷが似ているからだろう。価値観も、ほぼ同じだ。

有働は目顔《めがお》で波多野を促《うなが》し、足を速めた。

2

血臭《けつしゆう》が鼻腔《びこう》を衝《つ》く。

保科志帆《ほしなしほ》は吐き気を催《もよお》した。奥歯を嚙《か》みしめながら、両手に白い布手袋を嵌《は》める。

町田《まちだ》市中町《なかまち》三丁目十×番地にある賃貸マンション『町田パークパレス』の一〇五号室の前だ。

八階建てのマンションは、小田急線の線路沿いにあった。線路の反対側は、緑の多い芹《せり》ヶ谷《や》公園だ。園内には国際版画美術館があって、町田市民の憩《いこ》いの場になっている。

事件現場は、小田急線町田駅から八百メートルほど離れていた。すぐそばに町田消防署がある。町田税務署も近い。

志帆は町田署刑事課強行犯係の刑事である。

二十九歳で、シングルマザーだ。息子の翔太《しようた》を女手ひとつで育てている。四歳の愛児を保育所に預けながら、市内の山崎《やまざき》団地で暮らしていた。

住まいは分譲ではなく、賃貸だった。家賃は、それほど高くない。旭町《あさひまち》三丁目にある町田署には大型スクーターで通っている。

志帆は巡査長だった。

ちなみに巡査長は、正式な職階ではない。巡査を五、六年務《つと》めた者に与えられるポストだ。次の階級の巡査部長になるには、昇進試験に通らなければならない。

夫の保科圭輔《けいすけ》は三年数カ月前に殉職《じゅんしょく》してしまった。所轄署の強行犯係刑事だった。本庁の波多野警部とコンビを組み、潜伏中の殺人犯を逮捕した際《さい》、別の犯罪に関与した男が運転する乗用車に轢《ひ》き殺されたのだ。その少し前に波多野に取り押さえられた殺人犯は、隠し持っていたナイフを振り回す素振《そぶ》りを見せた。

とっさに波多野は、志帆の夫に退《さ》がれと大声で叫んだ。それが裏目に出て、夫は無灯火の車に撥《は》ね飛ばされてしまったのである。

「おい、何をぼんやりしてるんだ」

斜め後ろで、先輩の岡江剛《おかえつよし》巡査部長が苛立《いらだ》たしげに言った。強行犯係の主任である。

「すみません。お先にどうぞ」

「保科、昨夜《ゆうべ》は久しぶりに息抜きしたんじゃねえのか。肌がしっとりしてるから、子供を寝かせた後、野郎とラブホにでも行ったんじゃないの？」

「セクハラですね」

「おまえ、小娘みたいなことを言うな。子持ちの未亡人なんだからさ、笑って聞き流せよ。そんなふうだから、女の刑事《デカ》は使えねえって言われるんだ」

「誰がそう言ってるんです？」

志帆は岡江を睨《にら》んだ。

「神崎《かんざき》がそう言ってたし、おれもそう思ってるよ。前にも言ったけど、女は張り込み中に立ち小便もできねえ。子供が高熱を出したら、職務を中断せざるを得なくなる」

「わたし、尾行や張り込みの途中で現場から離脱したことはありませんよ」

「いまんとこはな。けど、これからはわからねえぞ。保科は女優並の美人なんだから、いっそ高級クラブのホステスになれよ。そうすりゃ、稼ぎもよくなるだろうから、息子にも金をかけられる」

「わたしは、死んだ保科の代わりに一人前の強行犯係の捜査員になりたいの。夫が骨になった日、そう心に決めたんです」

「そんなふうに肩肘《かたひじ》張ってると、いまに疲れちゃうぜ。本気で強行犯係の刑事《デカ》になりたいんだったら、息子を浜松《はままつ》の実家に預けるんだな」

「それはできません。父に狭心症の持病があるんで、母に頼るわけにはいかないの。それに、わたしひとりで翔太を育て上げたいんです。保科が亡《な》くなったとき、わたし、遺影《いえい》にそう誓ったんですよ。息子が大学を卒業するまで誰にも頼りません」

「保科は勝ち気だから、そう思うんだろうが、なんだかんだ言っても、警察は男社会なんだ。早いとこ再婚相手を見つけたほうが利口なんじゃねえの？」

「余計なお世話だわ」

「おっかねえな」

岡江が猪首《いくび》を竦《すく》めた。四十九歳のベテラン刑事は、ずんぐりとした体型だった。

志帆よりも数センチ背が低い。眉《まゆ》が濃く、ぎょろ目だ。上品な顔立ちとは言えないだろう。

「主任、猟奇殺人ですね」

同僚の神崎龍平《りゅうへい》が一〇五号室から姿を見せ、岡江に告げた。神崎は三十七歳だが、八方美人タイプだった。独身だ。

岡江が被害者の部屋に入った。

町田署に本庁通信指令室から通電があったのは、今朝《けさ》十時五分過ぎだった。一〇五号室に住む布施香織《ふせかおり》という二十六歳のＯＬが何者かに惨殺《ざんさつ》されているという伝達だった。

志帆たち強行犯係の刑事たちは安西清《あんざいきよし》係長と田丸靖男《たまるやすお》刑事課長に通報内容を教えられ、犯行現場に急行したわけだ。

事件通報者は一〇四号室に住む三十二歳の男性イラストレーターだった。生ごみを出しに自室を出たとき、隣室のドア・ノブの血痕に気づいた。それで、一一〇番通報したらしい。

志帆は一〇五号室に入った。

1DKの部屋には、十数人の捜査関係者がいた。いずれも男性だ。本庁機動捜査隊初動班の面々、町田署刑事課強行犯係、鑑識係官たちで、被害者の部屋はあふれ返っていた。

玄関に面したダイニングキッチンは、四畳半ほどの広さだった。左の歩廊《ほろう》側に流し台とガス台が並んでいる。二人掛けの食堂テーブルセットや食器棚はオフホワイトだ。狭い玄関ホールの右手に手洗いと浴室がある。

署の鑑識係員がシンクの前で、ルミノール検査中だった。

ルミノール溶液と過酸化水素水を混ぜて噴霧器《ふんむき》で散布すると、血色素との触媒《しょくばい》作用が働く。血痕があれば、蛍光色の化学発光が見られる。いわゆるルミノール反応だ。光の形で、血溜《だ》まりか血飛沫《しぶき》かも容易に判別できる。

「血痕はどうでしょう?」

志帆は三十代後半の鑑識係員に問いかけ、両足にビニール製のシューズ・カバーを被《かぶ》せた。

「奥の居室《きょしつ》に近い所には血痕が四カ所あったよ。しかし、玄関マット付近からはルミノール反応は出なかった」

「ということは、犯人はピクニック用のビニールシートでも敷いて、その上で血塗《まみ》れの服や靴を脱いでから逃走したんじゃないのかしら？」

「そうなんだろうね。ドア・ノブには被害者《ガイシャ》の血が付着してたんだ。犯行現場から離れた後、手袋を外したんだろうな」

「ええ、多分ね」

「奥に入って気絶するなよ」

相手が言って、作業にいそしみはじめた。

志帆は息を詰めながら、奥の居室に足を踏み入れた。

八畳の洋室だった。左側の壁にセミダブルのベッドが寄せられ、ベランダ寄りにドレッサーとテレビが置かれている。

部屋の主は、ベッドの横に仰向《あおむ》けに倒れていた。一糸もまとっていない。

布施香織の首には、肌色のパンティーストッキングが二重に巻きつけられていた。二つの乳房の裾野は鋭利な刃物で深く削《そ》がれ、血みどろだった。両腕、脇腹、下腹部、太腿も浅く裂《さ》かれている。

陰毛は不揃いに刈り取られ、恥丘も傷つけられていた。両腿《りょうもも》は閉じられていたが、性器から口紅が半分ほど食《は》み出している。加害者が香織を殺害してから、体内に異物を挿《そう》入《にゅう》したようだ。

「変質者による猟奇殺人だろうね」

本庁機動捜査隊初動班の捜査員が、岡江に言った。二人は遺体のすぐ横に立っていた。

「被害者《ガイシャ》は美人でナイスバディだったんで、姦《や》られてからパンストで絞殺されたんでしょう。もったいないな」

「もったいない？」

「ええ。若くていい女は、多くの男たちに目の保養をさせてくれるでしょ？　被害者《マルガイ》を抱きたいと願ってた野郎はたくさんいたと思いますよ」

「なるほど。それで、もったいないか」

「ええ。こういう女と寝てみたいもんです」

岡江が下卑《げび》た笑い方をした。本庁の捜査員もにやついた。脇坂《わきさか》という名で、主任だった。職階は警部だ。

「ちょっと不謹慎ですね」

志帆は、どちらにともなく言った。

脇坂警部は、ばつ悪げだった。気まずい空気を払い除《の》けるように、神崎刑事が短い沈黙を突き破った。

「おそらく管内に住んでる性的異常者の犯行《ヤマ》でしょう。犯人《ホシ》は自室に入ろうとした被害者を刃物で脅して、一緒に一〇五号室に入ったんだと思います」

「だろうな。それで布施香織を裸にしてレイプし、パンストで絞殺した。それから、おっぱいを抉《えぐ》ろうとしたんだろう。けど、きれいに切断できなかった。で、腹立ち紛《まぎ》れに体のあちこちを傷つけたんだろうな」

岡江が応じた。

「その後、大事なとこに被害者の口紅を突っ込んで逃走した。そうなんだろうけど、変質者なら、バナナとかバイブレーターを挿入しそうですけどね」

「あいにく太くて長い物が見当たらなかったんだろう。だから、ルージュを突っ込んだんじゃねえのか?」

「ええ、そうなんでしょうがね。それはそうと、被害者は無抵抗だったみたいでしょ?殺されるよりも犯されるほうが増しだと判断して、おとなしくしてたんでしょうか?」

「おそらく犯人はクロロホルムを染《し》み込ませた布で被害者をまず眠らせ、それから犯行に及んだんだろう。遺体《ホトケ》の口許が爛《ただ》れてるし、甘ったるい香りがうっすらと立ち昇ってる。

クロロホルム特有の香りだよ」

初動班の脇坂主任が神崎に答えた。

「そういえば、甘い香りがしたな。ルージュか、乳液の匂いだと思ってましたが」

「いや、そうじゃないね。まだ断定はできないが、被害者はクロロホルムを嗅《か》がされたんだろう。五、六年前、大学病院の麻酔医が勤務先から無断で持ち出したクロロホルムを使って、四件の強姦《ツッコミ》をやらかしたことがあるんだ。そのときの初動捜査で嗅いだ香りとまったく同じなんだよ」

「それなら、脇坂警部がおっしゃった通りなんでしょ。麻酔液はドラッグストアでは入手できません。本事案《ほんじあん》の犯人《タマ》は医療に従事してる変態男臭《くさ》いな」

「とは限らないね。ドクターが精神安定剤や睡眠薬を横流しした事例は、一件や二件じゃない。ネットで麻薬や銃器が闇売買されてる時代なんだから、そういう先入観にとらわれないほうがいいな」

「そうか、そうですね」

神崎が口を閉じた。彼は岡江主任に迎合《げいごう》するだけではなく、自分よりも力のある人間には決して異論は唱《とな》えない。

志帆は神崎に蔑《さげす》みの眼差《まなざ》しを向け、被害者の頭部の方に回り込んだ。

香織は、まるで眠っているように見えた。苦悶《くもん》の色は少しもうかがえない。ただ、絞殺の特徴ははっきりと見て取れる。顔面は暗赤色《あんせきしょく》に腫《は》れ上がっていた。半開きの両眼の眼球結膜に溢血点《いっけつてん》が多い。上下の瞼《まぶた》の縁《ふち》も赤黒い。ファンデーションは濃いが、それは隠しようがなかった。口紅は鮮やかだった。グロスで艶《つや》やかに光っている。

犯人が死に化粧を施《ほどこ》したと思われる。

加害者は、美容関係の仕事に携《たずさ》わっている男なのではないか。それにしても、犯人の心理が理解できない。

状況から察して、加害者が美人ＯＬに性的な暴行を加えたことは間違いないだろう。しかも犯人は、被害者の乳房の切断を試《こころ》みている。それは途中で断念したようだが、裸身には無数の切り傷がある。

白い肌は、ほぼ血糊《ちのり》に覆《おお》われていた。秘《ひ》めやかな部分には、被害者の物と思われる口紅が押し込んであった。手口が異常だった。

死体の周《まわ》りには、引き千切《ちぎ》られたショーツやブラジャーが散乱している。何枚かのパンティーの股の部分は円《まる》く刳《く》り貫《ぬ》かれていた。黒いガーターベルトは、マヨネーズとマスタードで汚されていた。

加害者のアブノーマルな性癖が透《す》けてくる。

もしかしたら、犯人は交わりながら、被害者の滑らかな肌を刃物で傷つけたのかもしれない。そうだとすれば、鮮血は恰好の刺激剤になったのだろう。

そのようなサディスティックな行為に及びながら、被害者の整った顔はどこも傷つけられていない。それどころか、犯行後にわざわざ化粧をしてあげたようだ。なぜ、そこまでする必要があったのか。

志帆は素朴な疑問を感じた。

加害者は一方的に布施香織に熱を上げ、その想《おも》いを打ち明けたことがあるのだろうか。しかし、まともには取り合ってもらえなかった。恋情を断ち切ろうとしたが、それは叶《かな》わなかった。そのため、凶行に走ってしまったのか。

あるいは犯人は内気な性格で、被害者に近づくこともできなかったのかもしれない。一方的な思慕《しぼ》が募《つの》り、妄想《もうそう》に取り憑《つ》かれてしまったのか。被害者とは数年越しの恋仲だと思い込み、遠ざかりかけた女性をなんとか引き留《と》める気でいたのか。

単なる変質者が引き起こした殺人事件とは思えない。独善的な思い込みだったにせよ、犯人はただ性欲を充《み》たしたかっただけなのではない気がする。

しかし、犯行の手口はあまりにも残虐だ。常軌《じょうき》を逸《いっ》している。犯行動機が怨恨《えんこん》だけだったとは思えない。先輩刑事たちの推測が正しいのだろうか。

　志帆は屈《かが》み込んで、遺体の下の涼しげなインド綿のカーペットを見た。白と黒に染め抜かれた洒落《しゃれ》たカーペットには、大きな血溜《だ》まりができていた。

　カーペットの端に犯人のものと思われる靴跡が見える。血で赤い。

　靴底の図柄がくっきりと刻まれていた。ポピュラーな男物の短靴ではなさそうだ。

　すぐ近くで鑑識係員がしゃがみ込み、当麻《とうま》検査と呼ばれている静電気検査法を使って、フロアの足跡を採取していた。静電気の働きで、大半の床やカーペットに残された足跡は採取可能だった。

　係員は山根《やまね》という姓で、気さくな男だ。年齢も三十一歳と近い。

「山根さん、足跡《ソク》は何センチでした？」

　志帆は訊《き》いた。

「靴のサイズは多分、二十六センチだろうね」

「通勤靴じゃないんでしょ？」

「ワークブーツだよ。おそらくティンバーランドの編み上げ靴だろう」

「そこまでわかっちゃうの⁉」

「こっちは鑑識のプロだぜ。あんまりなめんなよ。アメリカ製のアウトドア・シューズを履《は》いてる男が犯行《ヤマ》を踏んだんだな」

「ティンバーランドのワークブーツなら、二万四、五千円はするんじゃない？」

「そうだね。犯人《ホシ》はクロロホルムで被害者を眠らせたようだから、総合病院院長のドラ息子なんじゃないの？」

「そうなのかな？　ほかに足跡《ソク》は？」

「一つだけだよ。単独による犯行だね。犯人《ホシ》は体重が割に軽い奴だと思う。重い奴だと両足にもろにウエイトがかかるから、もっと靴底の図柄が鮮やかに浮き出るんだ」

「そうでしょうね」

「指紋《モン》は出なさそうだな」

山根が言って、同僚の鑑識係官に視線を向けた。

同僚係官は筒井《つつい》という苗字で、三十代半《なか》ばの無口な男だった。筒井は、ニンヒドリンにアセトンを溶かした薬液をさきほどから黙々と家具や調度品に塗っている。

特殊な薬品で人間の汗に含まれている蛋白質《たんぱくしつ》に化学変色を起こさせると、指紋や掌紋《しょうもん》が浮き上がる。その方法がニンヒドリン検査だ。

「筒井さん、どうですか？」

志帆は問いかけた。

「古いもんばっかりだ」

「犯人の指掌紋《ししょうもん》は採《と》れそうもないんですね？」

「ああ、多分。加害者は一度も手袋を外さなかったんだろうな。でも、古畑《ふるはた》さんが頭髪や体毛をかなり集めたようだから、手がかりはゼロじゃないと思うよ」

「そうですか」

「頑張って、署長賞を貰《もら》っちゃえよ」

「わたしは駆け出しも駆け出しだから、とてもとても……」

「でも、二月の捜査本部事案では大活躍したじゃないか」

「元検察事務官殺しの一件は、本庁《ホンブ》の波多野警部のお手柄ですよ。わたしは、ただ波多野さんにくっついて歩いてただけです」

「謙虚《けんきょ》だね」

「実際、その通りですもの」

「とにかく、期待してる」

「いつもよりもたくさん喋ってくれましたね。なんか嬉しくなっちゃうな」

「別に下心があって、口数が多くなったわけじゃない。誤解しないでくれよな」

筒井がぼそぼそと言って、ニンヒドリン検査に専念しはじめた。

ちょうどそのとき、検視官の木島紘一《きじまこういち》警部が飄々《ひょうひょう》とやってきた。細身だ。身ごなしが軽い。五十三、四で、本庁鑑識課検視官室の副室長だ。

「ご苦労さまです」

初動班の脇坂が検視官を犒《ねぎら》った。先輩刑事たちが木島に会釈《えしゃく》する。志帆も倣《なら》った。

「まだ若いのに気の毒にな」

検視官が被害者に短く合掌し、使い古した黒革の鞄から外科医用のゴム手袋を取り出した。手早くゴム手袋を両手に嵌《は》め、故人の顔面を覗き込む。

「死因は、頸部《けいぶ》圧迫による窒息死だろうね。絞殺される前に、クロロホルムを嗅がされてるな。ピペット数滴分の麻酔液を吸ったガーゼかハンカチを口許に押しつけられ、数分で昏睡状態に陥《おちい》ったんだろう」

「やっぱり、そうでしたか」

初動班の脇坂主任は得意顔だった。

検視官は医師ではない。捜査畑出身の警察だ。検視官は全国に約百五十人いる。全員、警部以上の職階の元刑事だ。検視官たちは別名、刑事調査官と呼ばれている。

彼らは法医学の専門教育を受けた専門官だが、犯罪被害者の遺体を解剖することはできない。傷口、出血量、直腸体温の測定、硬直具合を検《しら》べることは認められている。

それだけでも、おおよその死亡推定日時は割り出せる。捜査員にとっては、頼りになる助っ人と言えよう。

しかし、いかんせん数が足りない。したがって、どの殺人現場にも検視官が立ち合っているわけではなかった。

多くの場合、二十年以上のキャリアを持つ刑事が検視官の代役を務めている。だが、法医学に精通しているわけではない。事故や自殺を装った他殺を看破《かんぱ》できないこともある。死亡推定日時や死因の断定もできない。そんなことで、殺人事件の被害者は必ず司法解剖される。

都内二十三区で事件が発生した場合は、東大か慶大の法医学教室で解剖が行われる。三多摩地区の司法解剖は、慈恵《じけい》医大か杏林《きょうりん》大学が受け持つ。いずれのケースも、裁判所の許可が必要だ。

「硬直具合から察して、殺されてから十数時間は経《た》ってそうだな。乳房は工作用の大型カッターナイフで抉《えぐ》り取られそうになったんだろう」

「検視官、全身の傷もカッターナイフで……」

岡江が口を開いた。

「そうなんだと思う。陰毛もカッターで刈り取られたにちがいない。おや、性器に異物が突っ込まれてるな」

「はい。どうやら犯人は、被害者の口紅を挿入したようです」

「レイプしてから性器に異物を突っ込むのは、快楽殺人の典型的なパターンだよ。過去の事例では、ペニスに似た形状の物がさまざま押し込まれてる」

「男は本能的に穴に何か突っ込みたくなるんでしょうね。わたしも子供のころ、近所の女の子のあそこにビー玉を入れようとしたことがありますよ」

「主任！」

志帆は声を張った。岡江主任がにやにやと笑って、片手を挙げた。謝ったつもりなのだろうが、志帆は上司の無神経さに不快感を覚えた。

「岡江さん、部下に女性がいることを忘れちゃいけないな」

本庁初動班の脇坂が苦く笑って、木島検視官に顔を向けた。

「変質者による強姦殺人事件と考えてもいいんでしょうね？」

「ああ、その線だろう」

「それなら、本庁初動班《うち》と町田署で一両日、変質者をとことん洗えば、犯人《ホシ》は捜査線上に浮かんできそうだな」

「そうだろうね。後はよろしく！　次の検視があるんだ」

木島がゴム手袋を外し、黒革の鞄に収めた。検視官を見送ると、本庁の脇坂警部が岡江に問いかけた。

「司法解剖は杏林大でやってもらうことになってるのかな？」

「ええ。死体《ロク》をいったん町田署《うち》に運んで、午後三時過ぎには杏林大の法医学教室に搬送することになると思います」

「そう」

「脇坂警部、念のために確認しておきたいんですが、犯人《タマ》の入り、と出、は一〇五号室の玄関に間違いないんですね？」

「ベランダには、犯人の足跡《ゲソ》はなかった。玄関から入って、同じ所から逃げ《フケ》たことは確かだよ」

「木島検視官の推定が外れてなかったとしたら、布施香織は前夜、つまり六月四日の午後十時前後に殺《や》られたわけだな」

「そうなるね。初動班《うち》は現場周辺で地取《じど》りを中心にした聞き込み捜査を開始する。不審者の目撃証言を得たり、怪しい車輛を見かけた者がいたら、ただちに一報入れますよ」

「よろしくお願いします。町田署《うち》は捜査資料を集めたら、鑑取《かんど》りをメインに動きます」

岡江が応じた。鑑取りというのは俗称で、正式には地鑑《ちかん》捜査のことだ。被害者の親族、友人、知人、職場の同僚たちから交友関係を探り出すことである。

「一両日の初動捜査で犯人《ホシ》をスピード検挙するのは容易じゃないんだが、たまにはいいところを見せないとね」

「ぜひ、そうしたいな。所轄に捜査本部《チョウバ》が設《もう》けられると、捜査費用はすべて町田署《うち》持ちですから、できれば脇坂警部の班とわたしたち強行犯係で落着させたいですよ」

「そうだろうな。新宿署、渋谷署、池袋署といった大所帯の所轄なら、たっぷり年間予算を取ってるが、署員二百名前後の所轄に年に三度も捜査本部が立ったら、それで年間予算は吹っ飛ぶからね」

「そうなんですよ。この二月に町田署《うち》に捜査本部事案が発生したんで、刑事課の予算にあまり余裕はないんだよな」

「なら、お互いに力《リキ》を入れなくちゃな。早速、動きだそう」

脇坂が五人の部下を呼び集め、一〇五号室から出ていった。

「われわれも被害者のパソコンのメモリー、携帯電話、アルバム、住所録、手紙類を借りたら、すぐさま聞き込みに入るぞ」

岡江主任が居合わせた部下たちに発破《はっぱ》をかけた。

かたわらに立った神崎刑事は、不自然なほど快活な返事をした。

志帆は黙って顎《あご》を小さく引いたきりだった。いつからか、血臭は気にならなくなっていた。

3

いい女だ。

目鼻立ちは完璧《かんぺき》に整っている。それでいて、みじんも冷たさは感じさせない。美しいだけではなかった。知的な輝きがあり、大人の色香も漂わせている。肢体《したい》も肉感的だった。

有働は、隣席の保科志帆の横顔を無遠慮に眺めていた。

町田署の五階にある会議室だ。六月六日の午後四時過ぎだった。捜査会議中である。

志帆が有働の視線に気づいた。

「何か？」

「噂以上にいい女なんで、見惚《と》れてたんだよ」

「会議中ですよ」

「わかってる。惚れそうだな。いや、すでに一目惚れしちゃったのかもしれない」

「前を向かれたほうがいいと思います」

「そうした凛《りん》とした物言いも魅力的だね」

有働は美人刑事に笑いかけた。

志帆が呆《あき》れ顔で前に向き直った。

有働は志帆の横顔に視線を当てつづけた。

志帆たち町田署の刑事は廊下側に縦列《じゅうれつ》に腰かけている。刑事課強行犯係官は、安西係長を含めて九人しかいない。ほかの三人は生活安全課から駆り出された捜査員だ。

本庁殺人犯捜査第三係の十一名は、窓側に坐っていた。

最前席に腰かけているのは、波多野係長だった。有働は中ほどの席についていた。

正面のホワイトボードの横のテーブルには町田署の野中要《のなかかなめ》署長、田丸靖男刑事課長、本庁の宇佐美暁《うさみあきら》理事官、馬場直之《ばばなおゆき》管理官が並んでいる。ホワイトボードの前に立っているのは、シングルマザー刑事の直属の上司の安西強行犯係長だ。

ホワイトボードには八葉《はちよう》の鑑識写真が貼《は》られ、被害者の交友関係が図で示されていた。

殺害された布施香織の遺体は昨夕《さくゆう》、杏林大学の法医学教室で司法解剖された。死因は絞殺による窒息死と断定され、死亡推定日時は六月四日の午後九時半から同十一時の間とされた。

被害者が殺害される前にクロロホルムで昏睡《こんすい》させられたことも明らかになった。犯行に使われたパンティーストッキングは、香織の物だった。

被害者の体を切り裂いた凶器は大型カッターナイフと判明したが、事件現場には遺留《いりゅう》されていなかった。マンション周辺でも現在のところ、まだ発見されていない。加害者が持ち帰ったと思われる。

被害者の膣内《ちつない》から検出された精液は、血液型A型と鑑定された。精液の血液型と犯人の血液型がA型と一致しても、それだけでは犯行認定はできない。

血液型がA型の日本人は多い。ABO式血液型が犯罪捜査の有力な資料になることは確かだが、決め手にはならないのである。唾液《だえき》、胃液、胆汁《たんじゅう》、精液、膣液などの分泌液で血液型を調べても、血液とは型《かた》が必ずしも一致しないからだ。

分泌液の中に十分量の〝型質〟が出ている者は分泌型と分類され、そうでない人は非分泌型と呼ばれている。分泌型の人間の場合、血液、唾液、精液などから正確に血液型がわかる。だが、非分泌型の者は分泌液からは正しい血液型はわからない。

そんなこともあって、最近はDNA鑑定が犯行認定を左右する決め手になっている。DNA鑑定は、細胞の核内にあるDNAのうち、塩基が繰り返されている部分を測定して個人を識別する方法だ。二〇〇三年八月から全国の警察は〝フラグメントアナライザー〟と呼ばれる最新の自動分析装置を使って、コンピューターによる自動判定をしている。測定する部位を九カ所にすれば、四兆七千億人に一人の確率で個人を特定可能だ。

有働はそうした科学捜査をありがたく思ってはいたが、人間の第六感も信じていた。現に前の組織対策部では勘や直感で、複数の殺人犯を突きとめてきた。

「足跡《ゲソ》は二十六センチのワークブーツと判明しました。メーカーもティンバーランドと明らかになったんですが、残念ながら、購入先から被疑者を割り出すことはできませんでした」

安西係長が報告した。有働は口を開いた。

「オーダーの靴じゃないんだから、履《は》き物の入手先を探っても仕方ないよ」

「そうなんですがね」

「本庁の初動班も所轄も無駄なことをやってるな。そんなふうだから、町田署《ここ》に捜査本部《チョウバ》を立てなきゃならなかったんだ。また署の予算が減っちゃうよ」

「わずか一日半の初動捜査ではなかなか……」

安西がうなだれた。野中署長と田丸刑事課長が尖《とが》った目を有働に向けてきた。上司の波多野警部も振り返って、目顔《めがお》でたしなめた。

「別にこっちは迷惑がってるわけじゃないんだ。むしろ、喜んでる。紅一点の保科刑事は飛び切りの美人だからな」

有働は少しラフなことを口走った気がして、慌《あわ》てて大声で付け加えた。

だが、所轄署の刑事たちの表情は硬いままだった。心なしか、美人刑事の顔つきも険《けわ》しくなったようだ。

初動捜査で殺人事件の容疑者を特定できなかった場合、都内の百二の所轄署は警視庁に捜査本部の設置を要請する。他《た》の各道府県警本部も同様だ。

捜査一課の刑事たちは所轄署に出張《でば》り、地元署員たちと協力し合って事件を解決する。事件の規模によって異《こと》なるが、通常は殺人捜査に長《た》けた班が十数人、所轄署に出向く。

班のリーダーは強行犯係の係長の警部で、その下に警部補が二人はつく。片方は主任だ。戦力部隊として、巡査部長、巡査長、巡査が八、九人派遣されることが多い。

二十日間の第一期で片がつかないときは、本庁の捜査員たちが捜査を続行する。大半の所轄署刑事は、それぞれの持ち場に戻る。

「被害者宅からは、犯人のものと思われる指掌紋《しようもん》は出ませんでした。鑑識が採取した頭髪と体毛は約四十本ですが、その大部分は被害者のものでした」

「初動捜査の資料によると、五日前に被害者宅のベランダに干してあった下着がそっくり何者かに盗まれたようですね？」

波多野警部が町田署の安西係長に声をかけた。

「ええ、そうなんですよ。しかし、まだ下着泥棒は捕まってません。半年ほど前から『町田パークパレス』の一階に住む女性のランジェリーが次々に盗《と》られてるんですが、マンションの裏庭に赤外線防犯カメラが設置されてるわけではないんで……」

「布施香織はストーカーに狙われてたらしいね？」

「はい。その男は司法浪人生で、三十三歳です。市内の本町田《ほんまちだ》のアパートに住んでるんですが、毎晩、小田急線町田駅周辺で香織の帰りを待って、被害者を尾《つ》けてたようです。しかし、その男は決して香織に声をかけたりしなかったようです」

「事件当夜のアリバイは？」

「一応、あります。そのストーカーは生駒耕司《いこまこうじ》という名なんですが、事件のあった晩は夕方から新宿にあるロースクールで夕方六時から九時半過ぎまで講義を聴いて、受講生たち三人と十一時十分ごろまで居酒屋で飲んでたんですよ。シロでしょうね」

「管内で性犯罪の前科のある男は三十六人だったかな？」

「ええ。全員、アリバイ調べをしました。ですが、疑わしい者はいなかったんですよ」

「捜査資料によると、被害者は職場での評判はよかったみたいだね？」

「上司や同僚たちは口を揃えて被害者のことを誉《ほ》めてました。布施香織は名門女子大を出て、一流企業の『三星《みつぼし》マテリアル』の資材管理部に入ったんですが、仕事面では有能ぶりを発揮してたそうです。聡明《そうめい》な美人だったし、思い遣《や》りもあったとかで、誰からも好かれてたようです。ただ恋愛に関しては、秘密主義者だったみたいですね」

安西が言って、ホワイトボードに板書《ばんしょ》された二人の男性の名に目をやった。

「被害者《ガイシャ》は羽場宗明《はばむねあき》という彼氏がいるのに、滝佑介《たきゆうすけ》という男とも密《ひそ》かに交際してた。その裏付《ウラ》けは取れたんだね？」

「はい。二人とも、香織と親密な関係であったことを認めてます。三十一歳の羽場は東大法学部出身で、外務省のアジア課に勤務してます。有資格者《キャリア》ですんで、若手のエリート官僚ですよね」

「将来は事務次官になるかもしれないな」

「ええ。順調に出世すれば、そうなるでしょう。ただですね、羽場は少し身勝手な性格らしいんですよ。冷たい面もあるようですが、将来は有望だと思います」

「そんな彼氏がいたのに、殺された布施香織は滝佑介ともこっそりとデートを重ねてたわけか」

「はい。準大手の旅行会社に勤めてる滝はミッション系の私大出のせいか、なかなか遊び上手なんですよ。東京の山の手育ちで、若い女性を退屈させないタイプみたいなんです」

「滝の血液型はO型で、アリバイも完璧だったんだね？」

波多野が確かめた。

「そうなんですよ。事件当日、滝は福岡に出張して、翌日に帰京してるんです」

「そうらしいね。被害者の恋人だった羽場は死亡推定時刻には、自宅マンションで独《ひと》りで洋画のDVDを観《み》てた。そうでしたね？」

「ええ。ですから、アリバイが成立してるわけじゃないんです。自室にいるよう装って、こっそり被害者宅に預かってるスペア・キーで侵入し、犯行に及んだとも疑えなくはありませんからね。羽場の血液型はA型なんですよ」

「確か羽場は、いつも二十六センチの靴を履《は》いてるとか？」

「ええ。羽場がなんとなく臭いんですが、本人は犯行を強く否認してます」

「そうか」

「ちょっといいかな？」

有働は上司よりも早く口を切った。安西が有働を見据えた。幾分、顔つきが硬い。

「初動の聞き込みによると、事件当夜の九時ごろに小柄な男が一〇五号室に入っていくのを近くの和菓子屋の女店員が目撃してるとか？」

「ええ、そういう目撃情報も本庁の初動班が摑んでくれました。女店員の証言によると、その小柄な男は黒いキャップを目深《まぶか》に被って、茶系のリュックを背負ってたようです。服は黒っぽかったそうです。それから、両手が妙に黄ばんで見えたらしいんですよ」

「薄いゴム手袋を嵌《は》めてたのかもしれないな」

「そうなんですかね」

「そいつは一〇五号室のインターフォンを鳴らしたんだろうか」

「女店員は接客中だったとかで、そこまでは確認しなかったそうです。でも、その男はなんとなく歩きにくそうに見えたらしいんですよ」

「そう。で、和菓子屋の女店員は小柄な男が一〇五号室から出てくるとこも目撃してるのかな?」

「それは見てないそうです」

「そうなのか。事件通報者の一〇四号室を借りてるイラストレーターは六月四日の夜、自室にいたのかい?」

「事件当夜は外出してました。雑誌編集者と町田駅近くのスターバックスで打ち合わせをした後、一緒に午前零時近くまで飲んでたらしいんです。飲んでた店は『リトルウイング』で、安倍《あべ》というオーナーがイラストレーターのアリバイを証言してます。イラストレーターは翌朝、ごみを出しに出たとき、一〇五号室のドア・ノブに血が付着してるんで、一一〇番通報したんだそうです」

「事件当夜、一〇五号室の異変に気づいたマンションの居住者はいなかったんだ?」

「初動の聞き込みでは、そうですね」

「異変に気がついた者がいても、事件に関わりたくないと思ったのかもしれないな。警察嫌いの市民は多いからね」

「そうなんでしょうか」

「おっと、余計なことを言っちまったな。被害者《マルガイ》の親兄弟から何か有力な手がかりは得られなかったのかな?」

「わたしの部下たちが香織の実家のある藤沢《ふじさわ》に行って、両親と兄に会ったんですが、これといった収穫はなかったんですよ」

「そうなのか」

有働は口を結んだ。

安西が上司の田丸刑事課長に目配せした。

田丸が小さくうなずき、すっくと立ち上がった。

「野中署長が前回と同じく捜査本部長の任に就《つ》かせてもらうことになったんですが、今回は本庁の宇佐美理事官に代わって馬場管理官に捜査主任をお願いすることになりました」

「馬場はわたしよりも一つ年下ですが、まだフットワークが軽いんで、みなさんのお役に立つと思いますよ」

　宇佐美が口を添えた。五十四歳の理事官は、捜査一課長の小田切渉《おだぎりわたる》警視の参謀《さんぼう》である。捜査一課のナンバーツウだ。

　午前中にデスク・ワークをこなし、午後からは課長の代わりに捜査本部の置かれた所轄署に出かけることが多い。だが、宇佐美理事官はすでに別の捜査本部事件の捜査主任になっている。

　理事官の下には、八人の管理官がいる。いずれも警視で、おのおのが刑事部各課を束《たば》ねている指揮官だ。宇佐美の事情で、馬場管理官が代役を引き受けることになったのである。

「捜査副主任は、わたしが務めさせてもらうことになりました。そして、本庁の波多野警部には予備班の班長をお願いしたい。町田署《うち》の安西強行犯係長には捜査班の班長をやってもらう」

　田丸刑事課長が着席した。

　捜査本部は、庶務班、捜査班、予備班、凶器班、鑑識班などで成り立っている。

　庶務班は裏方だ。捜査本部の設営に汗を流す。所轄署の会議室か武道場の一隅《いちぐう》に机、事務備品、ホワイトボードなどを運び入れ、専用の警察電話を引く。全捜査員の食事の用意をし、泊まり込み用の寝具を揃える。

それだけではない。電球の交換や空調の点検も守備範囲だ。さらに捜査員の割り当てをして、あらゆる会計業務もこなさなければならない。本庁のルーキー刑事や所轄署の生活安全課の課員が担当する。

花形の捜査班は、たいてい地取り、敷鑑、遺留品の三班で構成されている。

各班とも二人一組で聞き込みに歩き、尾行や張り込みにも当たる。通常は、本庁と所轄署の刑事がコンビを組む。老練と若手の組み合わせが多い。

予備班は地味な印象を与えるが、最も重要な任務を担《にな》っている。班長は、いわば捜査本部の実質的な指揮官だ。その右腕が捜査班の班長である。

予備班長には、ベテランの優秀な刑事が選ばれる。捜査本部に陣取り、情報の交通整理をして、各班に的確な指示を与える。

被疑者を最初に取り調べるのも、予備班の任務だ。予備班長の下には、警部補クラスの部下が一、二名つく。

凶器班は文字通り、凶器の発見に精出す。もちろん、入手経路も調べる。時には、ドブ浚《さら》いもしなければならない。

樹木の枝を払い落としたり、伸び切った雑草も刈り込まなければならないこともある。池や川に潜《もぐ》らされることも珍しくない。

鑑識班は、たいてい所轄署の係員が三、四人任命される。場合によっては、本庁のベテラン鑑識課員が班に加わる。しかし、そういうケースは少ない。

「それでは、班分けをします」

安西がリストを手にして、各班のメンバーの名を読み上げはじめた。

有働は捜査班に組み入れられ、保科志帆とペアを組むことになった。上司の波多野が気を利かせて、根回しをしてくれたのだろう。

「相棒、よろしくな！」

有働は右手を差し出した。志帆は軽く手を握り返したが、明らかに失望した様子だ。

「波多野係長《ハンチヨウ》とペアになりたかったみたいだな」

「ええ、そうですね。二月の捜査本部事件で、波多野警部と組んで気心がわかってますんで、できれば……」

「正直だな。気に入ったよ。建前と本音を使い分けてる女が多いが、そっちは本心を隠したりしないようだから、やりやすそうだ」

「そうですか」

「三年数カ月前に殉職した旦那のこと、係長《ハンチヨウ》から聞いてるよ。波多野の旦那に悪意はなかったはずだから、水に流してやれよな」

「………………」

「まだ何か蟠《わだかま》りを感じてるのかい？」

「いいえ、特に」

「四つの坊やを女手ひとつで育ててるんだってな。健気《けなげ》だよ。偉いね」

「感心されるようなことじゃないと思いますけど。わたしは母親として、当たり前のことをしてるだけです」

「いやあ、立派だよ。こうしてコンビを組むことになったのは、きっと何かの縁だ。何か困ったときは、いつでも遠慮なく相談してくれ。こっちは独身だから、誰にも気兼ねする必要はないんだ」

「そんなことより、仕事の話をしません？」

「ああ、そうだな」

「有働さんは、どう筋《すじ》を読まれてるんですか？」

「変態野郎の犯行臭《ヤマ》いな。生駒ってストーカーのアリバイはガチガチだったのかい？　ひょっとしたら、ロースクールの仲間に頼んで口裏を合わせてもらったのかもしれないぜ」

「アリバイ工作をした気配はうかがえませんでした」

「そうかい。なら、三十六人の性犯罪をやらかした奴らのアリバイを洗い直してみる必要がありそうだな。それから、下着泥棒も怪しいね」

「何か根拠があるんですか？」

「いや、おれの勘だよ。犯人《タマ》は被害者をレイプしただけじゃなく、乳房も抉《えぐ》りかけてやがるんだ。それから下のヘアを刈り取って、口紅を……」

「その先は言わなくても結構です」

「もちろん、言うつもりはなかったよ。相棒は野郎じゃないんだから、いくら神経がラフでも具体的な表現は控《ひか》えるつもりだったさ」

有働は弁明した。性にまつわることを露骨に表現すると、まず女性から嫌われる。軽蔑されることも少なくない。多くの女性と接してきて、そのことは学習している。

「科学捜査の時代に刑事の勘だけを頼りにしてもいいのかしら？　そういう思い込みが見込み捜査を生み、最悪の場合は冤罪《えんざい》を招いたりするんじゃありません？」

「きついことを言うねえ。けど、オーケーだよ。好みの女に少々、厳しいことを言われたって、赦《ゆる》しちゃう。おれ、ちょっぴりマゾっ気があるのかね？」

「知りません。有働さんとは、きょうが初対面なんですから」

「そうなんだよな。でも、こっちはなぜか初めて会った気がしないんだ。もしかしたら、前世で会ってるのかもしれない」

「前世も来世もありません、科学的に考えればね」

「身も蓋《ふた》もない言い方だな。しかし、クールでいいよ」

「本題に戻りましょう」

「そうだな。所轄は被害者の遺品を捜査資料として、借りてきてるね？」

「ええ」

「何かヒントになるようなことは？」

「アルバムの中から二枚、写真が剝《は》がされてたんですよ。わたし、加害者が持ち去ったんではないかと思ったんですが……」

「そのことを遺族に話した？」

「ええ。アルバムを被害者の両親とお兄さんに見せたんですが、空白になってる所にどんな写真が貼られてたか見当もつかないと言ってました」

「羽場や滝、それから香織の職場の連中にも剝がされた二枚の写真のことは訊いてみた？」

「ええ。ですけど、どなたも思い当たることはないと言ってました」

志帆が答えた。

そのとき、安西が第一回捜査会議を終えると大声で告げた。刑事たちが思い思いに席を離れた。

野中署長、本庁の宇佐美理事官、馬場管理官、町田署の田丸刑事課長の四人が団子状になって、会議室から出ていった。署長室で茶でも啜《すす》る気なのだろう。

波多野警部が歩み寄ってきた。

志帆が弾《はじ》かれたように椅子から立ち上がり、波多野に深く頭を下げた。

「お久しぶりです。春先には、公私共に大変お世話になりました」

「こっちこそ、いろいろ救《たす》けてもらったよ。翔太君は元気かな？」

「はい。元気すぎて、困ってます」

「男の子は、それぐらいでちょうどいいんだ。それはそうと、有働とうまくやってほしいな。この男は柄はよくないが、心根は優しいんだよ。デリカシーがないことを平気で言うだろうが、大目に見てやってくれないか」

「は、はい。波多野さんのお供をして、いろいろ勉強させてもらいたいと思ってたんですよ。ちょっぴり残念ですけど、有働さんにくっついて学ばせてもらいます」

「係長《ハンチヨウ》、おれが予備班に回ってもいいぜ」

有働は上司に言った。

「子供っぽい拗《す》ね方をするなって。おまえがヤー公みたいだから、保科巡査長は少し恐れをなしてるだけさ。別に嫌われてるわけじゃないと思うよ」

「それなら、新人の女刑事と組んでやるか」

「この野郎、もったいつけやがって。捜査班長の安西さんの指示を仰《あお》いで、二人で聞き込みを開始してくれ」

「こっちは自由にやらせてもらいます」

「わがままな奴だ。あんまり安西さんを困らせるなよ」

波多野が釘をさし、離れていった。志帆はほほえみを浮かべながら、波多野の背中を見つめていた。

「事件現場を一度見ておくか。被害者の部屋には入れるんだろう？」

「ええ」

「それじゃ、案内してくれないか」

有働は志帆の肩を軽く叩いた。二人は肩を並べて会議室を出た。

4

若い女性がうずくまっている。

一〇五号室の前だ。ドアには花束が凭《もた》せかけてある。殺された香織の友人か、知り合いなのだろう。

志帆は、かたわらの有働を顧《かえり》みた。

「彼女に事情聴取してみましょう」

「そうするか。泣いてるようだから、故人とはかなり親しかったんだろう」

「ええ、多分」

「何か手がかりを得られるかもしれねえ」

有働が呟《つぶや》いて、先に歩きだした。志帆も、『町田パークパレス』一階の歩廊を進んだ。

気配で、一〇五号室の前でしゃがみ込んでいる二十三、四の女性が志帆たちに顔を向けてきた。頬が涙で濡れている。

「警察の者だが、ちょっと話を聞かせてほしいんだ」

有働が声をかけた。涙ぐんでいた女性が緊張した面持《おもも》ちで立ち上がった。平凡な顔立ちで、服装も地味だった。中肉中背だ。

「わたしは町田署刑事課の保科です。連れの方は警視庁捜査一課の有働刑事よ」

志帆は穏《おだ》やかに話しかけた。

「香織さんの事件を捜査されてる方たちですね？」

「ええ。あなたは、布施香織さんのお友達？」

「友達じゃなくて、元同僚なんです。わたし、七カ月前まで『三星マテリアル』で派遣社員をしてたんです。石丸亜由美《いしまるあゆみ》といいます。二十五歳です」

「布施さんと同じ資材管理部で働いてたの？」

「はい。といっても、わたしはもっぱら書類をコピーしたり、伝票整理をやってたんですけど」

「派遣契約はどのくらいだったのかしら？」

「半年でした。契約が切れたんで、去年の十一月に『三星マテリアル』を辞めたんです」

「働いてる間、あなたは布施さんにかわいがられてたのね？」

「ええ、とってもよくしてもらいました。正社員の女性たちはたいてい派遣ＯＬを他所者《よそもの》と思ってるから、冷たいというか、態度が素っ気《そけ》ないんです」

「半年とか一年で、別の派遣先に移っちゃうからなのかな？」

「それもあるでしょうけど、正社員の方たちは派遣従業員をワンランク下の人間だと見てるんでしょうね」

「そんな人たちばかりではないでしょう？」

「ほとんどの正社員が肚《はら》の中では、そう思ってるはずです。だから、わたしたちのことを派遣さんだなんて見下《みくだ》した言い方をするんですよ」

「まだ若いのに、僻《ひが》み根性が強いんだな」

　有働が口を挟んだ。

　亜由美が有働に挑《いど》むような眼差《まなざ》しを向けた。だが、何も言わなかった。

「正社員も契約社員も、たいした違いはねえさ。給与所得者だからな、どっちもさ。どちらが上とか下とか言えるもんじゃない」

「いいえ、契約社員や派遣社員は明らかに低く見られてます。労働賃金もかなり違いますし、派遣社員は福利厚生面でもマイナー扱いされてるんですよ。社員食堂で同じランチを食べても、正社員よりも百円から二百円高く取られてしまうんですから」

「そうなのか。そこまでは知らなかったな」

「そんなふうに冷遇されてたわたしに優しく接してくれたのが、殺されてしまった香織さんなんです。美人で頭のいい彼女は正社員と派遣社員を少しも別《わ》け隔《へだ》てなく扱って、いつも公平だったんですよ」

「そう」

「そういう理智的な女性は案外、少ないんですよね。わたし、なんだか心強くなったし、嬉しかったの。で、ある日、香織さんの分のカツサンドも作って会社に持っていったんです。彼女、すごくおいしいと言って、その晩、イタリアン・レストランに連れていってくれたの。高いパスタとワインをご馳走《ちそう》してくれたんです」

「そんなことがあって、あなたと布施さんは親しくなったわけね？」

志帆は、有働よりも先に言った。

「ええ、そうなんです。香織さんは、わたしを自分の妹か従妹《いとこ》みたいにかわいがってくれて、よく飲みに連れてってくれたんですよ。着なくなったジャケットやパーカなんかもくれました」

「これまでの聞き込みでわかったことなんだけど、布施さんはこと恋愛に関しては同僚たちには多くを語らなかったようね？」

「同僚のＯＬたちに妬《ねた》まれるのがうっとうしかったからなんだと思います。香織さんは綺麗で頭もシャープだったから、男性にモテモテだったんですよ」

「そうだったんだろうな」

「でも、派遣で働いてるわたしには気を許してくれたみたいで、恋愛関係の話もいろいろ喋ってくれました」

「それなら、布施さんが彼氏の羽場さんと、滝さんという『.jpツーリスト』の社員に二股をかけてたことも知ってそうね」

「ええ、知ってました。香織さんは来年の春には外務省で働いてる羽場さんと結婚する気でいたようです。その先の人生設計もちゃんと描いてたみたいですよ。でも、マリッジ・ブルーに似た気分に陥《おちい》って、滝佑介って男性ともデートをするようになったんです」

「あなたは、羽場宗明や滝佑介と会ったことがあるの？」

「羽場さんとは一度だけ香織さんを交《ま》じえて食事をしたことがあります。滝さんの写真を見せてもらったことはありますけど、面識はありません」

亜由美が答えながら、ハンカチで目頭《めがしら》を軽く押さえた。

「別班の聞き込みで、布施さんが滝佑介とも交際してることには羽場さんはまったく気づかなかったと答えてるんだけど、その通りだったのかしらね？」

「だと思います。香織さんは羽場さんに覚《さと》られないよう細心の注意を払いながら、滝さんとデートしたり、泊まりがけで旅行してるんだと言ってましたから」

「あなたは、布施さんが二人の男性と同時に交際してたことをどう思ってたの？」

「羽場さんを裏切ってることはちょっと不誠実だと思いました。でも、結婚相手がほぼ決まっちゃうと、なんだか物足りない気持ちになるかもしれないでしょうから、香織さんが二股をかけたくなる気分もわからなくはないなと……」

「そう」

「被害者には、第三の男がいたかもしれないんだよ」

有働が話に割り込んだ。

「第三の男ですか⁉」

「そう。布施香織は羽場、滝の二人のほかに小柄な男ともつき合ってたんじゃないのか。六月四日の午後九時ごろ、黒いキャップを被った野郎が一〇五号室に入ったという目撃証言があるんだ」

「何かの間違いでしょ⁉ 香織さんは男性たちに好かれてましたけど、三人と掛け持ちで交際するなんてことは考えられません。そこまで無節操《むせっそう》な女性ではないですよ」

「そうか」

「刑事さんたちは、これから香織さんの部屋に入られるんですか？」

「ああ。きみが持ってきた花、部屋の中に飾ってやったほうがいいんじゃないか。一緒に室内に入るかい？」

「辛《つら》すぎて、わたしは部屋の中には入れません。お花、部屋の中に入れていただけますか？」

「ええ、いいわよ」

志帆はドアに立てかけてある花束を摑み上げた。中心部のカトレアを囲むように季節の花々が束《たば》ねられている。だいぶ量感があった。

「香織さんは、カトレアが大好きだったんです。カトレアだけの花束《ブーケ》にしてあげたかったんですけど、あまり余裕がないんで、真ん中に一本だけ入れてもらったんですよ」

「いまの派遣先は？」

「青山の結婚式場で予約係をしてます。会社名は『フォーエバー・ハッピネス』です」

「ついでに、お住まいも教えてもらおうかな？」

「町田市大蔵町《おおくらまち》三〇八×番地の『メゾン大蔵』ってアパートに住んでるんです。実家は大田区の上池台《かみいけだい》にあるんですけど」

「その番地だと、大蔵ゴルフセンターと三界寺《さんかいじ》霊廟《れいびょう》の間ぐらいかな？」

「ええ、そうです。刑事さんも町田市内にお住まいなんですか？」

「そうなの。山崎団地の賃貸住宅に住んでるのよ」

「警察官なら、官舎があるはずですよね？」

「そうなんだけど、官舎暮らしは何かと窮屈なんで、団地暮らしをしてるの」

「そうなんですか」

「わざわざ鶴川《つるかわ》駅周辺のアパートを借りたのは、憧《あこが》れてた布施さんの自宅の近くに住みたかったからなのかしら？」

「それもありますけど、二十三区のアパートはどこも家賃が高くて借りられなかったんですよ。でも、各駅停車駅の鶴川あたりなら、安いアパートがあると思ったんです」

「そうなの。携帯のナンバーも教えてもらえる？　また何か訊きたいことが出てくるかもしれないから」

「わかりました」

亜由美が電話番号を明かした。志帆は、自分の携帯電話に教えられたナンバーを手早く登録した。

「派遣の仕事はきついだろうが、人生、悪いことばかりじゃないさ。前向きに生きてくれよ」

有働が亜由美を励ました。亜由美が目礼し、歩み去った。

志帆は不動産管理会社から預かっている鍵を使って、一〇五号室の内錠を解《と》いた。ドアを開ける。血臭はだいぶ薄れていた。

室内は薄暗かった。

志帆は電灯のスイッチを入れ、先にダイニングキッチンに上がった。

床の半分にはブルーシートが敷かれていた。現場保存のためだった。奥の居室に歩を進める。死体のあった場所も、ブルーシートで覆われていた。その場所に花束をそっと置き、短く両手を合わせる。

「死体《ロク》は、そこに横たわってたんだな。鑑識写真を何枚も見たから、ブルーシートを剝《は》がすこともないだろう」

有働が白い布手袋を両手に嵌め、ベッド・カバーと寝具を捲《めく》った。フラット・シーツを仔細《しさい》に観察し、首を捻《ひね》った。

「ベッドはセミダブルなのに、なんで犯人《ホシ》は被害者《ガイシャ》を床の上でレイプしたのかね？　ベッドの上のほうが気分が出ると思うんだがな」

「土足でベッドに上がるのは、なんとなく気が引けたんではありませんか？」

「靴を履《は》いたまま部屋に押し入った野郎がそこまで考えるとは思えない。レイプ殺人犯は、香織が羽場や滝とこのベッドを使ってたことを知ってたのかもしれねえな」

「だから、生理的な嫌悪感があって、ベッドは使わなかった？」

「そうなのかもしれねえ。男は変なとこで神経質になったりするからな」

「そういうデリケートな神経の持ち主が猟奇殺人に走りますかね？　ワークブーツを履いたままだと、ベッドマットの弾力がうっとうしかっただけなんだと思いますけどね」

「そうなんだろうか。えーと、金品はまったく盗《ギ》られてなかったんだな？」

「ええ。預金残高百九十二万余円の銀行通帳やキャッシュカードは持ち去られていませんでした」

「この部屋の家賃は、いくらだったっけ？」

「九万七千円です、管理費込みで。毎月五万円は藤沢の実家が負担してたようです。それなりのお給料を貰ってたんでしょうけど、二十代のＯＬには月々の家賃が重かったでしょうから、親御さんがカバーしてあげてたんでしょうね。有働さんは、被害者にパトロンめいた男性がいたのではないかと思ったんではありませんか？」

「ひょっとしたら、そういう奴がいたんではないかと……」

「パトロンがいたんだったら、もっと貯《たくわ》えがあったでしょうし、ブランド物の服やバッグなんかもたくさん持ってたと思います」

「そうだろうな。捜査資料によると、被害者の内腿《うちもも》とカーペットに精液痕があったらしいが、ペニスを拭《ぬぐ》ったティッシュ・ペーパーや布の類《たぐい》は遺留されてなかったんだよな？」

「ええ、そうです」

「土足で押し入って強姦殺人をやるような男が、汚れた紙や布を持ち帰るかね？」

「ＤＮＡを検《しら》べられることを恐れたんだと思います。性行為中は素手だったんでしょう」

志帆は言った。

「そうなんだろうか」

「ええ、多分ね」

「さっき部屋の前で泣いてた石丸亜由美って娘《こ》、だいぶショックを受けてるようだったな。実の姉貴みたいに香織を慕ってたんだろう」

「彼女は、被害者に強く憧れてたんじゃないのかな。できることなら、自分も布施香織のような素敵な女性になりたいと願ってた。しかし、その願望を叶えることはできない。だから、いつも憧れの相手のそばにいたいと思ってたんじゃないかしら？」

「そういう気持ちがもっと強まったら、レズに走りそうだな」

「同性愛とは違うんですよ。なんて言えばいいのかな。いわゆるレズビアンじゃないんですよね。同性をアイドルのように見てるだけで、心身ともに触《ふ》れ合いたいと希求《ききゅう》してるわけじゃないんです」

「そっちも、さっきの娘《こ》と似たような体験をしたことがあるようだな？」

「ええ、遠い昔にね」

「宝塚のスターに憧れてるような感じなんだ？」

「ま、そんな感じでしたね」

「そうか。鑑識の人間は何十本も頭髪や体毛をここで採取したそうだが、死体の周辺からは犯人《ホシ》の陰毛は一本も見つからなかったって話だったよな？」

「ええ」

「加害者は異常なほど興奮してただろうから、かなり烈《はげ》しく動いたはずだ。それなのに、下《しも》の毛が一本も脱《ぬ》け落ちなかったなんて妙だな。強姦野郎は携帯用クリーナーを持参してやがったのかね？　それで死体の周《まわ》りを掃除してから、逃《フ》げ《ケ》やがったんだろうか」

「そのへんはわかりませんね」

「もう一つ、妙だと思うことがあるんだ」

「犯人が被害者に化粧をしてから逃走したことでしょ？」

「そう。おれ、犯人《ホシ》は美容師かメイクアップ・アーティストの野郎なんじゃないかと睨《にら》んでるんだ。そっちはどう思ってるんだい？」

　有働が問いかけてきた。

「そうなのかもしれませんね。あるいは共犯者の女性がいて、その彼女が死者にメイクをしてやったとも考えられます」

「ちょっと待てよ。犯人は香織を辱《はずかし》めてるんだぜ。共犯の女がいたとしたら、近くでレイプ・シーンを眺めてたってことになる」

「ええ、そうですね」

「そんなことは考えられねえな」

「でも、化粧の仕方が上手なんですよね。美容関係の仕事に携《たずさ》わったことのある男性なら、きちんとメイクできるでしょうけど、それ以外の人はあんなに綺麗に仕上げることはできないと思います」

「しかし、犯人が女連れでレイプ殺人をしたなんて考えられねえよ。化粧のできる変態男の単独犯行だな」

「そうなんでしょうか」

志帆は、それ以上は言えなかった。相棒の読み筋には素直にうなずけなかったが、反論できる根拠もなかった。

有働がベッド・カバーと夜具を元通りにして、室内をくまなく検《しら》べはじめた。ベランダにも出た。志帆も改めて部屋の隅々《すみずみ》までチェックしてみた。しかし、新たな手がかりは得られなかった。

二人は一〇五号室を出ると、一階と二階の各室を訪ね回った。三分の一ほどが留守だった。在宅中の居住者に再度聞き込みをしてみたが、徒労《とろう》に終わった。

事件当夜、黒いキャップを被った小柄な男を目撃したという和菓子店の女店員にも会ってみた。だが、新情報を手に入れることはできなかった。

いつの間にか、夕闇が濃くなっていた。

志帆は覆面パトカーの灰色のレガシィの横で、巨身の相棒に言葉をかけた。

「いったん町田署に戻りましょうか?」

「いや、まだ早い。そっちは管内で性犯罪で検挙《アゲ》られたことのある連中のリストを持ってるよな?」

「リストは、車のドア・ポケットに入ってます」

「強姦で逮捕《パク》られた奴は何人いる?」

「四人ですね。残りは強姦未遂以下の容疑で起訴されてます」

「なら、その四人のアリバイを洗い直そう。その中に本件の犯人《ホシ》がいるかもしれねえからな」

「初動捜査で、性犯罪者たちのアリバイの裏付《ウラ》けはちゃんと取ってあります。本庁初動班と町田署《うち》の捜査に手抜きがあったと思ってるんですかっ」

「そうは言ってないよ。何事もパーフェクトなんてことは、めったにあるもんじゃねえ。

だから、もう一度アリバイを調べてみようってわけさ」

有働が言って、せっかちにレガシィの助手席に乗り込んだ。車体が少し沈んだ。

志帆は捜査車輛のドアの把っ手《とって》に手を伸ばした。そのとき、携帯電話が身震いした。

発信者は、捜査班長を務めている上司の安西係長だった。

「新宿のロースクールに再聞き込みに行った別班から報告が上がってきたんだが、六月四日の晩、生駒耕司は三人の受講生仲間と居酒屋で十一時十分ごろまで酒を飲んでたと言ってたが、それは嘘だとわかった。午後九時半にロースクールを出て、そのまま帰途《きと》についてたんだよ」

「受講生仲間に口裏を合わせてもらって、アリバイ工作をしたのね？」

「多分、そうなんだろう。九時四十分過ぎには下りの急行に乗れるだろうから、町田駅には三十五、六分後には着く。駅から急ぎ足で歩けば、七、八分で『町田パークパレス』にたどり着けるだろう」

「犯行は可能ですね」

「きょう、ロースクールは休講日なんだ。生駒は本町田の自宅アパートにいるだろう。本庁の有働さんと生駒の自宅に行って、ちょっと揺さぶりをかけてみてくれないか」

「了解！」

志帆はレガシィの運転席に乗り込み、早口で経過を有働に伝えた。

「そういうことなら、生駒が臭いな。よし、行こう」

有働が覆面パトカーの屋根《ルーフ》に赤色灯を載《の》せた。

志帆はレガシィを発進させた。サイレンを鳴り響かせながら、鶴川街道を走る。菅原《すがわら》神社の前の信号を右折し、恩田川《おんだがわ》の手前でレガシィを路肩《ろかた》に寄せる。

生駒耕司の自宅アパートは、川沿いにあった。軽量鉄骨造りの二階建てアパートだ。川の向こうに、久美堂《ひさみどう》本町田支店の看板が見える。

志帆は先に車を降り、アパートの敷地に足を踏み入れた。有働が従《つ》いてくる。

二人は階段を駆け上がって、二〇三号室の前に立った。

窓は明るかった。ドア越しにテレビの音声も聞こえてくる。

「ヤマネコ宅配便です。生駒さん、お届け物ですよ」

有働がインターフォンを鳴らし、大声で告げた。

待つほどもなくドアが開けられ、生駒が姿を見せた。細身で、肌が生白い。

志帆は生駒から事情聴取をしている。司法浪人生は狼狽《ろうばい》し、ドアを閉めようとした。有働がドアを大きく押し開け、生駒を部屋から引きずり出した。

「アリバイ工作をしやがったなっ」

「な、なんの話なんですか？」

「六月四日の晩、受講生たちと居酒屋になんか行ってねえじゃねえかっ。ロースクールを出てから町田に戻って、布施香織の部屋に押し入ったんだろうが！　それで、おまえは猟奇殺人をやったんじゃねえのか。どうなんだ！」

「何を言ってるんです⁉」

「そっちがストーカーだってことはわかってるんだ。香織に言い寄る勇気がねえんで、レイプ殺人に及んじまったか。どうなんだよ？」

「く、苦しい！　手を放してください」

生駒が抗議した。有働は黙殺し、生駒の胸倉を摑んだまま外壁に強く押しつけた。

「有働さん、冷静に事情聴取しましょうよ」

志帆は見かねて、大声で諌《いさ》めた。

「こいつは、いかにも変質者っぽい目つきをしてるじゃねえか」

「それだけで、生駒さんを犯人扱いするのはまずいですよ」

「そっちは黙っててくれ。もう少し締め上げりゃ、必ず自白《ウタ》うさ」

「有働さん、やりすぎ！」

「でっけえ声出すなよ。鼓膜《こまく》が破れるだろうが」

有働が右耳に武骨《ぶこつ》な指を突っ込みながら、ようやく生駒から離れた。志帆は生駒と有働の間に割り込んだ。

「どうしてアリバイ工作なんかしたんです？」

「ぼく、人殺しなんかしてませんよ」

「それでは、質問の答えになってないわ。何か疚《やま》しさがあったから、布施香織さんが殺された夜、受講生仲間たちと十一時過ぎまで新宿の居酒屋にいたなんて嘘をついたんでしょ？」

「それは……」

「正直に話してくれないと、任意同行を求めて取り調べをすることになりますよ」

「ぼく、恥ずかしい秘密を警察の人たちにどうしても知られたくなかったんです。だから、嘘をついてしまったんだ。布施香織さんは女神なんです。ストーキングをしてたことは認めますけど、殺してなんかいませんよ」

「六月四日の九時半以降、どこでどうしてたんです？　それを教えてくれれば、あなたの疑いは晴れるのに」

「思い切って言います。ロースクールを出てから、ひとりで歌舞伎町《かぶきちよう》の性風俗店に行ったんですよ」

「一発抜いてもらいに行ったのか？」

　有働が品のない訊き方をした。

「そ、そうです。本当はソープランドに行きたかったんですけど、あんまり浪費もできないんで……」

「店の名は？」

「歌舞伎町一番街から一本奥に入った裏通りにある『ベビードール』って風俗店です。指名した風俗嬢は、エミリーって娘《こ》です。店で確認してもらえば、ぼくのアリバイははっきりするはずです」

「こいつはシロだな」

「どうして自信を持って断定できるんです？」

　志帆は相棒に問いかけた。

「風俗店に行ったことを隠しておきたがった小心者が猟奇殺人なんかやれるはずねえよ」

「ただの心証なんですね？」

「まあな。なんか文句あんのか？」

「いいえ、別に」

「紛《まぎ》らわしいアリバイ工作なんかするんじゃねえよ。わかったな！」

有働が生駒を叱り飛ばし、階段の降り口に向かった。

「さっき言ったことは事実なのね？」

「ええ。『ベビードール』で確認してくださいよ、とにかく」

「一応、確認はするけど、人騒がせな司法浪人生ね。もう少し図太くならないと、何年経《た》っても司法試験にパスしないんじゃない？」

志帆は厭味《いやみ》を言って、相棒の大男を追った。

第二章　気になる三角関係

1

気分が晴れない。

前夜、シングルマザー刑事と気まずく別れたせいだろう。

有働は下北沢の自宅マンションのダイニングキッチンで、紫煙をくゆらせていた。時刻は正午近い。

有働は二時間以上も前に身繕《みづくろ》いを終えていた。だが、なんとなく町田署に向かう気にはなれなかった。

昨夜、有働たちコンビは生駒耕司のアパートを後にすると、町田市や神奈川県内に住む四人の強姦犯の自宅や勤め先を訪ねた。婦女暴行犯の累犯率《るいはんりつ》はきわめて高い。服役後も同じ性犯罪を繰り返すケースが少なくなかった。

アメリカの幾《いく》つかの州では、連続強姦事件の犯人が出所すると、GPS機能付きの携帯電話を持たせている。法律で義務づけられているのだ。また、南部のある州では性的異常者に断種手術さえしている。

異常性欲に取り憑《つ》かれた男たちの〝悪癖〟を完治させることは困難だ。何年か経ってから本能や歪《ゆが》んだ欲情に負けて、同じ過《あやま》ちを犯す事例が後を絶たない。

そうした先入観や固定観念に引きずられて、有働は強姦罪で服役したことのある四人の男を半《なか》ば容疑者扱いしてしまった。

相手がアリバイを偽装した気配があると感じると、大声で詰問した。殴りこそしなかったが、額や胸部は小突いた。罵《のの》りもした。

そのつど、志帆は有働を非難した。見込み捜査は慎《つつし》むべきだと忠告し、違法捜査だとさえ口走った。有働は若手の女性刑事にたしなめられ、つい逆上してしまった。相棒と覆面パトカーを聞き込み先に置き去りにして、勝手に帰宅してしまったのだ。

捜査本部のメンバーの誰もが所轄署の仮眠室や武道場に泊まり込んでいるわけではない。所轄署に四、五十分で通える官舎や民間住宅で暮らしている刑事は、それぞれ自宅と捜査本部を往復している。ただし、捜査が大詰めになると、ほとんどの捜査員が所轄署に泊まり込む。

有働は短くなったロングピースの火を消した。

コーヒーをブラックで飲む。いつになく苦く感じられた。

きのうの晩に会った四人の強姦犯の血液型は揃ってA型だったが、アリバイ工作をした事実はなかった。刑事の勘が鈍ってしまったのか。組対部時代に状況証拠と直感で何人かの殺人者を逮捕したが、単なるまぐれが重なっただけなのかもしれない。

根拠のない自信を膨《ふく》らませて、思い上がっていたのか。そうだとしても、まだ駆け出しの未亡人刑事にやりこめられたままでは癪《しゃく》だ。

思い起こしてみると、確かに聞き込み捜査はスマートではなかった。見込み捜査と言われれば、その通りだろう。違法捜査にもなるのかもしれない。

しかし、八つも年下の人間に説教されたことに拘《こだわ》ってしまう。自分の非を棚に上げて、自尊心を傷つけられたショックがまだ尾を曳《ひ》いている。なんだか面白くなかった。

といって、一目惚れした志帆と訣別《けつべつ》することは惜《お》しい。言い寄ってもいないのに、疎遠《そえん》になるのはいかにも残念だ。悔いが残るにちがいない。

妙なプライドはかなぐり捨てて、志帆に迷惑をかけたことを詫《わ》びるべきか。しかし、そんな振る舞いをしたら、下心を見透《す》かされてしまうのではないか。それも、みっともない気がする。

思いあぐねていると、部屋のインターフォンが鳴った。

有働は食堂セットの椅子から立ち上がり、玄関に急いだ。ドア・スコープに片目を寄せる。

ドアの前に立っているのは、『エトワール』のホステスのみずきだった。

六月四日の深夜から、彼女は二十回近くも有働に電話をくれた。伝言も五回、録音されていたが、一度もコール・バックしていなかった。

有働は一瞬、居留守を使う気になった。しかし、それでは卑怯だろう。みずきに今後も携帯電話の数字キーを押させることになる。いつまでも気を揉ませては気の毒だ。

有働はドアを開けた。

「ここがよくわかったな。ママとチーママしか自宅の住所は知らないはずなんだが……」

「友紀ママに無理を言って、こちらのアドレスを教えてもらったんです。ちょっとお邪魔しますね」

みずきが何か思い詰めたような顔で入室し、後ろ手にドアを閉めた。涼しげな夏服姿が似合っている。

「先日は連絡しないで悪かったな。赤坂西急ホテルに入る前に、ちょっとした事件に巻き込まれちゃったんだよ」

「そうだったんですか。何もギブしないで十八万円を貰うわけにはいかないんで、わたし、何回も有働さんに電話したんですよ。何度かメッセージも入れました」

「着信履歴はちゃんと見たよ。しかし、仕事が急に忙しくなってさ、なかなか連絡できなかったんだ」

有働は、もっともらしく言い訳した。

「そうだったんですか。それなら、これから寝室でわたしを抱いてください。シャワーを浴びてきたから、すぐにオーケーです」

「みずきちゃん、待ってくれ。おれは、これから出かけなきゃならないんだよ」

「そういうことなら、いきなりでもかまいません。有働さんさえよければ、立ったままでも……」

「おれは十代や二十代の坊やじゃないんだぜ。そういうがっついたセックスは、とうの昔に卒業したよ」

「でも、十八万円も先にカンパしてもらっちゃったんだから、抱いてもらわないと困るんですよ。そうじゃないと、いつまでも有働さんに借りがあることになるでしょ？」

「仕事が一段落したら、みずきちゃんを抱かせてもらう」

「それなら、暇《ひま》になるの？」

「当分、忙しいんだよな」

「困ったわ」

「忙しいこともあるんだが、おれ、ありきたりのプレイじゃ昂《たか》ぶらないんだ」

「バイブとかローターを使わないと、エレクトしないんですね？　わたし、そのぐらいは平気です」

「そんな生やさしいプレイじゃ、満足できないんだよ。おれ、変態なのかもしれない」

「どういうプレイがお好きなんですか？」

「言ったら、みずきちゃんに嫌われそうだな」

「有働さん、言ってみて。たくさんカンパしてもらったんだから、それなりのサービスはさせてもらいます」

「でもなあ」

「前よりも、後ろの部分に興味があるんでしょ？」

みずきが、にっと笑った。アナル・セックスも体験済みなのだろう。

「そうじゃないんだ」

「恥ずかしがらずに言ってみて」

「言っちゃったら、絶対に気味悪がられると思うな」

「まさかスカトロジストじゃないですよね？」

「違う、違う！　みずきちゃんのおしっこ飲ませろなんて言わねえよ」

「なんだかゾクゾクしてきたわ。有働さん、早く教えて！」

「こうなったら、告白しちまおう。おれ、剃毛《ていもう》プレイが大好きなんだ」

有働はわざと視線を外して、ためらいがちに言った。みずきを追い払うために思いついた嘘だった。

「女性の恥毛をすっかり剃《そ》り上げないと、ハードアップしないんですか⁉」

「そう。それでも、まだ刺激が足りないんだ。タトゥ・マシーンを使って、ベッド・パートナーの白い内腿に蠍《さそり》の刺青《いれずみ》を彫《ほ》り込まないと、完全には勃起《ぼっき》しないんだよ」

「そこまでは、わたし、つき合いきれないわ。お金、そっくり返します」

「金は返さなくてもいいんだ。いつかおれのリクエストに応じる気になったら、一度、パートナーを務《つと》めてくれよ。五年、いや、十年でも待つからさ」

「何十年待ってもらっても、多分、ご希望には添えられないと思うわ。無理、無理ですね」

「それなら、それでもいいんだ」

「えっ、それでもいいんですか⁉」

「ああ、かまわないよ」

「そういうことなら、十八万はサラ金の返済に充《あ》てさせてもらいます」

「そうしなって」

「有働さん、ありがとう。屈折した優しさ、嬉しかったわ」

「なんのことだい？」

「わかってますよ。もう少しリアリティーのある嘘をつかれたら、真《ま》に受けちゃったかもしれませんけどね。でも、人の情けが心に沁《し》みました。回していただいたお金、少しずつでも必ず返します」

「いいんだって、返さなくても」

「毎月五千円ずつ返しますんで……」

　みずきが明るく言って、部屋から出ていった。

　芝居が下手すぎたようだ。有働は苦笑し、ふたたび椅子に腰かけた。煙草をくわえようとしたとき、懐《ふところ》でモバイルフォンが打ち震えた。

　携帯電話を摑み出し、ディスプレイに目をやる。発信者は上司の波多野警部だった。有働は通話キーを押し込んだ。

「連絡が遅くなっちまったけど、きょうは休ませてもらおうと思ってるんだ。なんか風邪をひいたみたいで、熱っぽくて体の節々《ふしぶし》が痛いんだよ」

「嘘つけ！」

「えっ⁉」

「今朝《けさ》早く保科巡査長から、昨夜《ゆうべ》のことを聞いた。彼女、口幅ったいことを言ってしまったと悔《く》やんで、前の晩はあまり眠れなかったそうだ」

「そうなのか」

「ガキみたいにむくれてるんだろうが、おまえが強引な事情聴取をしたことは感心できないな」

「四人を被疑者扱いしたことは、確かに行き過ぎだったよ。しかし、性犯罪者の大多数は懲《こ》りずに累犯者になってるんだよな」

「そうなんだが、改心する前科《マエ》持ちだっているんだ。最初っから相手を疑ってかかるのはよくないな」

「その点は少し反省してるんだ」

「大いに反省しろ。きのうの四人のアリバイは、所轄の人間たちがきっちり裏付け《ウラ》を押さえてるんだ。おまえが四人の元強姦犯を容疑者扱いしたら、町田署の者は気分を害するじゃないか。われわれは本庁《ホンブ》の人間だが、あくまでも助っ人なんだ」

「そのことはちゃんと弁《わきま》えてるつもりなんだが、初動捜査が甘い気がしたんでね。下着泥もまだ検挙《アゲ》てないなんて、たるんでる証拠だよ」

「有働、よく聞け！　所轄の連中は別に怠《なま》けてるわけじゃない。それぞれ目一杯、職務を果たしてるんだ。しかし、なにしろ人員が限られてる。だから、『町田パークパレス』の一階のベランダの洗濯物をかっぱらった下着泥棒を特定できなかったんだろう」

「そうなんだろうが……」

「それから、これは私見だが、下着泥棒は本件には関与してないな。パンティーやブラジャーをこそこそ盗むような奴には、猟奇的な殺人《コロシ》はできないさ」

「こっちも、そうは思ってたんだが、一応ね」

「とにかく不貞腐《ふてくさ》れてないで、保科巡査長とペアで働いて、捜査に貢献《こうけん》してくれ。おまえはあまり刑事の勘に頼らなくなれば、殺人捜査のエキスパートになれるんだから」

「そうかね」

「おれがわざわざ組対《そたい》から有働を引き抜いたんだから、失望させないでくれ」

「捜一に移りたいと頼んだ覚えはないがな」

「かわいげのない男だ。保科巡査長も筋《すじ》は悪くない。まだまだ未熟だがな。おれは五十代になったから、優秀な刑事《デカ》をひとりでも多く育てたいと思ってるんだよ。おまえと保科巡査長には期待してるんだ」

「ありがたい話だが、ヤー公どもを相手にしてるほうが気楽だな」

「素直じゃない奴だ」

波多野がいったん言葉を切って、言い継《つ》いだ。

「しかし、へそ曲がりや天《あま》の邪鬼《じゃく》のほうがいい仕事をする。上司の顔色を常にうかがってるような部下や風見鶏《かざみどり》みたいにスタンスの定まってない奴は、たいてい使えない。ただ、反骨精神は大いに持ってほしいが、子供みたいな拗《す》ね方やわがままは甘えが過ぎるな」

「おれのことを言ってるんだね？」

「その通りだ。有働、もう少し大人になれよ。それはそうと、もうじき保科巡査長がおまえの自宅に到着すると思う」

「彼女、おれを迎えに来るわけ⁉」

「ああ、そうだ。偉そうなことを口走ったことを申し訳ながってたよ。それで、有働を迎えに行きたいと言いだしたんだ」

「そうなのか」

「世話の焼ける先輩刑事だ。彼女と一緒に捜査本部に顔を出せ。いいな？」

「そうするかな」

有働は電話を切った。

意外な展開になったことで、少々、戸惑いを覚えた。しかし、決して不快ではなかった。有働は自分が駄々っ子のように思え、何やら気恥ずかしくなった。

煙草を喫《す》っていると、インターフォンが鳴らされた。有働は壁に掛かった受話器には近づかなかった。直《じか》にドアを開けた。

「きのうは生意気なことを言って、ごめんなさい」

志帆がきまり悪そうに謝罪した。

「こっちこそ、大人げなかったことをしちまったよ。勘弁してくれ」

「有働さんが腹立たしい気持ちになるのは当然だと思います。すでに十五年も捜査畑を歩いてきた大先輩なんだから」

「言い訳になるが、おれは前科者たちをずっと相手にしてきたんだよ。連中は強《したた》かだから、平気で嘘をつくんだ」

「そうでしょうね」

「だからさ、紳士的に事情聴取したら、捜査が進まない。それで、きのうの四人を犯人扱いしちまったんだ。その前に生駒もな」

「捜査熱心なんでしょうけど、前科者を色眼鏡で見ることはやっぱり……」

「そっちの言う通りだな。少し気をつけらあ」

有働は魔法にかけられたように従順になってしまった。惚れた弱みだろうか。

「波多野警部から連絡がありました？」

「少し前に電話があったよ。わざわざ迎えに来てもらって、悪かったな。ちょっと上がらないか。コーヒー、淹《い》れらあ」

「次の機会にでも、ご馳走になります」

「そうかい」

「いいマンションね。間取りは２ＤＫかしら？」

「ああ、そうだよ。ちょっと狭いけど、子供と一緒にここに引っ越してくるか？」

「わたしを口説いてるつもり？」

「半分は冗談だが、もう半分は本気だよ」

「シングルマザーだから、簡単に遊べると思われちゃったのかしら？」

「そう思われるのは心外だな。そっちを一目見たときから、おれは……」

「有働さんは心理学者なの？　数日前に知り合ったばかりなんですよ、わたしたちは。ちょっと軽いんじゃありません？」

志帆が言った。怒った口ぶりではなかった。呆《あき》れているだけなのだろう。

「恋愛はインスピレーションではじまるもんだろうが」

「それにしても、口説き文句に重みがなさすぎるわね」

「そうかな」

「行きましょう」

「ああ」

有働は急いで靴を履《は》き、六〇一号室のドアをロックした。早くも志帆はエレベーター乗り場に達していた。

二人は一階に下って、マンションを出た。捜査車輛は植え込みの際《きわ》に駐《と》められている。

志帆が先にレガシィの運転席に入った。すぐに有働も助手席に腰を沈めた。

覆面パトカーが動きはじめた。

茶沢《ちゃざわ》通りに出て間もなく、波多野から有働に電話がかかってきた。

「保科刑事は到着したのか?」

「いま町田署に向かいかけたとこなんだが、何か動きがあったみたいだね?」

「ちょっとな。捜査班の貝塚《かいづか》・小板橋《こいたばし》コンビが新情報を摑んでくれたんだ。五月中旬の日曜日の夜、滝佑介の自宅マンションに三十歳ぐらいの男が訪れ、自分の女に手を出したとか何とか怒鳴り込んだらしいんだよ」

「そいつは、香織の彼氏の羽場宗明だな」

「そうなんだろう。滝は現在、渋谷の会社にいるらしい。おまえたちは『.jpツーリスト』の本社を訪ねて、そのあたりのことを聴取してくれ」

「了解！　ただちに渋谷に向かうよ」

有働は電話を切り、相棒に予備班長の指示を伝えた。

志帆は三軒茶屋《さんげんぢゃや》に出ると、車を玉川通りに乗り入れた。サイレンは鳴らさなかった。二十分弱で、渋谷駅前に達した。

目的の旅行会社の本社は、南口のバス・ターミナルのそばにある。

レガシィは『.jpツーリスト』の本社ビルの地下駐車場に潜《もぐ》った。有働たちは一階のロビーに上がり、企画室勤務の滝佑介に面会を求めた。

若い受付嬢は来訪者が刑事と知ると、気の毒なほど緊張した。内線電話をかける声は震えを帯びていた。遣《や》り取りは短かった。

「滝はすぐに参りますので、あちらでお待ちいただけますでしょうか」

受付嬢が隅の応接セットを手で示した。

有働は受付嬢に謝意を表し、相棒とソファ・セットに歩み寄った。二人は並んで腰を下ろした。

「滝には事情聴取したことがあるよな。いい男なんだって？」

「ハンサムで、上背《タッパ》もありますね。若い娘《こ》たちにちやほやされてるようで、どこか自信たっぷりなの。わたしは、ああいうタイプは苦手ですね」

「男は面《つら》じゃないよな。俠気《おとこぎ》があって、粋な奴が最高なんだ。な？」

「もしかしたら、ご自分を売り込んでるのかな？」

「波多野の旦那にはかなわねえけど、おれも野暮じゃないつもりだ。マスクに自信はないが、生き方は……」

「粋な男は、たいてい口数が少ないんじゃありません？」

「あっ、そうね」

有働は慌《あわ》てて口を噤《つぐ》んだ。志帆がくすくすと笑った。小娘のような笑い方だった。それはそれで、愛らしかった。女はいろんな顔を持っていたほうが魅力的だ。

「滝佑介がきました」

志帆が小声で告げた。

有働はエレベーター・ホールに目を向けた。モデルのような体型で、ポール・スミスの細身の縞柄の黒っぽい背広を着ている。

　志帆が立ち上がった。有働も腰を浮かせた。

「また、香織の事件の聞き込みですか。まさか疑われてるんじゃないですよね、このぼくが」

　滝が志帆に言って、有働に顔を向けてきた。有働はＦＢＩ型の顔写真付きの警察手帳を短く提示して、姓だけを名乗った。

　三人はソファに坐った。滝が志帆の前に腰かける。

「それで、きょうはどんなことで？」

「五月中旬の日曜日の夜、羽場宗明さんがあなたの自宅マンションを訪れて、何か言ったんじゃありません？　別の捜査員たちがそういう情報を摑んだんです」

　志帆が言った。

「ええ、来ましたよ。五月十七日の午後十時過ぎに羽場って男が突然、ぼくの部屋にやってきたんです。かなり酔ってた感じだったな。ドアを開けると、羽場って奴は香織とは結婚する気でいると言って、ぼくが彼女を誘惑して弄《もてあそ》んだと非難しはじめたんですよ」

「そうだったんじゃないんですか？」

「冗談じゃない。こっちが逆ナンパされたんですよ、西麻布《にしあざぶ》のワイン・バーでね。去年の十月ごろだったかな」

「その晩のうちに香織に乗っかっちまったのかい？」

有働は言葉を飾らなかった。かたわらの志帆が小さく眉根《まゆね》を寄せた。

「ずいぶんストレートな表現ですね。彼女は初めっから、そのつもりだったんでしょう。あっさりホテルに従《つ》いてきましたよ。お互いに割り切ってプレイを愉《たの》しみましょうってことなんで、週に一回程度密会して、温泉地にも遊びに行きました」

「羽場にも、そのことを話したのか？」

「ええ、言いました。香織はそんなふしだらな女じゃないなんて喚《わめ》きたてたんで、彼女から届いた携帯メールを見せてやりました。メールの内容、かなりエロかったんですよね」

「羽場の反応は？」

「彼は固めた拳《こぶし》を震わせてましたね。それから、羽場は『香織をぶっ殺して、切り刻んでやる』なんて呪文《じゅもん》みたいに口の中で呟いてたな。目がおかしかったですね。狂気に彩《いろど》られてるって感じでした」

「そうか」

「ひょっとしたら、あの男が香織を殺したのかもしれませんね。羽場って奴は香織に虚仮《こけ》にされたわけだから、プライドずたずたでしょ？　ほとんど女遊びしてない感じだったから、マジギレしちゃったんじゃないのかな？」

「被害者からのメール、もう消去しちゃったんでしょうね？」

志帆が確かめた。

「まだ消去してません」

「見せてもらえる？」

「いいですよ」

滝が上着のポケットから携帯電話を取り出し、絵文字入りのメールを開いた。

有働たち二人は相前後して、ディスプレイに視線を向けた。

戯《ざ》れ言《ごと》は、だいぶ際《きわ》どかった。官能小説めいた淫《みだ》らな描写が目立った。志帆がすぐに目を逸《そ》らした。

「香織は色情狂なのかもしれないな。乱れ方が半端じゃありませんでしたからね」

「もう結構よ。ご協力、ありがとう」

「これで勘弁してくださいよ。警察の人に何度も来られると、上司にいろいろ詮索《せんさく》されそうなんでね」

滝がモバイルフォンを折り畳み、勢いよく立ち上がった。彼が遠のいてから、志帆が低い声で提案した。

「羽場宗明に探りを入れてみませんか？」

「そうしよう。確か香織の告別式は、きょうだったよな?」

「ええ。羽場宗明は告別式に列席して、まだ被害者の実家にいると思います。藤沢に向かいますね」

「香織の実家に行く前に、どこかで昼飯を喰おう」

「そうしましょうか」

二人は、ほぼ同時に腰を浮かせた。

2

閑静な住宅街に入った。

藤沢市鵠沼《くげぬま》である。鵠沼海岸駅から三百メートルほど離れた邸宅街だ。街並が美しい。

志帆は覆面パトカーを低速で走らせていた。

午後三時過ぎだった。被害者の亡骸《なきがら》は火葬され、遺骨は実家にある時刻だ。

「葬儀は藤沢駅近くのセレモニーホールで営《いとな》まれたはずだよな」

助手席に坐った有働が話しかけてきた。

「ええ。昨夜《ゆうべ》、署の田丸課長が通夜《つや》に顔を出したんですが、家族葬に近かったそうです」

「普通の死に方じゃないからな。会社関係者や友人は弔問を遠慮したんだろうか」

「何人かは見えてたそうですよ。でも、どなたも焼香を済ませると、早めに引き揚げていったそうです」

「そう」

「柩《ひつぎ》の前には、血縁者たちしかいなかったという話でした」

「羽場はセレモニーホールにいたのかな？」

「ええ、いたそうです。課長の話によると、羽場宗明は一度も柩には近づこうとしなかったらしいんですよ。それから沈んだ表情だったそうですけど、泣いてはいなかったみたいですね」

「故人が滝とも親密な間柄と知ってから、羽場の心は香織から離れてたんだろうな」

「そうなんでしょうね。でも、羽場は被害者と二年以上もつき合って、結婚する気でもいたわけでしょ？　故人の背信行為に腹を立ててたとしても、涙ぐらいは自然に出ると思うんですけどね」

「羽場は自分を裏切った香織を憎み切ってたんだろうな。だから、別に悲しくもなかった。涙ぐみもしなかったのは、そういうことなんじゃねえのか」

「そうなんだとしたら、羽場宗明が殺したんですかね？」

「香織の柩に近づこうともしなかったという話だから、何か疚《やま》しさがあったと考えてもいいだろう」

「事件当夜、羽場は桜上水《さくらじょうすい》にある自宅マンションで独りで洋画のDVDを観《み》てたと供述してます。しかし、そのアリバイは立証されてるわけじゃありません。しかも彼の靴のサイズは二十六センチで、血液型はA型と判明してます」

「そうだな。被害者《マルガイ》の部屋の合鍵を預かってたから、いつでも一〇五号室には出入りできる。香織の部屋から採取した頭髪のうち五本は被害者の物じゃなく、男の髪の毛だった。それは、いずれもA型だったんだろう？」

「鑑識結果では、そうでしたね。でも、その髪の毛が羽場宗明の物かどうかは不明なんですよ」

「羽場の頭の毛を一本引っこ抜いて、ＤＮＡ鑑定してもらえば、シロかクロかはっきりするんだがな」

「そうですね。でも、そんなことは現実にはできません」

志帆は言って、両側の家々の表札を目で確かめはじめた。香織の実家は、この通りにあるはずだ。

「反則技を使って、羽場の髪の毛を手に入れるか」

「有働さん、反則技って?」

「羽場のマンションの管理を任されてる不動産会社に行って、身内を装ってさ、マスター・キーで部屋に入れてもらうんだよ。洗面所か浴室には、必ず何本か抜け毛が落ちてるだろうからな」

「そんな手は使えませんよ。第一にフェアじゃありませんし、そういう違法捜査が表沙汰になったら、大変なことになります」

「別におれは懲戒免職になってもかまわねえよ」

「有働さんは、自分のことしか考えてないんですね。そんな反則技を使ったら、警察全体の信用がなくなるんですよ。多くの警察官は社会の治安を守るために日夜、地道にこつこつと職務を果たしてます」

「そうなんだが、なんかもどかしいじゃねえか。いっそ羽場にぶつかった振りをして、ポケットに大型カッターナイフを突っ込んじまうか。そうすりゃ、銃刀法違反で羽場を引っ張れる」

「有働さんはちっとも反省してないのね。がっかりだわ。昔の特高警察じゃないんですよ。民主警察の捜査には、ちゃんとしたルールがあるんです。汚い反則技を平気で使うようじゃ、まともな警察官じゃありません」

「言ってくれるな」

「そんなイージーな刑事が大手を振って歩いてるんだったら、捜査中に運悪く無灯火の車に轢《ひ》き殺された夫の死はいったい何だったの。殉職した保科がかわいそうすぎます！」

「それとおれが言った反則技は関係ないだろうが？」

「関係あるんですよっ」

「おっかねえな。別段そっちに迎合《げいごう》するわけじゃないが、よく考えると、無関係じゃないな。ルールをきちんと守り抜いてた殉職警官は立派だよ。反則技を平気で使う刑事と一緒にされたんじゃ、たまらねえよな？　そっちが言ったことは正しいよ。おれ、かなり無神経だった。謝るよ」

「もういいの。話を元に戻しましょう」

「そうだな」

「羽場宗明は、被害者が滝佑介とも密かに交際してたことをなぜ知ってたんでしょう？」

「おれも、そのことを昼飯を喰ってたときに考えてたんだよ」

有働が言った。

「そうなんですか。羽場は被害者が誰かと二股を掛けてると感じて、こっそり彼女を尾行したのかしら？　そして、滝と香織の密会場面を目撃したんですかね？」

「それで羽場は香織を問い詰めたんだが、彼女は滝とは男女の関係ではないと空とぼけた。だから、羽場は滝に直《じか》に確かめる気になって、恋敵《こいがたき》の自宅マンションに乗り込んだ。滝の野郎は香織との関係を悪びれずに認めやがった」

「その上、被害者からの熱い携帯メールを羽場宗明に見せたという話でしたよね？」

「そうだったな。羽場は香織の裏切り行為がどうしても赦《ゆる》せなくなって、凶行に走っちまった。そういうストーリーなのかもしれねえ」

「そうなんでしょうか？」

「単にパンストで香織を殺すだけでは、自分が警察に真っ先に疑われる。羽場はそう考えて、変質者の仕業《しわざ》に見せかけたんじゃねえのかな？」

「そう疑えなくもないんですけど、外務省の若手キャリアが化粧方法を知ってるとも思えないんですよね」

「化粧のことで思い出したが、ある暴力団の幹部が数年前に秘密女装クラブの会員たちを強請《ゆす》った事件《ヤマ》があったんだ。会員たちの多くは公務員で、ほかは教師、銀行員、大企業の重役たちだったんだよ」

「そうなんですか」

「堅い職業とか要職に就《つ》いてる連中は日頃ストレスを抱えてるから、変身願望が強いんだろうな。女装することで、ストレスを解消してるんだろう。エリート官僚の羽場だって、仕事中は緊張の連続なんだと思うよ」

「でしょうね。キャリアの自負があるから、ノンキャリアに笑われるようなミスはできない。つまらない失敗を重ねたら、出世にも響きますからね」

　志帆は同調した。

「そうだろうな。だから、何らかのガス抜きが必要になってくる。女、酒、ギャンブル、ゴルフ、カラオケでストレスを発散できる奴ばかりじゃない。羽場は女装して、夜の盛り場をうろついてたのかもしれねえな」

「そうだとしたら、当然、誰かに化粧の仕方を教わったんでしょうね」

「別に教わらなくても、香織がメイクしてるとこを見てれば、化粧法はマスターできるはずだ」

「でも、二人はまだ結婚前だったんですよ。被害者が彼氏の目の前で化粧をするなんて、とても考えられないわ。わたしなんか結婚してからも、亡くなった保科の目の届く場所では絶対にルージュさえ引かなかったもの」

「いい女だ。それでこそ、女だよ。しかし、最近の若い娘《こ》たちはバスや電車の中でも平気で化粧をしてやがる」

「でも、二十歳《はたち》前後の娘《こ》ばかりでしょ。大人の女性は、そんなはしたないことはしませんよ。被害者も羽場宗明の前で髪にブラシを当てるぐらいのことはしたかもしれないけど、本格的なお化粧はしなかったと思います」

「そうだったとすれば、羽場は女装クラブの会員なんじゃねえのか?」

有働が言って、左手の英国調の二階家の門柱を指さした。

布施という表札が掲《かか》げてある。香織の実家だろう。

志帆は布施宅の生垣《いけがき》の際《きわ》にレガシィを停めた。

コンビはすぐに覆面パトカーを降りた。志帆はインターフォンのボタンを押した。

ややあって、男の声で応答があった。香織の五つ違いの兄の潤《じゅん》だった。

志帆は身分を明かし、来意を告げた。

スピーカーが沈黙し、ポーチに故人の兄が現われた。布施潤は黒っぽい服を着ていたが、フォーマル・スーツではなかった。目のあたりが香織とよく似ている。

「この度は突然のことで……」

有働が名乗って、白い門扉の向こう側に立った故人の実兄に型通《かたどお》りの挨拶をした。志帆も小声で悔やみの言葉を述べた。

「妹さんの遺骨は、もうご実家に?」

有働が訊いた。

「はい。一階の奥の仏間《ぶつま》に置いてあります。まだ二十代の半ばだったのに、親不孝な妹ですよ。両親はショックで、二人とも臥《ふ》せってしまったんです」

「そうだろうね。ごく内輪で葬儀が執《と》り行われたと聞いてるが、香織さんと親しく交際されてた羽場宗明さんは、まだお宅にいるんでしょ？」

「いいえ、もういません。彼は出棺すると、東京の自宅に帰りました」

「そうなのか。羽場さんにお目にかかって、改めて事情聴取をさせてもらうつもりだったんだが、もういないのか」

「はい。きのう妹の通夜に来てくださった町田署の刑事課長さんは、変質者による犯行だろうとおっしゃってましたが、まだ容疑者は絞り切れてないんですか？」

布施潤が言った。

「そうなんだよ。それで捜査本部は再聞き込みを開始したわけなんだが、まだ有力な手がかりは摑めてないんだ」

「一日も早く犯人を捕まえてください。お願いします」

「もちろん、全力を尽くしますよ。二、三、確認させてほしいことがあるんだ。妹さんは羽場さんと結婚される気はあったんだよね？」

「ええ。香織は来年の三月か四月には羽場さんと結婚したいと言ってました。羽場さんも、父や母にはそう語ってたそうですよ。でも、妹たちの仲は最近、あまりしっくりいってなかったのかもしれません」

「そう感じられたのは、なぜなんでしょう？」

志帆は相棒よりも先に口を開いた。

「この春先から妹は実家に戻っても、積極的には家族に羽場さんの話をしなくなったんですよ。羽場さんは若手のキャリア官僚ですが、根は優等生タイプです。スポーツも万能ですが、くだけた面がありません。死んだ妹は高校生のころから、ちょっと不良っぽいインテリに弱かったんです」

「結婚相手としては羽場さんは無難だけど、男性としては何か物足りないってことなんですね？」

「ええ、そうだったんだと思います」

「実は、香織さんは滝佑介という旅行会社のサラリーマンとも掛け持ちでつき合ってたんですよ」

「えっ、そうなんですか⁉　それは、まったく知らなかったな。両親も気づいてなかったはずです。妹は、どういうつもりだったんだろうか」

「その滝という彼とは、遊びだったんだと思いますよ。相手も、そのつもりで交際してたと明言してますんでね」

「香織がそんな尻軽《しりがる》だったとは信じられない気持ちです。それで羽場さんは、妹が滝とかいう男とこっそりつき合ってたことに気がついてたんでしょうか？」

香織の兄が問いかけてきた。

志帆は横にいる有働に目顔で指示を仰《あお》いだ。有働が無言でうなずいた。志帆は捜査の経過をそのまま伝えた。

「羽場さんが滝という奴に妹をぶっ殺して切り刻んでやるという意味のことを口走ったんだったら、もう犯人はわかってるじゃないですか。羽場さん、いや、羽場が香織を殺したにちがいありませんよ」

「お兄さん、落ち着いてください。状況証拠では確かに羽場宗明は怪しいですけど、決め手になる物的証拠が揃ったわけじゃないんですよ」

「そうであっても、充分に疑わしいな。羽場を別件容疑で捕まえて、自白に追い込んでください よ」

「そういうことはできません」

「なら、わたしが羽場の口を割らせてやる！」

「羽場が真犯人だったら、お兄さんも命を奪われることになるかもしれませんよ。そうなってもいいんですか?」

「わたしまで殺されたんじゃ、たまらない」

「だったら、おとなしくしててほしいな」

相棒の有働が言った。故人の実兄がうなだれた。

「いま現在、お宅には親類の方しかいらっしゃらないんですか?」

志帆は質問した。

「妹の大学時代の先輩の女性がいます。軽音楽部で一緒だったんで、学生時代から仲よくしてもらってたんですよ。一級先輩で、五十嵐詩津華《いがらししづか》という方です」

「その方に会わせていただけませんか。その前に故人にお線香を上げさせてください」

「わかりました。それでは、先に仏間に案内しましょう」

香織の兄が門扉を開けた。志帆たちは導《みちび》かれ、家の中に入った。

一階奥の和室に入る。十畳間だった。

古い仏壇の前に白布の掛かった祭壇がしつらえられ、香織の遺影と骨箱が載っていた。遺骨は花と供物《くもつ》に囲まれている。

有働、志帆の順に線香を手向《たむ》けた。遺影は屈託のない笑顔だった。志帆は人命の儚《はかな》さを改めて思い知らされた。亡夫の弔《とむら》いのシーンが脳裏にありありと浮かんだ。

「五十嵐さんは居間にいるんです。いま、こちらにお連れしますね」

布施潤が坐卓に二人分の日本茶を用意し、仏間から出ていった。

「二十代で死んじまうなんて、本当に親不孝だよな」

有働が故人の写真に目を当てながら、しみじみと呟いた。志帆は短く相槌《あいづち》を打った。

二人が坐卓に並んで向かったとき、襖《ふすま》が静かに開けられた。

香織の兄に伴《ともな》われた五十嵐詩津華は黒いスーツに身を包んでいたが、華やかな印象を与える。

白人の血が混じっているのではないかと思えるほど彫りの深い顔立ちで、鼻筋も通っていた。黒曜石《こくようせき》のような光沢を放つ円《つぶ》らな瞳は、どこか蠱惑的《こわくてき》だった。やや肉厚な形のいい唇もセクシーだ。

「ご苦労さまです」

詩津華が自己紹介し、志帆の前に正坐した。そのかたわらに、香織の兄が坐る。

志帆たち二人は、それぞれ名乗った。

「こんなことになってしまって、とても残念です。カオリン、ごめんなさい、学生時代から香織ちゃんのことをそう呼んでたもんですので、ついニックネームを口にしてしまいました」

「五十嵐さんは一級先輩だったとか？」

志帆は確かめた。

「はい。わたしが大学二年になったとき、新入生の香織ちゃんが軽音楽部に入ってきたんです。彼女は部室に誰もいなかったと思ったらしく、ピアノでマル・ウォルドロンの名曲『レフト・アローン』をいい感じで弾《ひ》きはじめたんです」

「妹は三歳からピアノを習ってたんですよ。中学生のころまではクラシックを演奏してたんですが、高校生になってからはジャズやポピュラー・ミュージックをもっぱら弾くようになりました」

故人の兄が口を添え、詩津華を促した。

「わたしはジャズ・フルートを少し齧《かじ》ってたんで、たちまち意気投合したんです。社会人になっても、ずっと親しくつき合ってきたんで、とてもショックです」

「そうでしょうね。生前の香織さんが何かで悩まれてる様子はありませんでした？　たとえば、おかしな男にまとわりつかれてるとか？」

「そういう話は一度も聞いたことがありませんでした。交際中の彼と何かで気まずくなったなんてことで相談されたこともありませんでしたね。わたしと会うときは、いつも彼女は明るく元気そのものでした」

「そうですか」

「わたし、外資系の生保会社で電話オペレーターをしてるんですけど、毎週金曜日の夜は六本木《ろっぽんぎ》の『モンシェリー』というシャンソン酒場で歌ってるんですよ」

「セミプロのシャンソン歌手なんですね。華やかなオーラに包まれてたんで、普通のＯＬではないと感じてたんです。やっぱりね」

「セミプロまでもいかないんです。お店のオーナーをよく知ってるんで、毎週三ステージだけ歌わせてもらってるんですよ。本当はジャズのほうが好きなんですけど、声に凄《すご》みがないんで、シャンソンに転向したんです」

「そうなんですか」

「香織ちゃんは毎週、『モンシェリー』に来てくれてたんです。ひとりで現われることが多かったんですけど、時々、羽場さんを引っ張ってきてくれました。羽場さんはシャンソンは苦手みたいで、いつも退屈してるようでしたけどね」

「滝という男性と一緒だったことは？」

「いいえ、一度もありません。その方は？」

「羽場さんには内緒でデートをしてた男性です」

「香織ちゃん、二股を掛けてたんですか⁉　とても信じられません」

「妹は羽場に殺されたのかもしれないんだ」

布施潤が詩津華に言った。詩津華が驚きの声を洩らした。

「お兄さん、そういうことは不用意におっしゃらないでください。まだ確証があるわけではないんで」

志帆は、被害者の実兄をやんわりとたしなめた。詩津華が志帆と有働を等分《とうぶん》に見た。

「香織ちゃんと羽場さんの関係はうまくいってなかったんですか？」

「被害者が滝という男と密かに交際してたことは確認してるんだ。しかし、そのことを羽場が知ってたのかどうかは未確認なんだよね。滝は自宅に羽場が押しかけてきたと言ってるが、その裏付けはまだ取ってないんだ」

有働が答えた。

「彼女は何でもわたしに話してくれてたと思ってましたけど、完全に心を開いてはくれてなかったんですね。香織ちゃんが急死したことはショックで悲しい出来事ですが、わたしにはそのことも……」

「どんな人間も、少しは心に秘密を持ってるもんでしょう。親兄弟や親友にも、心の裡《うち》をすっかり晒《さら》す者は少ないと思うな」

「そうかもしれませんが、やはりショックです」

「お気持ちはわかりますけど、いまは故人の冥福を祈ることが先だと思うわ」

志帆は詩津華に毒を含んだ言葉を投げかけ、被害者の兄に暇《いとま》を告げた。巨身の相棒と仏間を出て、玄関ホールに向かう。

布施宅を出ると、有働が口を切った。

「桜上水の羽場の家《ヤサ》に行ってみようや」

「はい」

志帆は捜査車輛に駆け寄った。

3

換気扇が回っている。

肉と野菜を炒《いた》めているようだ。シンクに立っているのは部屋の主だろう。

『桜上水コーポラス』の三〇三号室だ。マンションは三階建てで、エレベーターは設置されていない。

有働は、インターフォンのボタンを荒っぽく押した。午後五時近い時刻だった。

ファンが停められた。スリッパの音が響き、三〇三号室のドアが開けられた。

「羽場さんご本人です」

横にいる志帆が小さな声で言った。

有働は警察手帳を見せ、姓だけを名乗った。そのとき、シューズ・ボックスの上に置かれた真新しい靴箱が目に留《と》まった。

ティンバーランドのロゴが印刷されている。有働は相棒と顔を見合わせた。

「香織のことでしょうが、別の刑事さんに知ってることは何もかも話しましたよ。彼女のことは早く忘れたいんです」

羽場は明らかに迷惑顔だった。

「薄情だな。来春には、布施香織と結婚することになってたんだろうが？」

「そうなんですが……」

「香織が『jpツーリスト』に勤めてる滝佑介とも密かにつき合ってたことを知って、愛情が憎しみに変わっちまったか？」

「何をおっしゃってるんですっ。わたしのことを疑ってるんですか⁉」

「そっちは五月十七日の夜、滝の自宅マンションに押しかけて、香織が彼と親密かどうかを確かめたよな？」

「ばっくれても無駄だぜ。滝が香織に逆ナンパされたことを知ると、そっちは逆上したよな？　香織をぶっ殺して、切り刻んでやると言ったそうじゃないか。そっちが香織を殺《や》っちまったんじゃねえのかい？」

「えっ⁉」

「ち、違いますよ。ここで大声を出されたんでは困ります。マンションの斜め前に公園がありますんで、そこで話をしましょう」

「いいだろう」

有働は同意した。

羽場がスニーカーに足を突っ込み、部屋から出てきた。有働たちコンビは、羽場の後から階段を下った。

三人は『桜上水コーポラス』の右斜め前にある児童公園に入った。

まだ夕闇は薄かったが、園内には誰もいなかった。

有働は、砂場のそばにあるベンチに羽場宗明を腰かけさせた。相棒の志帆がさりげなく羽場の背後に回る。逃走を警戒したようだ。

有働は羽場の真ん前に立った。

「滝の自宅マンションに怒鳴《どな》り込んだことは認めるな？」

「は、はい」

「香織をぶっ殺して、切り刻んでやるとも言ったんだろう？」

「それは……」

「どうなんだっ」

「言いました。滝に香織の携帯メールを見せられて、頭に血が昇《のぼ》っちゃったんですよ。メールの内容が赤裸々《せきらら》だったし、著《いちじる》しくプライドを傷つけられたもんで、カーッとして過激なことを言ってしまったわけです。ですが、わたしは香織の事件には関わってませんよ。本当です」

「香織が二股を掛けてること、どうしてわかったんだ？　彼女の様子が変だと感じて、こっそり尾《つ》けたのか？」

「そうではありません。五月十五日の夕方、職場に密告電話がかかってきたんですよ。香織が滝佑介と親密な間柄だと言って、彼の自宅の住所まで教えてくれたんです」

「相手は男だったのか？　それとも、女だったのかい？」

「性別も年齢もよくわかりませんでした。ボイス・チェンジャーを使ってたんですよ」

「勤め先の電話は、ナンバー・ディスプレイ機能付きじゃないのか？」

「そういう機能は付いてません。密告者は多分、公衆電話から発信してきたんだと思います。受信側がナンバー表示機能付きだったら、自分の携帯や固定電話は使えませんからね」

「さすが東大出のキャリアだな」

「そんなことは中学生でもわかるでしょ?」

羽場が鼻先で笑った。

「学校秀才はそういうことを言うから、みんなに嫌われるんだよ。他人《ひと》に好かれたかったら、もっと謙虚になりな」

「有働さん、話が脱線しかけてますよ」

志帆が言った。有働は、関心を持っている異性には、まったく腹が立たなかった。どうやら恋愛は、先に惚れたほうが負けらしい。

「香織が殺された夜は、わたし、ずっと自分の部屋で洋画のDVDを観《み》てました」

「ああ、そういう話だったな。しかし、そっちが三〇三号室にいたことは立証されてねえんだ」

「そ、そんな!」

「初動捜査で事件当夜、そっちの部屋に電灯が点いてテレビの音声が響いてたことは両隣の部屋に住んでる者たちの話ではっきりとしてる。だがな、二〇三号室の居住者は午後九時前から十一時過ぎまで三〇三号室の足音や水の音を一度も聞いてないと証言してるんだ」

「その間、わたしはずっとDVDを観てたんですよ」

「そうなのかな。そっちが部屋にいると見せかけて、そっと部屋を抜け出したとも考えられる。二時間もあれば、町田の被害者の部屋に行って犯行に及べるからな」

有働は言って、羽場の顔をうかがった。目こそ逸《そ》らさなかったが、うろたえているように見えた。

「そんなふうに考えるのは意地が悪すぎますよ」

「疑惑点は、それだけじゃないんだ。新聞やテレビでは報じられなかったが、香織の膣内からA型の精液が検出されてたんだよ。それから、加害者は二十六センチのワークブーツを履いてた。その靴は、ティンバーランドの商品だった」

「えっ」

「さっき三〇三号室のシューズ・ボックスの上にティンバーランドの真新しい靴箱が置かれてたのを確認してる。前のワークブーツは血で汚れちまったんで、新しいアウトドア・シューズを買ったんじゃねえのか？」

「前のワークブーツは踵《かかと》が擦《す》り減ったんで、買い換えたんですよ」

「古い靴はどこにある？」

「きのう、ごみ集積所に捨てたから、もう灰になってるでしょうね」

「なんか怪しいな」

「いい加減にしてくださいよ」

「そっちは香織の通夜に出ても、涙ひとつ見せなかったんだってな？　それから、きょうの告別式も出棺を見届けると、すぐに東京に戻ったらしいじゃねえか」

有働は言った。

「滝との関係がわかったとたん、香織から気持ちが離れちゃったんですよ。だから、彼女が殺されても悲しみは込み上げてこなかったんです。正直に言えば、いい気味だと思いましたね。わたしを裏切ったから、罰《ばち》が当たったんだとも感じました。ですが、絶対にわたしは香織を殺してなんかいません。殺すだけの価値もありませんよ。恋人《ステディ》がいるのに、ほかの男とも平気で寝るような女なんかね」

「そんなふうにクールに考えられるかい？　そっちは香織にひどい仕打ちをされてたんだぜ。憎しみが膨《ふく》れ上がって、殺意が生まれたとしても不思議じゃない。羽場、素直に吐けよ。そっちが香織を殺《や》っちまったんだろ？」

「ばかばかしくて、まともに答える気にもなれませんね。これから出かける予定があるんですよ。部屋に戻らせてもらいます」

羽場が語尾《ごび》とともにベンチから立ち上がった。志帆が早口で声をかけた。

「ちょっと待って」

「何ですか？　もうあまり時間がないんですよ」

羽場が志帆に顔を向けた。

「あなたに密告電話をかけた相手に心当たりがあるんじゃありません？」

「いいえ、ありません」

「あなたは、いつからティンバーランドの靴を愛用するようになったんです？」

「外務省に入ってからですね。学生のころからティンバーランドの靴を履きたいと思ってたんですが、安くないから買えなかったんですよ」

「社会人になってから、よくティンバーランドのワークブーツを履くようになったわけね？」

「ええ。オフの日は一年中、ティンバーランドの靴を履いてます。丈夫ですし、履き心地もいいんですよ」

「そう。どうもありがとう」

志帆が礼を言った。羽場が小さくうなずき、急ぎ足で児童公園を出ていった。

「やっぱり、奴が臭いな」

有働は羽場の後ろ姿を見ながら、相棒に言った。

「ティンバーランドの新しい靴を買ったことが気になりますね」

「ああ。奴がどこに行くのか、尾行して確かめようや」

「はい」

二人は公園を出て、路上に駐《と》めてあるレガシィに乗り込んだ。

「もう数十メートル退《さ》がらないと、羽場に張り込んでることを覚《さと》られるかもしれねえな」

「わかりました」

志帆がギアをＲ《リヴァース》レンジに入れ、アクセルを踏み込んだ。

三十メートルあまり後退し、エンジンを切る。いつの間にか、街路灯が点いていた。

「七時になったら、覆パト《メン》で先に町田署に戻れよ。息子を保育所に迎えに行かなきゃならないんだろ？　後の張り込みと尾行は、こっちがやるからさ」

「お気遣《づか》いなく。翔太は四月から二十四時間やってる保育所に通わせるようになったんです。ですんで、深夜まで現場捜査に携《たずさ》われるんです」

「倅《せがれ》がかわいそうだな。まだ四つなんだから、いつも母親のそばにいたいと思ってるんじゃないのか？」

「寂しい思いをさせてるでしょうけど、仕方がありません。わたしが働かないと、母子ともども飢え死にしてしまいますからね。我慢強い子なんで、耐えてくれると思います」

「夕方には帰宅できる仕事がいくらでもあるじゃないか。息子のために転職する気はないのかい？」

「死んだ保科の代わりに、わたし、どうしても一人前の強行犯係刑事になりたいんですよ。両親が警察官なんで、うちの子は大人になったら、母親が我を通したことを理解してくれるでしょう。いまは時々ぐずって、わたしを困らせてますけどね」

「女手ひとつで子育ては大変だよな。ペアになったんだから、いつでも応援するよ。貯《たくわ》えはどうなんだい？」

有働は不躾《ぶしつけ》だと思いながらも、問わずにはいられなかった。

「貯金なんか、ほとんどありません」

「それじゃ、五、六十万カンパしてやろう」

「そういうのは困ります。カンパしてもらう理由がありませんから」

「そう警戒するなって。別に変な下心なんかないよ。保育料の足しにでもしてくれりゃいいんだ」

「いいえ、受け取れません。親切の押し売りは迷惑です」

「そう言うんなら、カンパはやめとこう。しかし、何かで困ったら、相談してくれ。何かしてやったからって、ホテルにつき合えなんて言わねえからさ」

「お気持ちだけいただいておきます」

志帆が口を結んだ。

有働は波多野に電話で経過報告をし、現在、張り込み中であることも伝えた。捜査班の別班の動きを教えてもらったが、特に進展はなかった。

通話を切り上げ、煙草を吹かす。張り込みは、いつも自分との闘いだった。捜査対象者が動きだすのを辛抱《しんぼう》強く待つ。焦《じ》れたら、ろくな結果にはならない。

有働は志帆と断続的に雑談を交わしながら、ひたすら待ちつづけた。

『桜上水コーポラス』から羽場が姿を見せたのは、午後七時二十分過ぎだった。

軽装だ。白のプリントTシャツの上に格子柄の半袖シャツを重ね着している。下はモスグリーンのチノクロス・パンツだ。

靴はワークブーツだった。黒い大きなリュックサックを背負っている。

羽場は駅前商店街とは逆方向に歩きだした。

志帆が心得顔で捜査車輛のエンジンを始動させた。羽場がだいぶ遠のいてから、ヘッドライトが灯《とも》された。

レガシィが走りだして間もなく、羽場は広い車道に達した。

「対象者《マルタイ》を見失うなよ」

有働は相棒に言った。志帆が車の速度を上げた。

表通りにぶつかったとき、ちょうど羽場がタクシーに乗り込んだ。

グリーンとオレンジ色に塗り分けられた車だった。かなり目立つ。尾行にしくじることはなさそうだ。

志帆が一定の車間距離を保ちながら、タクシーを追尾しはじめた。

ハンドル捌《さば》きは鮮やかだった。

タクシーは幾度か右左折をし、ほどなく環八通りに出た。蒲田《かまた》方面に進み、世田谷通りと玉川通りを突っ切った。そのまま道なりに走り、上野毛《かみのげ》の先で目黒《めぐろ》通りに入った。

数キロ先で右折した。世田谷区等々力《とどろき》の住宅街を二百メートルほど走り、豪邸の前でタクシーは停止した。

志帆はタクシーの数十メートル後方でレガシィを路肩に寄せ、手早くヘッドライトを消した。羽場はタクシーを降りると、馴《な》れた足取りで邸宅内に入っていった。

「車の中で待機しててくれ。ちょっと様子を見てくる」

有働は相棒に言いおき、レガシィの助手席から出た。通行人を装って、羽場が吸い込まれた豪邸に近づく。

門の手前に差しかかったとき、前方からキャリーケースを引っ張った四十代後半の女性が急ぎ足で歩いてきた。キャリアウーマンっぽい。スーツや装身具は安物ではなかった。

彼女は、羽場と同じ邸宅の中に入っていった。両開きの門扉は大きく開かれている。広い車寄せには、十台近い乗用車やワンボックス・カーが並んでいた。

品川や練馬ナンバーは少ない。大宮、千葉、横浜といった隣接県のナンバーが大半だ。

有働は表札を見上げた。

芦川《あしかわ》と記されている。防犯カメラは見当たらない。有働は左右を見回した。人影は目に留《と》まらなかった。

有働はごく自然に邸内に足を踏み入れた。

内庭が広い。優に百坪はありそうだ。庭木が多く、ところどころに石が配されている。

庭園灯は点いていたが、無人だった。

有働は中腰で、奥に進んだ。

建物は和洋折衷《せっちゅう》の造りで、二階家だった。間数は多そうだ。

テラスに面した階下の大広間から、笑いさざめく声が洩れてくる。

有働はできるだけ姿勢を低くして、テラスに接近した。サロンのガラス窓にはレースのカーテンが下がっているが、厚手のドレープ・カーテンは両端に寄せられていた。

大広間が透けて見える。女装した男や男装した女たちが二十人ほどワイン・グラスを手にして、思い思いに談笑していた。正面の壁には、『変身クラブ第六回親睦会』と大書された紙が貼《は》ってある。

よく見ると、年配の女性が幼児風の衣裳をまとって、しきりに道化《どうけ》ていた。逆に二十代の青年が総白髪のヘア・ウィッグを被り、ステッキで体を支えている。

パンク・ファッションで若造りをしている男は白塗りに近い厚化粧だが、無数に刻まれた皺《しわ》は隠しようもない。とうに七十歳は過ぎているのではないか。ミニスカートを穿《は》いた老女はカラータイツで老体を隠しているが、背は大きく丸まっていた。

傍《はた》から見ると、醜悪《しゅうあく》そのものだ。しかし、変身願望を満足させた参加者の男女は一様《いちよう》に愉《たの》しげだった。どの顔も生き生きとしている。
十五、六分が流れたころ、大広間にピンクのドレスを身につけた金髪の女装男が姿を見せた。
なんと羽場だった。付け睫毛《まつげ》は大きくカールし、瞳は青い。カラー・コンタクトを装着しているのだろう。口紅は、きちんと塗られている。

香織に死に化粧を施したのは、羽場宗明なのではないか。

有働はそう思いながら、テラスから離れた。

庭木の間に入り込み、電話で相棒を呼び寄せる。志帆は、数分で芦川邸にやってきた。ためらいがちな足取りで、有働に近づいてくる。

「二人とも不法侵入罪ですね。こういうことはよくないんだけどな」

「堅く考えるなって。羽場は、どうやら変身クラブとかいう同好会のメンバーらしい。姫ギャルに扮《ふん》して、サロンではしゃいでるよ」

「嘘でしょ⁉」

「本当だって。一応、化粧もしてる。羽場が死に化粧したのかもしれねえぜ。女のそっちが見れば、香織にきちんとメイクできるかどうかわかるだろう。ブロンドの鬘《かつら》を被って、ピンクのドレスを着てるのが羽場だよ」

「わかりました。ちょっと見てみますね」

「頼まあ」

有働たちは腰を屈《かが》めて、テラスに忍び寄った。しゃがみ込み、サロンの中を覗き込む。

「羽場は左端にいる」

「ええ、見つけました。メイクの仕方がだいぶ雑ですね」

「香織の死に化粧はできそうか？」

「断言はできませんが、羽場宗明にはあれだけの化粧はできないんじゃないかしら？」

「そうか」

「彼は滝佑介の存在を知ってから、香織に幻滅したはずです。わざわざ死に化粧をしてやる気にはならないと思うんですよ」

　志帆が言った。

「そう言われると、そんな気がしてきたな。しかし、状況証拠は揃ってるわけだから……」

「功を急ぐことはないと思います」

「いったん車に戻って、また羽場に揺さぶりをかけてみよう」

　有働は先にテラスから降り、中腰で門に向かった。すぐに志帆が従《つ》いてきた。

　二人はレガシィの中に戻った。

　羽場が芦川邸から現われたのは、午後十時を数分回ったころだった。有働たちはそっと覆面パトカーを降り、リュックサックを背負い直している羽場に走り寄った。

　すると、羽場がリュックサックを両手で支《ささ》えながら、猛然と走りだした。

　有働たちは追った。羽場は二つ目の四つ角から脇道に入った。四、五十メートル先で、足を縺《もつ》れさせた。羽場が前のめりに倒れ、長く呻《うめ》いた。

「なんで逃げる必要があるんだ？　やっぱり、そっちが布施香織を殺《や》ったみてえだな」

有働は言いながら、リュックサックに手をかけようとした。

そのとき、羽場が横に転がって敏捷《びんしょう》に起き上がった。その右手には、大型カッターナイフが握られていた。刃が七、八センチ押し出されている。切っ先は鋭い。

「ついに尻尾《しっぽ》を出しやがったな。そのカッターナイフで、香織のおっぱいを抉《えぐ》り取ろうとしたのか？　そうなんだなっ」

「そうじゃない。このカッターは、護身用に持ち歩いてるだけなんだ。一年ぐらい前に高校生のワルガキどもに渋谷のセンター街の裏で恐喝《カツアゲ》されたんでね」

「とりあえず銃刀法違反で身柄を確保するからな。刃物を足許に落として、両手を前に出せ！」

「いやだっ」

羽場が子供のように喚《わめ》き、カッターナイフを振り回しはじめた。刃風《はかぜ》が縺《もつ》れ合った。

「やめなさい！」

志帆が声を張り、振り出し式の特殊警棒を取り出した。

有働は相棒をかばって、前に踏み出した。

と、羽場が身を翻《ひるがえ》した。有働は助走をつけて、高く跳《と》んだ。宙で、右脚を一杯に伸ばす。飛び蹴りは、きれいに決まった。

羽場が両腕で空《くう》を掻《か》きながら、路上に倒れた。前のめりだった。弾みで、カッターナイフが泳いだ。無機質な落下音が響いた。

有働は羽場を摑み起こし、すかさず前手錠を打った。志帆が刃物を路面から抓《つま》み上げた。

「町田署にご案内するよ。歩け！」

有働は羽場の太腿を軽く膝で蹴った。

4

背後で警笛を鳴らされた。

志帆は信号機を仰《あお》いだ。青に変わっていた。

木曽団地東《きそだんちひがし》交差点だ。志帆は後続車のドライバーに挙手で感謝の気持ちを伝え、大型スクーターを発進させた。

鎌倉街道を突っ切り、日向山《ひなたやま》公園方面に進む。羽場宗明を銃刀法違反で現行犯逮捕した翌朝である。七時半前だった。

志帆は、息子を預けている民間保育所に向かっていた。前夜、羽場を捜査本部に連行したのは、十一時過ぎだった。

夜中の取り調べは禁じられている。羽場は写真撮影と指紋の捺印《なついん》が終わると、署内の留置場の独居房に収容された。その前に私物は、ほとんど領置室で預かる形になった。自殺防止のため、ベルトも外してもらった。

志帆は羽場の留置を見届け、すぐに署を出た。スクーターを走らせ、保育所に直行した。だが、翔太はぐっすりと寝入っていた。揺すっても、目を覚まさなかった。やむなく志帆は帰宅したのである。

日向山公園の先を左折すると、保育所の三角屋根が見えてきた。およそ四十人の保育児の母親は、有職女性ばかりだった。未婚の母や離婚歴のあるシングルマザーが十数人いる。夫と死別した母親は三人しかいなかった。残りは共働きをしている母親だ。

志帆はスクーターを保育所の駐車場の端に置き、メルヘンチックな建物に走り入った。

翔太は玄関ホールの近くにある遊戯室にいた。陽菜《はるな》という五歳の保育児と二人で輪投げに興《きょう》じている。彼女の母は長距離トラックの運転手だ。

月のうち十日前後は愛娘を保育所に泊まらせている。陽菜の父親は傷害事件を起こして、府中刑務所で服役中だった。元鉄筋工だ。陽菜の両親は成人になる前に結婚し、まだ二十代の前半だった。

「あっ、翔太ちゃんのママだ！」

陽菜が志帆に気づいた。翔太は母親の顔をちらりと見ると、部屋の隅まで走った。

「なんか機嫌が悪そうね」

志帆は息子に歩み寄った。

「ママなんか嫌いだ。なんでぼくが起きるまで待ってくれなかったの！」

「気持ちよさそうに眠ってたから、起こすのはかわいそうだと思ったのよ」

「起きなかったらさ、ぼくをおぶってくれればよかったんだ」

「翔太を背負ったままじゃ、スクーターを運転できないでしょ？」

「それだったらさ、タクシーを呼べばいいじゃない？」

「そうね。今度から、そうするわ」

「翔太ちゃん、ママを困らせちゃ駄目！」

陽菜が走り寄ってきて、ませたことを言った。

「ぼく、困らせてないよ」

「ううん、困らせてる。タクシーは只《ただ》じゃ乗れないのよ」

「そんなことぐらい知ってるさ」

「うちのママもそうだけどね、翔太ちゃん家《ち》だって、あんまりお金持ちじゃないの。だから、めったにタクシーなんか使えないのよ。そんなこともわからないなんて、まだ赤ちゃんね」

「もう赤ちゃんじゃないよ」

翔太が口を尖《とが》らせ、陽菜に組みついた。

志帆は微苦笑し、翔太を引き離した。それから両腕で、わが子の肩を強く抱き締める。

「ごめんね、翔太！　タクシーを呼んで一緒に帰ればよかったのね、ワンメーターの距離なんだから」

「家《うち》が貧乏《ビンボー》だったら、タクシーなんか呼ばないほうがいいよ。ぼく、チョコ・バーもアイスもあんまり食べないようにする。そうすればさ、お金持ちになれるんでしょ？」

「やっぱり、翔太ちゃんはまだ赤ん坊だね」

「違うって言っただろ！」

翔太が陽菜を蹴る真似《まね》をした。陽菜が笑いながら、プレイルームから出ていった。

「ママが帰った後、ぼく、起きたんだよ。でもさ、保育士の先生はママがもう家に帰っちゃったと言ったんで、泣きそうになったんだ。だけど、泣かなかったよ。ぼくは男だからね」

「翔太は強くなったねえ。もう赤ん坊なんかじゃない。ママ、翔太を頼りにしてるのよ」

「町田署《カイシャ》でママをいじめる奴がいたらさ、ぼくがやっつけてやる」

「ありがとう。頼もしいな」

「そういえばさ、波多野のおじさんが六日から町田署《カイシャ》に来てるって言ってたよね。ぼく、おじさんに会いたいなあ」

「そう」

「二月にさ、ぼくたち三人で『よこはまコスモワールド』に行って、シースルーゴンドラとかいう大観覧車に乗ったじゃない？」

「ええ、そうね。あのときは楽しかったわ」

「ぼくもだよ。そうだ！　今夜、波多野のおじさんをぼくん家《ち》に連れてきてよ。そうすれば、おじさんに会えるじゃん」

「無理よ。大変な事件が起きて、波多野警部もママも忙しいの」

「そっか。ぼく、おじさんのこと、大好きだよ。パパはぼくが赤ん坊のときに死んじゃったから、写真で知ってるだけでしょ」

「そうね」

「だから、生きてるパパって、どんな感じかよくわからないんだ。波多野のおじさんの手は大きくて、温かかったよ。髭《ひげ》の剃《そ》り痕が濃くて、ちょっと煙草臭いんだ。死んだパパも、あんな感じなのかな?」

「パパは煙草を喫《す》わなかったから、匂いは違うと思う。でも、男っぽい性格は似てるわね。それから、髭も濃いほうだったわ」

「波多野のおじさんは、十年ぐらい前に奥さんと別れたって言ってたよね? だったら、おじさんがぼくの新しいパパになることはできるんでしょ?」

「再婚する気はないと言ってたわ、波多野警部は」

「そうなの。前にママは、おじさんのことは嫌いじゃないって言ってたよね? いまもそう?」

「ええ、敬愛してるわ」

「その言葉、難しくてよくわからないけど、嫌いじゃないんだよね?」

「そうね、好きよ」

「ならさ、ぼく、おじさんに頼んでみるよ。ぼくの新しいパパになってくれってさ」

「翔太、余計なことは言わないで。好きといっても、恋心を懐《いだ》いてるわけじゃないんだから」

志帆は焦《あせ》って言った。喋っている途中で、頬が火照《ほて》りはじめた。自分は波多野に好意や尊敬の念以上の感情を寄せはじめているのだろうか。

「恋心って、なあに？」

「中学生、ううん、小学校の高学年になれば、意味がわかると思うわ」

「ふうん。ママ、まだ時間ある？　町田署《カイシャ》に行くまで一緒に輪投げをしようよ」

息子が甘えた声でせがんだ。志帆は笑顔で応《こた》え、翔太と輪投げをやりはじめた。

保育所を出たのは、八時二十分ごろだった。

スクーターで鎌倉街道をたどって、職場に向かう。町田署は、市の中心部の小田急線町田駅やJR横浜線町田駅からは数キロ離れた場所にある。といっても、周辺は市街地だ。

五階建ての署舎は鎌倉街道沿いにあり、並びには町田郵便局、コカ・コーラの営業所、市民球場、体育館などがある。裏手には相模《さがみ》化成、電気化学、協和発酵《はっこう》といった企業の工場がある。署の斜め前には、都営高層住宅がそびえている。

百メートルも歩けば、五間《ごけん》道路と呼ばれる町田街道にぶつかる。旭町交差点の角にはロイヤルホストがあり、右側には町田市民病院が建っている。

町田街道を左に折れれば、数百メートル先の右手に町田市役所がある。市役所の前の鶴川街道を進めば、ほどなく小田急線の町田駅に行きつく。

駅周辺は、人口四十一万人のベッドタウンの中心地だ。小田急デパートの二、三階部分が駅の構内になっている。小田急線町田駅とJR横浜線町田駅は連絡通路で結ばれ、雨天でも濡れる心配はない。

駅周辺には旧大丸のモディ、丸井、東急ツインズ、東急ハンズ、ルミネ、ジョルナ、西友などがあり、銀行やオフィスビルも多い。個人商店や飲食店がひしめき、〝西の歌舞伎町〟と呼ばれるほどの繁華街だ。

駅前のバス・センターからは、付近の団地やマンション行きのバスが発着している。少し市街地から離れると、緑に恵まれた閑静な住宅街が点在している。緑地公園も少なくない。

職場に到着した。

志帆はジェット型のヘルメットを脱ぎ、両手でセミロングの髪を梳《す》き上げた。きょうは麻と綿混紡《こんぼう》のパンツ・スーツ姿だった。エレベーターで五階に上がり、捜査本部に入る。

本庁と町田署の刑事が情報を交換していた。予備班長の波多野警部と有働が何やら話し込んでいる。志帆は二人に歩み寄って、朝の挨拶をした。

「昨夜《ゆうべ》は遅くまでご苦労さんだったね」

波多野が志帆を犒《ねぎら》った。

「いいえ」

「翔太君を迎えに行く時間が真夜中になってしまったな。息子さん、むくれてたんじゃないのか？」

「いいえ、大丈夫です」

志帆は余計なことは口にしなかった。有働が顔を向けてきた。

「これから予備班が羽場の取り調べに当たるそうだ」

「彼は、まだ留置場《タマリ》にいるんですか？」

「いや、少し前に刑事課の取調室1に移したってさ。波多野予備班長が直々に取り調べをするそうだ。記録係は本庁《うち》の家弓《かゆみ》巡査部長がやるらしいよ。家弓は、もう取調室に入ってる」

「そうですか」

「おれたちは、後で面通し室に入ろうや」

「はい」

「それじゃ、わたしは刑事課のフロアに降りる」

波多野がどちらにともなく言って、捜査本部から出ていった。

「警部は例によって、昨夜《ゆうべ》は駅前のビジネスホテルに泊まったんですか？」

「いや、町田署《ここ》の仮眠室でおれと一緒に四時間ほど横になったんだ。それまで捜査本部《ここ》で酒を飲みながら、あれこれ筋を読んでたんだよ」

「波多野警部は羽場をクロと見てるんでしょうか？」

「心証はグレイだってさ。おれは、羽場はクロだと思うがね。そっちの心証は？」

「灰色ですね」

「そうかい。『変身クラブ』の主宰者は芦川駿造《しゅんぞう》、七十一だ。元日銀の副総裁で、父親は錫《すず》の輸入で財をなした資産家だってよ。芦川は長男なんで、親の家督《かとく》を相続したらしい」

「そうですか。『変身クラブ』は別段、いかがわしい同好会じゃなかったんですね？」

「ああ、そうだってよ。けど、会員はちょっと変わってるよな。別人に扮してても、ストレスは発散できねえと思うがね。羽場はネットのサイトで『変身クラブ』のことを知って、一年半ほど前に入会してる。そろそろ行こう」

有働が促《うなが》した。

二人は捜査本部を出て、二階に降りた。刑事課と同じフロアに取調室が並んでいる。

志帆たちは取調室1に接している小部屋に入った。二畳ほどのスペースで、マジック・ミラー越しに取調室1が見える。

この小部屋で、目撃者や犯罪被害者に容疑者の人相着衣などを確認してもらうわけだ。警察関係者には、覗き部屋とも言われている。

波多野警部は灰色のスチール・デスクを挟んで、羽場宗明と向かい合っていた。背を見せているのは、外務省の若手官僚だ。

羽場は前手錠を掛けられているが、腰縄《こしなわ》は回されていない。大型カッターナイフを所持していたが、傷害事件を起こしたわけではないからだろう。

左の一隅に置かれたパソコン・デスクの前には、波多野の部下の家弓巡査部長が坐っている。三十四歳だったか。志帆は家弓とは短い言葉しか交わしていない。

供述調書を手書きで記《しる》している所轄署もあるが、近年はパソコン打ちが増えているようだ。その割合までは知らない。

「当然、わたしの犯歴は照会したんでしょう？　わたしに前科歴がないことを知っていながら、留置するなんて厳しすぎますよ。護身用の刃物といっても、サバイバル・ナイフとか両刃のダガーナイフを持ち歩いてたわけじゃないんですから」

取調室の遣《や》り取《と》りは筒抜けだったが、面通し室の音声は向こう側には届かない造りになっていた。

「カッターナイフでも充分に殺傷能力がある。喉笛や頸動脈《けいどうみやく》を掻《か》っ切れば、相手は確実に命を落とすからね」

「なんか含みのある言い方だな。言っときますが、わたしは布施香織の殺害には無関係ですからね」

「しかし、状況証拠が幾つかあります」

波多野が重々しく言った。

「それについては、きのうの夕方に訪ねてきた刑事さんたちから聞いてますよ。しかし、わたしは六月四日の夜はずっと自分の部屋で洋画のＤＶＤを観《み》てたんです」

「ええ、そういう話でしたね。だが、そのアリバイは立証されてない」

「わたしが嘘をついたと疑ってるんですかっ」

「そうは言ってない。アリバイが堅固ではないと言ったんだ」

「アリバイが完璧じゃない上に、香織の体内にわたしと同じA型の精液が滞留して、二十六センチのワークブーツの靴痕が事件現場にあったからって、殺人容疑をかけるなんてひどい話だ」

「潔白だと言い切れるのかな？」

「もちろんですっ。わたしは有資格者《キャリア》なんですよ。前途洋々なのに、罪を犯して人生を棒に振るほど愚かな人間じゃありません」

「エリート官僚だって、人の子だよ。魔がさして、人の道を踏み外してしまうことがあるさ」

「そういう愚か者がいることは知ってますよ。でもね、わたしはそんな連中とは出来が違うんです」

「思い上がるな。人間なんて、所詮《しょせん》、五十歩百歩なんだ。能力や知恵に大差はないんだよ」

「とにかく、わたしを釈放してください。銃刀法違反なら、さっさと書類送検してほしいな。きょうも勾留《こうりゅう》するつもりなら、弁護士との接見《せっけん》を求めます！」

「取り調べが済んだら、いつでも弁護士に会わせてやろう。しかし、いまは取り調べ中なんだ。まだ弁護士と接見させるわけにはいかないな」

「黙秘権を行使《こうし》しますっ」

羽場が硬質な声で言い放った。

「あの野郎、ふざけやがって」

有働がいきり立って、小部屋から飛び出した。すぐに志帆は引き留《と》めたが、相棒は勝手に取調室1に躍《おど》り込んだ。

「おまえは引っ込んでろ」

波多野が有働に言った。有働は羽場の後ろに回り込み、肩に手を掛けた。

「羽場、もう楽になれや。な、悪いようにはしねえからさ」

「身に覚えのない罪を認める気はないっ」

羽場が言い返した。

「粘《ねば》るね」

「わたしは、もう口を開かない」

「勝手にしな」

有働が意味ありげに波多野に笑いかけ、取調室1を出た。

相棒は、羽場の肩口に付着していた抜け毛を巧《たく》みに手に入れたようだ。志帆は小部屋を出た。

「こいつは羽場の頭髪だ。鑑識に行って、大急ぎでDNA鑑定してもらってくれ」

有働が近づいてきて、抓《つま》んでいる髪の毛を差し出した。志帆は上着からポケット・ティッシュを取り出し、ペーパーに頭髪を受けた。

「急げ！」

相棒が急《せ》かせた。志帆は鑑識課に走り、古畑係官にDNA鑑定を依頼した。面通し室に戻ると、有働が取調室1の様子を見ていた。

「羽場は、だんまり戦術を崩してないんですね？」

「ああ」

「有働さんは視力がいいんですね」

「右目が一・五で、左目が一・三だよ。羽場の左肩に抜けた頭髪がへばりついてるのにすぐ気づいたんだが、取調室に入るタイミングを測《はか》ってたんだ」

「そうだったんですか。採取した精液と頭髪のＤＮＡ型が一致すれば、羽場宗明が本事案の加害者ってことになるんですが、どういう結果が出るのか」

「羽場はシロかもしれねえな」

「急に自信が揺らいだのは、どうしてなんです？」

「係長《ハンチョウ》の表情に明るさがなかったからだよ」

「すごい！　わたしは、そこまで読み取れませんでした」

　志帆は正直に言った。

　そのすぐあと、波多野が椅子から立ち上がった。有働に目顔で促され、志帆は相棒と小部屋を出た。

「有働、やるじゃないか。ああいう方法なら、違法捜査にはならないだろう。羽場の頭髪、鑑識に回してくれたな？」

「ああ、相棒がね」

　有働が波多野の質問に答えた。

「そうか。それじゃ、結果待ちだな。二人は捜査本部《チョウバ》に戻っててくれ」

「了解！　羽場はクロじゃないのかもしれないな」

「半々ってとこかな、おれの予想では」

波多野がそう言い、取調室1の中に戻った。

志帆たちコンビは捜査本部に引き揚げた。捜査班のメンバーの多くは、とうに聞き込み捜査に出かけていた。

「羽場はどうなんだろうね？」

捜査班長を務めている安西係長が志帆に話しかけてきた。志帆は上司に経過を報告し、居残っている刑事たち全員に茶を淹《い》れた。

DNA鑑定の結果が出たのは、数十分後だった。精液と頭髪のDNAは一致しなかった。

志帆は安西の指示で、そのことを取調室にいる波多野に伝えた。波多野が羽場に殺人容疑が晴れたことを告げる。

「やっと信じてもらえたか。署長と本庁の管理官とやらを呼んで、わたしに土下坐してほしいな」

「羽場、いい気になるな。おまえは銃刀法違反で検挙されたんだぞ。少しは反省しろ！」

「わかりましたよ。で、いつ釈放してくれるんです？」

「いったん留置場に戻すが、書類送検の手続きが済んだら、自宅に帰らせてやる」

「よかった。警察庁や警視庁のキャリアの中に東大の先輩が何人もいるんですよ。そのうちの誰かに泣きつけば、わたしの逮捕歴はデータベースから削除してもらえるんでしょ？」

「そんなことは不可能だ。場合によっては、そっちは外務省にいられなくなるだろう」

「えっ、そうなの⁉」

羽場が取り乱し、家弓巡査部長に縋《すが》るような目を向けた。家弓は冷ややかに笑っただけだった。羽場がうなだれた。

「書類送検の手続きを頼む」

波多野が部下の家弓に言って、取調室1を先に出た。志帆は後に従った。

二人は捜査本部に戻った。

「くそっ、振り出しに戻っちまったか」

有働が天井を仰ぎ、忌々《いまいま》しげに言った。それに呼応するように、何人かが長嘆息《ちょうたんそく》した。

「事件が発生して、まだ一週間も経《た》っていないんだ。みんな、腐るなって」

波多野が捜査員たちを元気づけ、警察電話の前に坐った。志帆は波多野の斜め前に腰を落とした。

それから間もなく、交通課の若い女性巡査に手を引かれた翔太が捜査本部に入ってきた。

「翔太、どうしたの⁉」

志帆は椅子から飛び上がった。

「どうしても波多野のおじさんに会いたくなったんで、保育所をこっそり抜け出してきちゃったんだよ」

「なんて子なの！　呆《あき》れたわ」

「あっ、おじさんだ！」

翔太がテーブルを回り込んで、波多野に駆け寄った。波多野が相好《そうごう》を崩し、翔太を高く抱き上げた。

「よっ、元気そうだな」

「うん。おじさんも元気みたいだね。また、ママと三人でどこかに行こうよ。ね？」

「なんだよ、係長《ハンチョウ》は保科母子とつき合ってたのか」

有働が目を丸くした。志帆は慌《あわ》てて弁明した。

「そうじゃないんです。息子に強くせがまれて、波多野警部に一度だけ父親の代役を演じてもらったことがあるんです。三人でお弁当を食べて、一緒に観覧車に乗ったんですよ」

「そうなんだ。みんな、誤解しないでくれないか」

波多野が大声で言い訳した。すると、有働が口を切った。

「パパの代役にしては、ちょっと老《ふ》けすぎてるよな。うちの係長《ハンチヨウ》は五十一だからさ。父親役なら、おれのほうが似合ってると思うぜ。ね、係長《ハンチヨウ》？」

「そうだな。次は、有働が代役を務めてやってくれ」

「駄目だよ、おじさん。ぼくは、おじさんが好きなんだから。そっちのおじさんは不良っぽいし、頭も悪そうだもん」

翔太が言った。

志帆は有働に両手を合わせ、息子を叱《しか》った。波多野が翔太を床に下ろした。当惑した顔つきだった。

「そっちに目鼻立ちがそっくりだな。将来はイケメンになるだろう」

有働がスラックスのポケットを探り、五千円札を抓《つま》み出した。

「そのお金、どうするんですか？」

「息子にスナック菓子でも買ってやってくれ」

「困るわ」

「それじゃ、坊やにやろう」

「やめてください」

志帆は、有働の右腕を押し下げた。

「こちとら、江戸っ子だぜ。いったん出した銭《ぜに》なんか引っ込められるかっ」

「でも、困りますから」

「でっかいおじさん、お金は仕舞《しま》って！　子供にお菓子やお金をくれる大人は、みんな悪いことを考えてるんだってさ。保育所の先生とママが、いつもそう言ってるよ」

「そう。翔太君だっけな？」

「うん、そう！」

「きみは鋭いね。おじさんさ、翔太君にお菓子を買うお金をあげて、ママと仲よくなりたいと考えてたんだよ」

「そういうのは悪いというより、なんか狡《ずる》いね。ううん、やっぱり悪いな。タックルしちゃうぞ」

「ますます気に入った。五千円じゃなく、一万円やろう。アイスもチョコもたくさん買えるぞ」

「いらないよ、お金なんか」

「そうか。なら、一万円はママにやろう」

「ママにお金なんか渡したら、おじさんをタックルして、あちこち噛《か》んじゃうぞ」

「有働、いい加減にしろ」

波多野が部下をたしなめた。有働がばつ悪げに笑って、五千円札をスラックスのポケットに収めた。

「お騒がせして、申し訳ありません。息子を保育所に連れ戻したら、すぐ戻ってきます」

志帆は息子に走り寄って、抱き上げた。そのまま、捜査本部を出る。エレベーター乗り場まで突っ走り、翔太を床《フロア》に下ろした。

「ママにあまり恥をかかせないでちょうだい。その前に心配をかけないこと！　いいわね？」

「わかったよ。黙って保育所を抜け出しちゃって、ごめんなさい。でもさ、どうしても波多野のおじさんに会いたかったんだよ」

「そうなの」

「五歳の誕生日に玩具《おもちゃ》はいらないからさ、ぼくのお願いを聞いてよ」

「お願いって？」

「次の誕生日にさ、パパになった波多野のおじさんをプレゼントして」

「人間はプレゼントなんかできないの」

「無理？」

「ええ、無理ね」

「ママのけちんぼ！」

翔太がそっぽを向いた。

志帆は息子の頭を撫《な》で回しながら、下降ボタンを押し込んだ。なぜだか仄々《ほのぼの》とした気持ちになっていた。

エレベーターの扉が左右に割れた。

志帆は愛息の小さな背を押し、函《ケージ》に乗り込んだ。

第三章　魔性の女たち

1

空気が重苦しい。

五階の会議室だ。第二回目の捜査会議が開始されたばかりだった。正午過ぎである。

有働は、後方の席に坐っていた。かたわらの志帆の横顔を盗み見る。

この二月に保科母子が上司の波多野と遊園地に出かけたという話は、少しショックだった。夢想だにしていなかった。

保育所から戻った志帆は、波多野とは特に親しくしているわけではないと改めて弁明した。わざわざ二度も言い訳したことがなんとなく怪しい。しかし、志帆と波多野は男女の仲ではなさそうだ。

美人刑事を諦《あきら》める必要はないだろう。そう考えると、少しばかり心が明るくなった。

有働は、ホワイトボードの前に立った町田署の安西に視線を移した。

ホワイトボードの横のテーブルには、本庁の馬場管理官、野中署長、田丸刑事課長が並んでいる。揃って顔つきが暗い。半《なか》ば重要参考人視していた羽場宗明がDNA鑑定によって、数時間前に無実と判明したせいだろう。

「羽場は銃刀法違反で書類送検するだけで、夕方には釈放することになりました」

「係長、まだ羽場は釈放《パイ》しないほうがいいと思いますよ」

町田署の岡江刑事が発言した。

「どうして?」

「羽場が誰かに布施香織を殺《や》らせた可能性もあるでしょ? 外務省の若手官僚は、被害者とよろしくやってた滝に『香織をぶっ殺して、切り刻んでやる』と息巻いてたわけですからね」

「第三者に香織を始末させた可能性がゼロとは言わないが、それは考えにくいな」

安西が部下に言った。

「なぜです?」

「事件現場には、羽場がオフのときによく履《は》いてるワークブーツと同じサイズの靴痕が残ってたんだ。誰かに香織の始末を頼んだとしたら、そんな失敗《ドジ》を踏むわけない」

「殺しを引き受けた奴が捜査を混乱させる目的で、わざと羽場の愛用してるティンバーランドの二十六センチの靴を履いて犯行に及んだのかもしれないでしょ？」

岡江が反論した。真後ろに腰かけた神崎という刑事が同調した。

「実行犯が殺人の依頼主を陥れようと画策《かくさく》したとわかったら、羽場は成功報酬を払わないだろう。それから警察に任意同行《ニンドウ》を求められたら、実行犯を雇ったことも吐くだろうね。岡江、羽場はシロだよ」

「そうなんですがね」

「滝佑介が誰かに布施香織を葬《ほうむ》らせたとも考えられない。となると、和菓子屋の女店員が目撃した黒いキャップを被った小柄な男が気になってくるな」

「地取り班が『町田パークパレス』の周辺のマンション、商業ビル、個人商店の防犯カメラの映像を丹念にチェックしても、そんな男はまったく映ってなかったんですから、女店員はいい加減な目撃証言をしたんじゃないのかな。彼女、目立ちたがり屋みたいだったらしいからね」

岡江がそう言い、口を閉じた。

その直後、本庁の馬場管理官が波多野に語りかけた。

「羽場を釈放してもいいのかね？」

「問題ないと思います」

「岡江刑事が言ったように、羽場が第三者に布施香織を殺害させたとは考えられないのかな？」

「それは考えられないでしょうね。犯人《ホシ》は羽場に何らかの悪感情を持ってると思われます。ですから、彼の犯行と見せかける工作をしたんでしょう」

「羽場の交友関係を洗い直したほうがいいんではないかと言うんだな？」

「ええ。それから、被害者の男性関係も調べ直す必要があるでしょうね」

「美人だから、言い寄る男は多かったんだろうな。香織自身も男好きだったんだろう。羽場と来年の春には結婚する気でいたようだが、滝佑介とも密会してたわけだから」

「正体不明の小柄な男は以前、被害者と交際してたんではありませんか？」

田丸刑事課長が隣の馬場に話しかけた。

「考えられるね。どの防犯カメラにも映ってなかったという話だが、和菓子屋の女性店員の目撃証言は偽情報《ガセネタ》なんかじゃなかったんだろう。事件当夜の九時ごろ、そいつは間違いなく一〇五号室に入ったにちがいない」

「そうなんでしょうね。謎の訪問者は、香織の部屋のスペア・キーを持ってたんでしょうか？　昔の彼氏だとしたら、当然、被害者は別れるときに合鍵を返してもらうでしょ？」

「だろうね。小柄な男は何かの配達人になりすまして、一〇五号室のドアを開けさせたのかもしれない」

「そうか。多分、そうなんでしょう。しかし、事件現場周辺の防犯カメラには小柄な男の姿はまったく映ってない。透明人間じゃあるまいし……」

「波多野君、どういうことなんだろうね？」

馬場管理官が有働の上司に意見を求めた。

「正体不明の小柄な男は『町田パークパレス』の敷地内の死角になる場所で、変装したのかもしれません。あのマンションには防犯カメラは設置されてませんから、居住者の目を避ければ、変装はできるでしょう」

「夜間だから、敷地内には暗がりが何カ所もあっただろうな。そこで服を着替え、ヘア・ウィッグを被っただけでも、だいぶ外見の印象は変わるだろうね」

「そうだと思います」

波多野が答えた。有働は波多野に声をかけた。

「小柄な男が背負ってたというリュックには衣類やウィッグのほかに、靴なんかも入ってたんじゃねえかな。えーと、それから返り血を浴びてもいいように携帯式のビニールコートとかシートなんかもね」

「おそらく、そうなんだろう。そして、犯行時にはゴム手袋をして、頭にはゴム・キャップを被ってたと思われる」

「それは、ほぼ間違いないね。粘着テープも持ってたんじゃねえのかな？」

「粘着テープ？」

波多野が訊き返した。

「そう。遺体の周《まわ》りには、犯人の物と思われる陰毛は一本も落ちてなかった。レイプしてから、犯人《タマ》は死体の周辺に粘着テープを当てたんだと思うよ」

「そうなんだろうか」

「犯人はなかなか用意周到だから、頭はさほど悪くないんだろう。度胸があるというか、胆《きも》が据《す》わってる。そういうことを考えると、ただの変質者の犯行《ヤマ》じゃないな。香織をかなり恨んでたんだろう」

「犯人が被害者に烈《はげ》しい憎しみを感じてたことはわかるんだが、なぜ死者の顔だけは傷つけなかったのか。しかも化粧をしてやってる。それが謎だな」

波多野の語尾に、志帆の声が重なった。

「加害者は被害者を殺したわけですから、強い憎しみを感じていたんでしょう。しかし、いざ殺してしまうと、急に愛惜《あいせき》の念が生まれたんではありませんか？」

「要するに、憎み切れなかったってことだね？」

「ええ、そうなんでしょう」

「昔から愛憎は背中合わせだとは言われてるが、惨《むご》い殺し方をした後、死に化粧をしてやる心理がわからないな」

「わたしには、なんとなくわかります。愛《いと》しく思ってたり、強く憧れてる相手にひどい仕打ちをされたら、負《ふ》の感情が一気に膨らみますよね。しかし、愛しい者を全否定はできないんではありませんか。自分に背を向けて人格や誇りを踏みにじった相手を八つ裂きにしてやりたいと思っても、いい面まで否定するのは大人げないという気持ちになるんではないでしょうか？」

「そういう心理は、やはり理解できないな」

「もしかしたら、女性特有の心理メカニズムなのかもしれませんね」

「えっ」

波多野が驚きの声をあげた。有働は口を挟んだ。

「保科巡査長は、犯人《ホシ》は女かもしれないと思ってるんじゃねえのか？　けどさ、女が女をレイプはできないぜ」

「ええ、そうですね。おそらく加害者は、感受性や物の考え方が女性に近い男なんでしょう」

「犯人は両刀遣《バイセクシュアル》いなのかもしれねえぞ。そういう野郎なら、女も抱けるわけだ」

「ええ、そうですね」

「係長《ハンチヨウ》、その線かもしれないぜ」

「有働の勘のよさは認めてるが、その読み筋には素直にうなずけないな」

波多野が言った。

「男っぽい考えを持ってる犯人なら、強姦して絞め殺した女の乳房や腿《もも》なんかを傷つけて、死に化粧をしたりしないんじゃねえの？　きっと、バイ野郎が犯行《ヤマ》を踏んだんだよ」

「そう急《せ》くなって。おまえは、少しせっかちすぎる。じっくり考えてみよう」

「犯人《ホシ》は両刀遣《づか》いだって。香織の過去の男たちの中に絶対にバイの奴がいると思うな。おれたちペアは、被害者の男関係を徹底的に洗い直してみらあ。かまわないね？」

「それを決めるのは、捜査班の安西班長だ」

「ああ、そうだったな」

有働は町田署の安西係長に向き直った。ほとんど同時に、安西が口を開いた。

「そうしてもらいましょう」

「了解！」

有働はＯＫサインで応じた。

数秒後、捜査本部で電話番をしていた庶務班の若い所轄署員が会議室に駆け込んできた。

「榎本《えのもと》君、何があったんだ？」

安西が問いかけた。

「本庁機捜《きそう》初動班の脇坂主任から通電《つうでん》がありまして、荻窪《おぎくぼ》署管内で本件と酷似《こくじ》した猟奇殺人事件が発生したそうです」

「なんだって⁉」

「自宅マンションで絞殺された女性は、本件の被害者の友人の五十嵐詩津華、二十七歳だそうです。脇坂主任は、当方の捜査員をただちに臨場させてほしいとおっしゃっていました。事件現場の住所は、これです」

榎本がメモを安西に手渡した。

ざわめきが起こった。有働は志帆と顔を見合わせた。波多野が安西に走り寄る。二人は短く何か言い交わし、署長たち三人に歩み寄った。

「五十嵐詩津華は昨夜のうちに殺されたんでしょうか？　そうではなく、きょうの午前中に殺害されたのかしら?」

　志帆が呟くように言った。

「きのうの夜に殺《や》られたんだとしたら、香織が骨になった日だ。犯人は本件と同一人物っぽいな」

「ええ。羽場は二人の被害者と接点がありますけど、シロですよね。昨夕から彼は、わたしたちの目の届くとこにいましたんで」

「ああ。滝佑介は、五十嵐詩津華とは一面識もない。あいつもシロだな。香織と詩津華の両方と接点がある奴の仕業なんだろう」

「有働さん、まだわかりませんよ。第一事件はマスコミでかなりセンセーショナルに報じられましたんで、模倣犯罪とも考えられますでしょ?」

「そのあたりのことは現場に行けば、すぐにわかるだろう。うちの係長《ハンチヨウ》に頼んで、おれたちペアが荻窪の現場を踏ませてもらおうや」

　有働は椅子から立ち上がった。ちょうどそのとき、波多野が大股で歩み寄ってきた。

「おまえたち二人で杉並の現場に臨《のぞ》んでもらう」

「いま、そうさせてくれって頼みに行こうと思ってたんだ。で、現場の住所は?」

　有働は問いかけた。波多野が紙切れの文字に目を落とした。

被害者宅は、杉並区荻窪三丁目二十×番地、『荻窪エクセレントマンション』の八〇八号室だった。相棒の志帆が所番地を手帳に書き留《と》める。

「すぐ現場に向かってくれ」

「あいよ。行ってくらあ」

有働は志帆と会議室を飛び出し、エレベーター乗り場に急いだ。

レガシィのサイレンを轟《とどろ》かせながら、事件現場をめざす。目的地に着いたのは、午後一時十六分過ぎだった。

『荻窪エクセレントマンション』は九階建てで、ＪＲ荻窪駅から四、五百メートルしか離れていなかった。

マンションの前の通りには、白黒パトカー、覆面パトカー、鑑識車が十数台駐《と》めてあった。立入禁止のテープが張られ、荻窪署の制服警官たちが立っていた。三人だ。

有働たちはレガシィを路上に駐め、テープを潜《くぐ》った。もちろん、立番の巡査には二人とも警察手帳を提示した。

マンションのアプローチには、本庁初動班の捜査員や所轄署の刑事たちが六、七人立っていた。鑑識係官たちが玄関付近で遺留品を採取中だった。

出入口はオートロック・システムになっていたが、ドアは開け放たれている。

有働たちは両手に手袋を嵌《は》め、靴にビニール・カバーを被せた。

荻窪署の強行犯係の刑事たちは迷惑顔だった。自分たちの庭先に他所者《よそもの》が踏み込むことには抵抗があるのだろう。

二人はエレベーターで八階に上がった。

八〇八号室の前にも、荻窪署の地域課巡査が立っていた。二人だった。どちらも若い。

部屋のドアは開いていた。

玄関先まで血の臭いが漂《ただよ》ってくる。有働たちは入室した。間取りは2LDKだった。だが、専有面積は五十平米《へいべい》前後はありそうだ。

二十畳近い居間には、初動班の脇坂主任がいた。所轄署の刑事や鑑識係官たちの姿もあった。

「先夜はお世話になりました」

志帆が脇坂警部に挨拶した。

「不死身刑事《デカ》とペアを組まされたのか。それはお気の毒だな。有働はね、組対《そたい》時代にヤー公に何度も撃たれて、後ろから日本刀《ポントウ》で斬《き》りつけられたんだよ。それでも、くたばらなかったんだ。それで、不死身刑事《デカ》なんて呼ばれてたんだよ。柄が悪いんで、番長刑事《デカ》というニックネームも付けられてたな」

「確かに有働さんは強面《こわもて》タイプだけど、意外に優しいとこもあるんですよ」

「それは、きみが美人だからさ。有働は女好きだから、気をつけたほうがいいな。酒とギャンブルにも目がないんだ」

「あら、あら」

「波多野さんがよく有働を捜一に引っ張ったよな。そうか、あの大将も若い時分は暴れん坊だったからね。尊大な上司をぶん殴ったり、武勇伝も多かったんだ」

「それは意外ですね。いまの波多野警部からは想像もできません」

「年齢を重ねて、丸くなったんだろう。波多野の大将は根っこの部分が似てる有働がかわいいんだろうな」

「主任、無駄話をしてる場合じゃないだろうが」

　有働が顔をしかめた。

「これだからな。年齢も階級もわたしよりも下なんだが、態度がでっかい。でも、なぜか憎めないんだよね」

「主任はよく喋りやがる。まるで中年のおばさんだぜ。検視官室の木島のおっさんは隣の寝室にいるのかい？」

「木島検視官は都合がつかなくて、服部《はっとり》という若い検視官心得に遺体《ホトケ》を視《み》てもらったんだ。少し前に検視を終えて帰ったよ」

「で、見立《みた》ては？」

「頸部圧迫による窒息死だろうってさ。六月四日に絞殺された布施香織と同じようにクロロホルムを嗅がされて、パンストで首を絞められてたんだ。乳房も抉《えぐ》られかけてたし、ほぼ同じ箇所にカッターナイフで傷つけられ、局部には被害者の物らしい口紅が埋め込まれてた」

「香織と同じように顔はちゃんとメイクされてたんだな？」

「そう。犯行の手口はそっくりだから、同一犯の仕業《しわざ》だろう」

「直腸温度は？」

「ちょうど三十度あったよ。死亡推定日時は、昨夜十時から十二時の間だろうって話だったな。連続猟奇殺人事件だね」

「きのうの午後、おれたちは香織の実家で五十嵐詩津華と顔を合わせてるんだよ」

「そうなのか⁉」

　脇坂が声を裏返らせた。有働は詳しい話をした。

「香織の告別式のあった日に友人の詩津華が殺されたのは、単なる偶然じゃないな。加害者は二人の被害者に何か恨みがあって、復讐したんだろう」

「事件通報者は、このマンションの居住者なんですか？」

　志帆が脇坂に訊いた。

「そうじゃないんだ。音楽制作会社を経営してる野尻健吾《のじりけんご》という三十九歳の男なんだよ。被害者は野尻にバックアップされて、七月下旬に大手レコード会社『レインボー』からCDデビューする予定だったらしいんだ。五十嵐詩津華と野尻はデキてたようだな」

「そう言えるのは？」

「野尻は、この部屋のスペア・キーを持ってたんだ。きょうの正午に被害者は野尻のオフィスに行くことになってたらしいんだが、いっこうに現われないし、携帯にも出る様子がないので、様子を見にきたそうなんだ」

「野尻は八〇八号室に入って、寝室で死んでる被害者を見た。それで、一一〇番通報したわけですね？」

「そうなんだ。最初の被害者の布施香織も二人の男と同時につき合ってたが、五十嵐詩津華も六本木のシャンソン酒場『モンシェリー』のオーナーの橋爪克臣《はしづめかつおみ》、四十八歳の世話を受けながら、野尻とも愛人関係にあったようなんだ。多分、詩津華はプロの歌手になりたくて、橋爪と野尻に肉体を提供し、デビューのチャンスを摑んだんだろう。殺害された二人の美人は強《したた》かに生きてたみたいだから、数多くの男たちを利用してきたんだろうね。他人を踏み台にして狡賢《ずるがしこ》く生きてきたから、天罰《てんばつ》が下ったんじゃないのかな」

「そうなのかしら？　犯人の入りは？」

「部下がエントランスに設置されてる防犯カメラの映像をチェック中なんだが、八階の非常階段のアラームも鳴らなかったし、八〇八号室のドアの鍵穴も破損してなかったんだ」

「加害者は被害者と顔見知りで、堂々とマンションの表玄関から入って、八〇八号室に請《しよう》じ入れられたんでしょうね？」

「多分、そうなんだろうな」

「初動捜査の情報をしっかり聞いて、必要なことは書き留めといてくれ」

有働は相棒に言って、リビングに接している十五畳ほどの寝室に足を踏み入れた。

荻窪署の強行犯係の刑事が二人いた。鑑識係官は三人だった。出窓側に値の張りそうなダブルベッドが置かれ、正面にドレッサーが見える。

ドレッサーの横には、真紅の寝椅子《カウチ》が置いてあった。右側一面が造り付けのクローゼットになっていた。

「おたくの所属は？」

四十代後半の所轄刑事が敵愾心《てきがいしん》のこもった目を向けてきた。

「捜一の有働だ。町田署の捜査本部事件を担当してる。死体《ロク》を拝ませてもらうぜ。連続猟奇殺人事件だろうから、荻窪署に捜査本部《チョウバ》を立てる必要はねえと思うよ」

「それは、うちの署長が決めることだ」

「そうだがな」

有働は言って、ゆっくりと屈《かが》んだ。

五十嵐詩津華はダブルベッドに添うような形で、フローリングの床《ゆか》に仰向けに横たわっていた。首にはベージュのパンティーストッキングが二重に巻きつき、二つの胸の裾野は深く抉《えぐ》られている。

噴《ふ》き出した血糊《ちのり》は凝固《ぎょうこ》していた。ポスター・カラーを重ね塗りしたように厚みがあった。

第一被害者と同じように上半身だけではなく、恥丘や内腿も刃物で裂かれている。飾り毛も短く刈り込まれていた。香織の鑑識写真と同じだった。

有働は体を傾《かたむ》け、鼻先を詩津華の顔に近づけた。

口の周《まわ》りが爛《ただ》れ、かすかに甘酸っぱい匂いが寄せてくる。クロロホルムの臭気だ。裸身の下の血溜まりは畳二枚分はあった。

化粧された顔だけが生きているように見える。グロスで光る赤い唇が妙になまめかしい。吸いつきたくなるほど官能的だ。

赤い靴痕がくっきりと残っていた。靴底の模様はワークブーツとは異《こと》なっていたが、サイズは二十六センチほどだった。

足跡は居間まで点々と散っていたが、玄関ホールのあたりは汚れていなかった。犯人はそのあたりにビニールシートを敷き、その上で靴を履き替えたにちがいない。鮮血の付着したビニールコートやゴム手袋の類《たぐい》も体から剝《は》がしたのだろう。

あたりを見回してみたが、凶器の刃物はどこにも落ちていない。マヨネーズとマスタード塗《まみ》れのランジェリーには、一匹の蠅が止まっていた。

「手厚く扱ってやれよな」

有働は所轄署員たちに声をかけ、おもむろに立ち上がった。

2

被害者の亡骸《なきがら》が部屋から運び出された。

とうに鑑識係官たちは引き揚げていた。午後二時半過ぎだ。

志帆は寝室の前に立っていた。有働と脇坂警部は、リビング・ソファの向こう側で話し込んでいる。所轄署の刑事たちは玄関ホールのあたりにいた。

志帆は寝室に入った。

さきほど遺体を視《み》たとき、ベッドの脇のサイド・テーブルの上に真珠色の携帯電話が置かれていたことは確認済みだった。もたもたしていたら、荻窪署に捜査資料として持ち去られてしまう。

志帆は詩津華のモバイルフォンを掴み上げ、ドアと壁の間に入り込んだ。

まず着信履歴を見る。前日の午後七時四十一分に被害者のパトロンの橋爪克臣から電話がかかっている。それ以後、野尻からの着信以外はない。

今度は発信履歴を確かめる。被害者は、きのうの午後五時十分と八時二十三分に音楽制作会社『ミラクル・ミュージック』の野尻社長に発信していた。八時四十七分には、なんと香織と密かに交際していた滝佑介にも電話をかけている。

詩津華が親友の香織の交際相手と連絡を取り合っていたことは予想外だった。彼女は、滝佑介を知らないと言っていた。詩津華は嘘をついていたことになる。電話は互いにかけ合っていたのか。被害者は滝に葬儀の模様を電話で伝えたのだろうか。

滝は、香織の死を悼《いた》んでいる様子ではなかった。そのことを詩津華は感じ取っていたのではないか。そうだとしたら、わざわざ滝に弔《とむら》いに関する話をするとは思えない。

容姿に自信を持っている女性の中には、親友や知人の恋人を略奪して快感を覚える性悪《しょうわる》がいる。

詩津華は大学の一年後輩の香織が外務省の若手官僚と交際していながら、滝とも密会していることに妬《ねた》ましさを感じ、旅行会社の社員を誘惑していたのか。あるいは、だいぶ前から滝とは親密な間柄だったのだろうか。

詩津華はシャンソン酒場のオーナーの愛人でありながら、音楽制作会社の社長とも密会を重ねていたようだ。来春にはエリート官僚の羽場と結婚する予定の香織を羨《うらや》ましがり、滝にちょっかいを出したのだろうか。

そういう気持ちがあったとすれば、将来有望な羽場を略奪するだろう。それをしなかったのは、好みのタイプではなかったからか。それとも、香織との友情を決定的には壊したくなかったということか。どちらにしても、詩津華と滝の関係が引っかかる。

志帆は携帯電話の住所録を調べはじめた。

なぜか、あ行とか行の登録者はすべて抹消されていた。詩津華を殺害した者が犯行後、リストから自分の名を消したのではないか。

志帆は携帯電話を元の場所に戻すと、写真アルバムを探しはじめた。

布施香織を殺した犯人は、被害者のアルバムから何葉《なんよう》か写真を剝《は》がしたと思われる。自分が香織と一緒に写っている写真を持ち去ったのだろう。

アルバムは寝室にはなかった。

志帆は居間に移った。相棒の有働は初動班の脇坂主任と同じ場所で話している。荻窪署の刑事たちは、まだ玄関ホールにいた。

志帆は居間の向こう側にある和室に入った。

八畳間だった。隣との仕切り壁側に洋服簞笥《だんす》、ミニコンポ、CDラックなどが並んでいる。居間側には、パソコン・デスクと書棚が置いてあった。

アルバムは書棚の最下段に収まっていた。四冊だった。

手早く頁《ページ》を繰《く》る。大学に入学したころからの写真が撮影日時順に貼られていた。香織とのツウショットが目立つ。

しかし、一葉も剝がされてはいない。犯人が写っている写真は貼付《ちょうふ》されていなかったのだろう。

志帆はパソコン・デスクの前に立った。

CD―ROMやメモリーのタイトル名を読んでいると、所轄署の剣持《けんもち》という四十七、八の刑事が和室に入ってきた。

「あんた、そこで何をしてるんだっ」

「何か手がかりになる物があればと思って……」

「勝手なことはやめてくれ。荻窪署《うち》の事件《ヤマ》なんだぞ」

「わかってます。ですが、こちらの本部事件の犯人《ホシ》が第二の犯行に及んだと思われるんです。手口がそっくりなんですよ」

「そうであっても、本件の捜査はわれわれの管轄じゃないか。こっちの縄張り《シマ》を荒らすのはルール違反だぞ」

「荒らしてませんよ」

「どうだか。CD—ROMを二、三枚、ポケットに入れたんじゃないの?」

「疑うなら、身体検査をしてもらっても結構ですっ」

志帆は眉を跳《は》ね上げた。

「そこまでする気はないよ。捜査資料になりそうな物は、すべて荻窪署《うち》が借り受ける。文句ないだろう?」

「ええ、それは。地取りで何か収穫はありました?」

「ノーコメントだね」

「同一犯の可能性が高いんですよ。つまらないセクショナリズムにとらわれてる場合じゃないでしょ! 手がかりを公開し合って、一日も早く加害者を割り出すべきです。協力し合いましょうよ」

「どの所轄署にも、それぞれ意地があるだろうが。確かに六月四日の夜に発生した町田署の猟奇殺人事件と手口がよく似てる。しかし、犯人が同一だと決まったわけじゃないんだ」

「そうですが、同一犯臭いんですよ。垣根を越えて協力しましょう。血税の無駄遣いは避けるべきです」

「偽善者だな、あんたは。本音を言えよ」

「喧嘩腰にならないでください」

「町田署は本庁捜一に協力を要請したから、捜査費の負担が大きい。自分らで犯人《ホシ》を検挙《アゲ》なきゃ、体面も保《たも》てない。だから、荻窪署《うち》の庭先を荒らしてでも、有力な手がかりを得たい。それが本音だってことくらいは、わかってるんだ。あんまり他人《ひと》をなめんなよ」

剣持が細い目をさらに細めた。

「狭量なんですね。器《うつわ》の小さい男は下の者に慕われませんよ」

「け、喧嘩売ってるのか!?　だったら、買ってやる」

「大人げない方ね」

「何だと！　ちょっと綺麗だからって、いい気になるな。まだ巡査長のくせに。こっちは巡査部長なんだぞ」

「それが何なんですっ」

志帆は負けていなかった。

剣持が額に青筋を立てた。

「何をほざいてやがるんだ。巡査部長がどうしたって？」

有働が言いながら、和室に入ってきた。剣持が下を向いた。どうやら巨身の有働の迫力に気圧《けお》されたようだ。

「女に凄《すご》む野郎は、男の屑《くず》だ。おれが相手になってやらあ」

「別に腕力でどうこうするつもりはなかったんだ」

「剣持とかいう名らしいな」

「そうだが……」

「情報を出し惜《お》しみしてやがると、何かあったとき、ほかの所轄にそっぽ向かれるぜ。初動捜査情報は脇坂の旦那から貰うよ。目障《ざわ》りだ。早く失《う》せやがれ！」

「噂以上に柄が悪い男だな」

「うるせえんだよ」

有働が剣持の後ろ襟《えり》を引っ摑んで、和室から放り出した。

「お礼は言いませんよ。わたし、自分でちゃんとやり合うつもりだったんですから」

「かわいくねえな。けど、勘弁してやらあ。そっちに惚れちまったからな」

「軽いわね」

「そうかい。体はヘビーなんだがな。さっき、こっそり寝室に入ったようだが、何か収穫はあったのかい？」

「気づいていたんですか⁉」

「好きになった女のことは四六時中、見てるさ。手洗いに行くときもな」

「趣味がよくありませんね。それはともかく、少し手がかりを摑みました」

志帆は経過を話した。

「携帯のあ行とか行の登録者名がすべて抹消されてたのか。そっちが推測した通りなんだろう。犯人《タマ》は、消された登録者の中にいるな」

「ええ、多分ね」

「それから滝佑介のことなんだが、おそらく五十嵐詩津華が香織の派手な男関係を妬《ねた》んで、こっそり誘惑したんだろう」

「そうなんでしょうか」

「昔から人妻を寝盗《と》るのは男の愉《たの》しみの一つとか言われてるが、女どもも同じなんだろうな。親友と親しくしてる野郎を横奪《ど》りして、ベッドでほくそ笑《え》んでやがったんじゃねえのか」

「そんなことをする女性は、ごく少数だと思います」

「だとしても、女にゃ油断できねえな。怖いね。詩津華は根っから好色な女だったんだろう。パトロンの橋爪がいるのに、『ミラクル・ミュージック』の野尻とイケメンの滝もくわえ込んでやがったんだろうからさ」

「その表現、いやらしいですね」

「なら、しゃぶってたと言い直すか」

「もっと下品だわ。それはそうと、初動班の脇坂主任の部下から聞き込みの報告が少しは上がってるんではありません？」

「そうだ、そのことを話しておこう。前夜の防犯カメラの映像をマンションの管理会社でチェックしてきた脇坂主任の部下の報告だと、昨夕六時から今朝の七時まで表玄関を出入りしたのはマンションの居住者だけらしいよ。つまり、居住者以外は誰ひとり来訪してなかったってわけだ」

　有働が言った。

「初動班のメンバーは当然、各階の非常扉をチェックしたんですよね？」

「きのうの晩は侵入者はゼロだったし、各階の鍵穴を抉《こ》じあけようとした痕跡はなかったって話だったな」

「それじゃ、犯人は前日にでもマンション内に入って、知り合いの居住者の部屋で過ごし、八〇八号室を訪ねたんでしょうか？」

「初動班の連中も同じことを考えて、各室を回ったんだってさ。けど、そういう事実はなかったようなんだ」

「そうなんですか」

「ただな、地下駐車場のスロープ下に設置されてる防犯カメラのレンズに昨夕、何者かが灰色のカラー・スプレーを噴霧《ふんむ》したんだ」

「その直後にマンションの管理会社は異変に気づいて、防犯カメラのレンズの汚れを拭き取ったんでしょ？」

「管理会社はこのマンションにセキュリティー・システムを設置して、毎日、モニターで監視してるわけじゃないそうだ。このマンションの家賃は決して安くないが、高額な分譲共同住宅じゃねえからな。常駐の管理人もいないし、防犯カメラの映像は担当者が五日ごとにチェックしてるんだってよ」

「そうなんですか。でも、担当の方はカラー・スプレーをレンズに噴きつけた奴の顔は見てるんでしょ？」

「ああ、それはな。黒いキャップを目深《まぶか》に被って、サングラスをかけてたらしい」

「同じ色のキャップを目深に被ってた小柄な男が六月四日の午後九時ごろ、『町田パークパレス』に……」

「そのことが一瞬、頭を掠《かす》めたんだ。でもな、レンズにカラー・スプレーを噴きつけた野郎は口髭《くちひげ》を生やしてたらしいんだよ。髭の長さは二、三センチはありそうだって話だった」

「それなら、和菓子屋の女性店員が目撃した小柄な男とは別人なんでしょうね。わずか四日で、髭がそんなに伸びるわけありませんから」

志帆は声に力が入らなかった。防犯カメラのレンズを汚した者と同一人なら、二件の猟奇殺人事件の加害者とも考えられる。

「そいつは脚立《きゃたつ》を使ってレンズにカラー・スプレーを噴出させたんだろうが、地下駐車場は自動シャッターになってるらしいんだ。居住してるドライバーがリモコン操作して、シャッターを開閉してるんだよ」

「ということは、居住者の中に五十嵐詩津華を殺害した犯人がいるんでしょうか？」

「そうとは限らねえな。自動シャッターは遠隔操作器《リモート・コントローラー》がなくても、開閉できるんだよ」

「あっ、その仕組みは知ってます！　八王子《はちおうじ》署に勤務してたとき、マンションに住んでる子供たちが地下駐車場に車が出入りするたびに自動シャッターの真下に石を置いて遊んでるのを見たんですよ。居住者の車が駐車場のスロープを離れると、シャッターは下がってきますけど、小石にぶつかった瞬間、ふたたび巻き揚げられてました」

「そうなんだ。そのことを知ってる奴なら、『荻窪エクセレントマンション』の地下駐車場にやすやすと侵入できる。カラー・スプレーを使った口髭の男も、そうやって忍び込んだんだろう。それから、八〇八号室に上がって、詩津華を殺《や》ったにちがいねえよ」

「ええ、そうなんでしょう。被害者の知り合いに口髭をたくわえた男性がいるのかしら？」

「いたんだよ」

有働が太くて長い指を打ち鳴らした。いい音が聞こえた。

「誰なんです、それは？」

「パトロンの橋爪克臣だよ。『モンシェリー』のオーナーは十年ぐらい前から、口髭を生やしてるんだそうだ。しかもな、昨夜八時から九時四十分ごろまで、このマンションの近くの暗がりに橋爪名義のグレイのレクサスがずっと駐《と》まってたという複数の目撃証言があるんだよ。二人の目撃者は近くに住む主婦とサラリーマンらしいんだが、ドライバーは口髭を生やした四十七、八の男だと証言したんだってさ」

「それなら、加害者は詩津華のパトロンなんだと思います」

「重要参考人と考えてもいいんだろうな。けど、なんかすっきりしねえんだ。香織の事件《ヤマ》と同じように犯人《タマ》はてめえの遺留品を残さねえよう細心の注意を払ってる感じだよな？」

「ええ、そうですね」

「そんな慎重な奴が犯行現場近くで無防備に車の中で犯行のチャンスを待つかい？」

「言われてみると、確かに無防備すぎますね。顔を隠して、盗難車で待機しそうだな」

「逮捕《パク》られてもいいやと開き直ってなきゃ、てめえが疑われないよう工夫するはずだ」

「でしょうね」

「捨て鉢になってるんだったら、犯行現場にてめえの指紋や掌紋がほうぼうにくっついたって、気にしねえだろう」

「ええ。それに、橋爪克臣には布施香織とはなんの利害関係はないようですものね」

「そうなんだ。だから、おれの直感では詩津華のパトロンはシロだな」

「シロなら、なぜ被害者のパトロンはこのマンションの近くに車を駐《と》めて、一時間四十分前後もいたんでしょう？」

志帆は素朴な疑問を口にした。

「これは推測というよりも想像なんだが、橋爪は愛人の詩津華が野尻社長と浮気してることに勘づいてて、彼女が間男《まおとこ》を自宅マンションに引っ張り込むかもしれないと思ったんじゃねえのかな？」

「で、その現場を押さえようと思った？　そっちの意見を聞かせてくれ」

「そうなんじゃねえか？」

「被害者がパトロンから月々いくら手当を貰ってたのかわかりませんけど、浮気してることがバレたら、愛人をお払い箱にされちゃうはずです。ですんで、『ミラクル・ミュージック』の野尻社長をここには招《よ》ばないんじゃありません？」

「初動捜査によると、第一発見者の野尻健吾はこの部屋の合鍵を持ってるって話だったぜ」

「ええ、そうでしたね。二人は大胆にも、この部屋で……」

「いつもホテルで睦《むつ》み合うんじゃ金もかかるし、スリルもねえ。いつパトロンが訪れるかもしれないという状況だから、詩津華と野尻は狂おしく求め合えたんだろう。な、そうだよな？」

「知りません。わたしには、そういう体験はありませんから」

「旦那に若死にされたんじゃ、そういうこともなかっただろうな。気の毒になあ。人妻が不倫に走ると、例外なく乱れに乱れるらしいぜ」

「話題が明らかに逸《そ》れてます！」

「そんなふうに甘く睨《にら》まれると、たまらねえな。おっと、いけねえ。さらに脱線しそうだ。そんなわけで、橋爪は車の中でじっと様子をうかがってたんだろう」

「でも、野尻社長は訪れなかったし、被害者も外出する気配はなかった。だから、橋爪氏は午後九時四十分ごろに引き揚げたんですかね？」

「そんな気がするんだが、それなら、防犯カメラのレンズをカラー・スプレーで汚した口髭の男は誰だったのか。そんなふうに考えると、橋爪がシロと言い切れなくなってくるな」

「有働さん、橋爪に探りを入れる前に野尻社長に会ってみましょうよ。『ミラクル・ミュージック』のオフィスは港区南青山にあるんです」

「そうするか。被害者の遺体はいったん荻窪署に安置されてから、明日の午前中に東大の法医学教室で司法解剖されるそうだ。解剖所見が出る前に、できるだけ多く手がかりを摑みてえな」

「ええ、頑張りましょう」

「行こう」

有働が先に和室を出た。

志帆は巨漢刑事に従った。

3

社長室から女の切なげな歌声が響いてくる。

ＣＤだろう。大音量だった。『ミラクル・ミュージック』の事務所だ。

オフィスは雑居ビルの三階にあった。事務フロアには、二十数人の社員がいた。

「来月発売予定だった五十嵐詩津華のデビュー曲だね？」

有働は、案内に立った若い女性社員に訊《き》いた。後ろから、相棒の志帆が従《つ》いてくる。

「そうです。『愛に癒《い》やされて』という曲です。社長はエンドレスで、詩津華さんのデビュー予定曲をずっと聴いてるんですよ。嗚咽《おえつ》を搔《か》き消してるのかもしれません」

「死んだ詩津華に心底、惚れてたんだろうな」

「ええ、そうなんだと思います」

女性社員が立ち止まって、社長室のドアをノックした。

低い声で応答があった。女性社員がドアを開ける。

有働たち二人は社長室に入った。

野尻健吾は総革張りのソファにだらしなく坐り込んでいた。大理石のコーヒー・テーブルの上には、レミーマルタンとブランデー・グラスが載《の》っている。

有働たちは警察手帳を提示した。野尻社長が立ち上がって、涙声で名乗った。それから彼は心許ない足取りでCDプレイヤーに歩み寄り、停止ボタンを押した。

「弔《とむら》い酒を飲んでたようだね」

有働は言った。

「ええ、そうなんですよ。飲まずにはいられなかったんです」

「本庁の初動班と荻窪署の連中から事情聴取されたことはわかってます。しかし、町田署管内で発生した猟奇殺人事件と手口がそっくりなんだよね」

「協力は惜しみませんよ、詩津華を殺《や》った犯人を早く捕まえてほしいと思ってますんでね。どうぞお掛けになってください」

野尻が応接ソファ・セットに引き返してきた。社長室は二十畳ほどのスペースだった。出入口近くにソファ・セットが置かれ、ほぼ正面に桜材の両袖机が据えられている。

その背後には書棚とスチール・キャビネットが並んでいた。壁には、詩津華のポスターが三枚も貼ってあった。

有働は志帆と並んで坐った。

野尻が有働の前に腰を落とした。仕立てのよさそうなスーツを着込んでいたが、ネクタイの結び目は緩《ゆる》んでいる。縞模様のワイシャツの第一ボタンも外されていた。

「だいぶブランデーを飲んでしまいましたが、それほど酔ってません。早く酔っ払ってしまいたいんですが、酔えないんですよ。ちゃんと受け答えはできますから、なんでも質問してください」

「それじゃ、ざっくばらんに訊いちゃおう。社長は、被害者とは他人じゃなかったんでしょ？」

有働は単刀直入に問いかけた。

「ええ、一年ちょっと前から詩津華とは親しい間柄になってました。彼女の世話をしてる男性がいることはわかってたんですが、わたし、本気でのめり込んでしまったんですよ。妻とは四カ月前に正式に離婚しました。三歳の娘がいたんですがね」

「妻子を棄《す》てても、五十嵐詩津華とくっつきたかったわけだ？」

「はい。派手な業界で仕事をしてるんで、浮気相手には不自由しませんでした。しかし、詩津華は特別だったんですよ。男を蕩《とろ》かすような要素をたくさん持ってたんです。魔性《ましょう》の女と言ってもいいかもしれません。とっても危険な女でしたが、それだけ魅惑的だったんですよ」

「美人だったし、頭も悪くなかった。その上、ベッドでもたっぷり娯《たの》しませてくれたんだろうな」

「有働さん！」

志帆が小声でたしなめた。野尻が手を振る。

「かまいません。実際、その通りでした。詩津華は料理も上手だったんですよ」

「それじゃ、家庭を棄てる気にもなるか」

「別れた妻や子供には済まないことをしたと思ってます。一度、詩津華と手を切ろうとしたことがあるんですよ。しかし、未練を断ち切れませんでした」

「そう。パトロンの橋爪克臣のことは、どのくらい知ってるのかな？」

「詩津華が三年ほど前から『モンシェリー』のオーナーの愛人になって、毎週金曜日の夜に店で三ステージ歌ってたことは知ってました。自宅マンションの家賃も橋爪さんが肩代わりしてくれてるって話も聞いてましたよ。でも、お手当の額についてはお互いに触《ふ》れませんでした」

「そうだろうな」

「詩津華が恋多き女であることもわかってました。でも、過去の男たちのことは少しも気になりませんでした。彼女は男を虜《とりこ》にするような魅力に満ちてましたからね。わたしは詩津華を女として高く評価してましたが、歌唱力も認めてたんですよ」

「あなたが大手レコード会社に五十嵐さんのことを強く推《お》して、CDデビューが決まったんだそうですね？」

志帆が会話に加わった。

「そうなんですよ。『レインボー』の制作部長は詩津華はもう二十七なんで、最初は企画に乗ってこなかったんです。ですが、六十過ぎの女性クラブ歌手が大人向けのラブ・ソングで大ブレークしたんで、ひとつ勝負してみるかってことになったんですよ」

「さっきCDの歌声を少し聴かせてもらいましたけど、Jポップよりも重みがあって、三、四十代の女性には受けそうなメロディーと歌詞だと思いました」

「そうでしょう？　わたしもレコード会社も、その客層を狙ったんですよ。詩津華は情念や本能のおもむくままに数多くの恋愛をしてきた女だから、歌詞を思い入れたっぷりに謡《うた》い上げることができるんです。それでいて声質は、演歌歌手とはまるで違う。エディット・ピアフやジュリエット・グレコのような昔のシャンソン歌手の味わいがありますし、ブルース・シンガーのような哀愁も併《あわ》せ持ってます。新しいタイプの歌姫というキャッチ・フレーズで大々的に売り出すことになってたんです。新人のデビューCDシングルは五千枚も売れれば上々なんですが、初回プレスは破格の三万枚だったんですよ」

「それだけ期待されてたんですね？」

「完売させる自信はありました。わたし、社運を賭けたんです。昔と違って、レコード会社はどこもCDはほとんど自主制作してないんですよ。複数の音楽制作プロダクションに制作を委託してるわけです」

「テレビ番組と同じようになってるのね」

「ええ、そうです。レコード会社と音楽制作会社が制作費や宣伝費を出資し合って、CDを出すケースもあります。原盤権を押さえたかったんで、総制作費の七十パーセントをわたしの会社で負担したんです。『レインボー』さんが残りの三十パーセントを出資してくれたんですが、作詞家、作曲家、編曲家はわたしが選んでレコーディングしたんですよ」

「そうだったんですか」

「しかし、肝心の詩津華が殺されてしまったわけですから、せっかくプレスしたデビューCDは販売できません。数千万円の損失になります。でも、お金のことはいいんです。わたしは、詩津華の夢を実現させてやれなかったことが残念でならないんですよ。彼女はプロの歌い手になることが夢だったんです。その夢を実現させるために好きでもない男の愛人になって、『モンシェリー』で歌いつづけ、じっとチャンスを待ってたんです。幸薄《さち》い女でした」

「あなたと五十嵐さんの出会いは？」

「『モンシェリー』の客だった知り合いの音楽プロデューサーが、詩津華のデモ・テープを持ち込んできたんですよ」

「その方のお名前を教えていただけます？」

「一条歩《いちじょうあゆむ》という男なんですが、およそ七カ月前にニューヨークで交通事故死してしまったんです。新人ボーカリストの発掘では、定評のあった音楽プロデューサーだったんですがね。享年《きょうねん》四十二でした」

「そうなんですか」

「詩津華のデモ・テープを聴いて、わたし、魂を揺さぶられました。ピアフの『愛の讃《さん》歌《か》』とジョルジュ・ムスタキの『ヒロシマ』の二曲だったんですが、抑《おさ》えた歌い方をしているのに、どのフレーズにも内面の叫びや嘆きが濃くにじんでたんですよ。それで、すぐに詩津華に連絡をとったわけです」

「彼女の夢の後押《あとお》しをしたいと思うと同時に、恋してしまったんですね？」

「ええ、そうです。詩津華と会って音楽の話をしてるだけで、胸がときめきました。まるで高校生に逆戻りしたような気持ちでした」

「五十嵐さんは知り合って間もなく、パトロンがいることを打ち明けたんですか？」

「三、四カ月経《た》ったころでしたね。プロ歌手としてデビューできるなら、橋爪さんと別れてもいいとはっきりと言いました」

「野尻さんは五十嵐さんを独占したくなったんで、彼女のデビューに奔走《ほんそう》する気になったんですね？」

「そうです。そして、わたしたち二人は親密な関係になったんです。小悪魔というよりも悪女っぽいところがありましたが、最高にいい女でしたね」

野尻が吐息《といき》をついた。有働は相棒を手で制した。

「橋爪克臣の目を盗んで、おたくと五十嵐詩津華は密会してたんだ？」

「そうだったんですが、四月上旬に詩津華はパトロンに別れ話を切り出したんですよ。CDデビューの話が本決まりになりましたんでね。しかし、橋爪さんは激怒したようです。恩知らずめと詩津華の頬を平手で殴ったみたいですよ」

「その後も彼女は金曜日の晩、『モンシェリー』のステージに立ってたのかな？」

「ええ、そうです。自分から逃げる様子を見せたら、顔に硫酸をぶっかけてやると詩津華はオーナーに脅されてたらしいんです。橋爪さんは暴力団関係者に知り合いがいるみたいなんで、彼女はビビってたんですよ。でも、詩津華はCDデビュー発売日の七月十四日までには、橋爪さんと手を切ると何度も言ってました。それから、オーナーとはベッドを共にしなくなってたはずです」

「橋爪は、拒まれたままだったのかな?」

「一度、オーナーは詩津華をマンションの床に押し倒して、のしかかってきたそうです。そのとき、詩津華は自分の舌を嚙んだんですよ。口から鮮血があふれ出したんで、橋爪さんは諦めたようです」

「舌の傷は浅かったんでしょ?」

「ええ、まあ。でも、詩津華は四、五日、食事を摂《と》れませんでした。この目でベロの傷を見ましたんで、詩津華の話は事実ですよ」

「犯人に思い当たる奴がいる?」

「ひょっとしたら、橋爪さんが詩津華と別れたくなくて……」

「そうなのかな」

「警察は、詩津華と『モンシェリー』のオーナーとの関係をもう調べ上げたんでしょ? 橋爪さんに怪しい点はないんですか?」

野尻が訊いた。

有働は少し迷ってから、橋爪が前夜八時ごろから一時間四十分ほど『荻窪エクセレントマンション』の近くの路上に駐《と》めた車の中にいたことを話した。

「それなら、橋爪さんが地下駐車場からマンションに忍び込んで、八〇八号室に押し入ったんでしょ？」

「その疑いはあるんだが、きのうの事件は町田で起こった殺人事件と異常な手口がよく似てるんだ。五十嵐詩津華の親友の布施香織が六月四日に殺されたことは知ってるね？」

「ええ、もちろん。布施さんの話は詩津華から、しょっちゅう聞かされてたんですよ。一歳年下なんだけど、大親友なんだと言ってましたね。三人で何度かダイニング・バーに行きました」

「香織は『モンシェリー』によく顔を出してたそうだから、オーナーとは面識があるんだろうね？」

「あると思いますよ。橋爪さんは若い美人が好きなようだから、詩津華には内緒で布施さんを口説こうとしたんじゃないのかな？　しかし、まったく相手にされなかった。それどころか、言い寄ったことを詩津華に告げ口するとでも言われたんじゃないんですか？」

「そんなことをされたら、五十嵐詩津華にも逃げられちまう。だから、橋爪は香織の口を封じたってわけ？」

「ええ、そうなのかもしれませんよ」

「五十近い男がそんな短絡的な犯罪には走らないだろう。しかし、五十嵐詩津華をおたくに奪《と》られたくないと考えてたんだろうな。だから、愛人が別れてほしいと言っても、首を縦にしなかったんだろう」

「布施さんのことはともかく、詩津華は橋爪さんに殺害されたんでしょ？　わたしは、そんな気がするな」

野尻が言って、茶色い葉煙草《シガリロ》に火を点けた。

煙に少し癖がある。喉が弱い者は、いがらっぽくなるのではないか。

「布施香織さんが来春、外務省の若手官僚と結婚する予定だったことは五十嵐さんから聞いてました？」

志帆が野尻にたずねた。

「ええ、聞きました。羽場宗明とかいう東大出の有資格者《キャリア》でしょ？」

「そうです。五十嵐さんの反応は、どうでした？」

「香織は将来、外交官夫人になるのかもしれないのかなんて羨《うらや》ましげに呟いてました。詩津華は布施さんには『よかったね』と言ったようですが、結婚生活は長くはつづかないと思うと洩らしてましたね」

「どうしてなんでしょう？」

「詩津華にもそういう面があるんですが、布施さんは略奪愛に燃えるタイプらしいんですよ。学生時代、布施さんは自分よりも容姿や知力が劣《おと》ってる軽音楽部の仲間が条件の揃ってる彼氏を見つけると、こっそり横奪《ど》りしてたようなんです。それで半年前後には相手に飽《あ》きてしまって、自分から去っちゃうんですって」

「性質《たち》が悪かったのね。陰険で、底意地が悪いわ」

「そうですよね。でも、布施さんは悪賢《わるがしこ》いというのか、恋路を邪魔したクラブ仲間には決してボロは出さなかったらしいんですよ。仲間の彼氏を横奪りする女は最低だわとか憤《いきどお》ってみせたりしてたそうです」

「その話が事実なら、布施香織は救いがたい女ですね。厭《いや》な人間だわ。わたしの高校時代の級友にも、そういうタイプの娘《こ》がいました」

「そうですか」

「男子の前では純情で優しい振りをしてたんだけど、同性だけになると、別人になっちゃうんですよ。うぬぼれが強くて、わがままでね。自分よりも少しでも目立つ娘《こ》がいると、悪知恵を働かせて、その相手を潰《つぶ》しにかかるんです」

「その彼女は、裏表がはっきりしてるから、まだ悪質じゃないですよ。詩津華の話だと、布施さんは彼氏をこっそり横奪りしておきながら、失意の底にある相手に同情してる振りをしつづけてたらしいんです。時には、一緒に泣いてみせるというんですから、怖い話ですよ」

「そうですね」

「女は生まれながらにして、誰も女優なんだと言われてますが、そこまで芝居をうてる者がいると、肌が粟立《あわだ》つな」

「本当にそうですね。五十嵐さんも布施香織さんと姉妹以上に親しくしてたようですけど、裏でこっそりと意地の悪いことをされてたんじゃないのかしら？」

「一度や二度はあったのかもしれませんね。しかし、詩津華は性格がきつかったから、何らかの方法で布施さんに仕返しをしたと思いますね」

「それでも、二人は大親友同士だったわけだ。どこかで、波長がぴったり合ってたんだろうな」

　有働は野尻の顔を見た。

「二人とも、他人が大切にしてる物や人を盗むことに快感を覚える性質《たち》だったんでしょう。詩津華も大学生のころから独身の若い男にはまったく興味がなくて、既婚者とばかり不倫を重ねてきたと言ってましたからね」

「二人とも幼いころから、他人の玩具《おもちゃ》を横から黙ってかっさらうタイプだったんだろうな。それはそうと、五十嵐詩津華から滝佑介って名を聞いたことは？」

「ありませんね、一度も。その彼は、どういう方なんですか？」

「『.jpツーリスト』の社員なんだが、なかなかのイケメンなんだよ。香織は羽場に隠れて、その滝って野郎とも交際してたんだ。二人とも、遊びと割り切って密会してたみたいだけどね」

「その彼は、詩津華とも交友があったんですか？」

「どの程度のつき合いだったのかは不明なんだが、おたくの彼女の携帯に滝のナンバーが登録されてたんだ」

「そうなんですか。布施さんに滝という彼を紹介されたんでしょ？　詩津華は人との出会いを大事にしてましたから、そのときに携帯のナンバーを教え合っただけなんだと思いますがね」

「そうなのかな」

「詩津華を殺《や》ったのは『モンシェリー』のオーナー臭いと思いますが、二つの猟奇殺人の手口がそっくりだというなら、別の人間の犯行なのかもしれませんね」

「こっちはそう読んでるんだが、橋爪克臣も真っ白とは言えないな。後で、橋爪にも会ってみるつもりなんだ」

「そうですか」

「初動捜査情報によると、五十嵐詩津華の実家は千葉県の西船橋《にしふなばし》にあるらしいね。実家には両親と三つ違いの弟が住んでるとか?」

「ええ、そのはずです。父親は五十六で、税理士をやってると聞いてます。母親は専業主婦で、弟は東都大の大学院生だったかな」

「そうだったね」

「わたし、詩津華の家族にはまだ一度も会ってないんですよ。CDデビューしてから、結婚の承諾《しょうだく》を貰いに行くつもりだったんですがね」

「そう」

有働は口を閉じた。すると、すぐに志帆が野尻に声をかけた。

「きのうの午後五時十分と八時二十三分に五十嵐さんは、あなたに電話をかけてますよね?　被害者の携帯の発信記録をチェックしたんです」

「そうです。最初の電話は、少し前に香織さんの実家を辞去したという連絡でした。二度目の電話は自宅からで、翌日の打ち合わせのことを話題に五、六分喋りました」

「そのとき、五十嵐さんの様子は?」

「いつも通りでした」

「そう。参考までにうかがうんですが、野尻さんは昨夜《ゆうべ》、どこにいらっしゃいました?」

「アリバイ調べですか？　それは一一〇番通報したとき、駆けつけた荻窪署の刑事さんに教えましたがね。ま、いいでしょう。きのうの夜は七時から午後十一時五十分ごろまで、このオフィスにいましたよ。社員が七人ほど残ってましたんで、帰りがけにでも確認してください」

「そうさせてもらいます。ついでに、血液型も確認させてください」

「B型です。なんか疑われてるようで、なんとなく感じが悪いな」

「どうもお邪魔しました」

有働は早口で言って、志帆に目配せした。二人は相前後してソファから立ち上がり、社長室を出た。事務フロアで、社員たちから野尻のアリバイの裏付けを取る。社長と社員たちが口裏を合わせている様子はうかがえなかった。

『ミラクル・ミュージック』を辞する。通路で、相棒が口を切った。

「初動班の脇坂主任の話だと、『モンシェリー』の営業開始時間は午後六時らしいんですよ。橋爪氏に当たる前に、『.jpツーリスト』の滝佑介に詩津華との関係を聞いてみません？」

「そうするか」

有働は、志帆と肩を並べてエレベーター・ホールに向かった。

4

悪い予感が膨《ふく》らんだ。

志帆は腕時計を見た。あと数分で、午後五時半になる。

『.jpツーリスト』の裏手にある喫茶店だ。昭和レトロ風の店だった。

滝に面会を求めたのは、もう一時間も前だ。いったん受付ロビーに降りてきた彼は会議中で抜けられないと言って、この店で待ってほしいと頭を下げた。三十分前後で会議は終わるだろうと語っていた。

遅い。いくらなんでも、遅過ぎる。滝は何か後ろめたさがあって、こっそり逃げたのではないか。志帆は確信を深めた。

「コーヒー、もう一杯オーダーするか？」

有働が紫煙をくゆらせながら、のんびりと言った。

「変だと思いませんか？」

「何が？」

「滝のことです。待たせ過ぎでしょ？」

「会議が長引いてるんだろう。気長に待とうや。こうして二人で向かい合ってると、なんかデートしてるような気分だよな?」

「そんな気持ちにはなれません。滝佑介は逃げたのかもしれませんよ」

「そんなことはしねえと思うがな」

「呑気《のんき》ですね。やっぱり、なんかおかしいわ。わたし、ちょっと様子を見てきます」

「おれも一緒に行くよ」

「なら、出ましょう」

志帆は卓上の伝票に手を伸ばした。指先に伝票が触《ふ》れたとき、巨漢刑事のグローブのような手が重ねられた。

「コーヒー代、おれが払う」

「駄目ですよ。捜査費は、すべて所轄署持ちなんですから」

「たいした額じゃないんだから、おれに奢《おご》らせろって。わずか千二百円ちょっとでデート気分を味わえたんだからさ」

「わたしたち、デートしてるわけじゃありません。有働さん、手をどけてください」

「柔らかくて、しなやかな手だな。それに、温《ぬく》もりが優しい。ずっと手を重ねていてえな」

「早く手を引っ込めて。ウェイトレスがこっちを見てます」

「見たきゃ見ればいいさ」

「これ、セクハラなんじゃないかしら？」

「おっぱいにタッチしたり、尻《けつ》を撫《な》で回したわけじゃねえんだ。オーバーなこと言うなって。一種のスキンシップだろうが」

「わかりました。今回だけコーヒーをご馳走になることにします。でも、わたしたち、デートしてるわけじゃありませんからね」

志帆は念を押し、手を引っ込めた。

有働が嬉しそうに笑った。笑うと、凄みが消える。案外、かわいらしい。やんちゃ坊主がそのまま大人になったような感じだ。

志帆は先に店を出た。

残照が弱々しい。渋谷南口のビル街はセピア色に染まっていた。

待つほどもなく有働が喫茶店から出てきた。

「ご馳走さまでした」

「礼儀正しいんだな。事件《ヤマ》が落着したら、翔太君と三人で焼肉を喰いに行こう。鮨《すし》のほうがよけりゃ、鮨でもいいんだぜ」

「せっかくのお誘いですけど、遠慮しておきます」

「坊やは波多野の旦那に懐《なつ》いてるみたいだから、おれとは飯なんか喰いたくねえか?」

「そういうことではなく、ご馳走になる理由がないからです」

「理由はあるさ」

「どんな?」

「おれたちはペアを組んで捜査に当たってるんだ。捜査本部《チヨウバ》での打ち上げとは別に相棒と一杯飲《や》ることはよくあるぜ」

「そうですけど……」

「保科も、うちの係長《ハンチヨウ》に懐いちゃったのかな? 翔太君と同じようにさ」

「波多野警部のことは敬愛してるだけです。息子をかわいがってくれてるんで、感謝もしてますけどね」

「恋愛感情なんか持ってないって解釈してもいいんだな?」

「職務中なんです。プライベートなことは持ち込まないでください」

「うまく逃げやがったな」

「社員通用口に回ってみましょう」

志帆は先に歩きだした。覆面パトカーは、『.jpツーリスト』の本社ビルの地下駐車場に駐《と》めてあった。
六、七十メートル歩くと、社員通用口に達した。
社員の男女が次々に出てくる。志帆たち二人は物陰に身を潜《ひそ》め、通用口に視線を注《そそ》いだ。

十数分後、滝佑介が姿を見せた。

左右をうかがってから、小走りに走りだした。喫茶店とは逆方向だった。

「やっぱり、逃げる気なんだわ」

「そうみてえだな」

「追います」

志帆は駆けはじめた。足音で、滝が追っ手に気づいた。

滝が猛然と走りだした。井の頭線渋谷駅の際《きわ》のガード下を抜け、道玄坂《どうげんざか》方面に向かった。

志帆は全力で疾走した。だが、みるみる引き離されていく。

「おれに任せろ」

相棒が横を駆け抜けていった。有働は滝の名を呼びながら、追っていく。通行人たちが左右の路肩に次々に寄った。

有働は道玄坂の手前で滝佑介に追いついた。組みつくなり、滝を大腰で投げ飛ばした。

相棒は、路上に倒れた滝の腰を力まかせに蹴りつけた。

やり過ぎだ。志帆は二人に駆け寄って、有働の前に立ち塞《ふさ》がった。

「手荒なことは控えてください」

「考える前に体が動いちまったんだ。暴力団《マルボウ》係を長くやってたせいだろうな」

有働が滝を摑み起こした。滝は腰をさすりながら、声を荒らげた。

「何も悪さなんかしてない人間にこんなことをしてもいいのかっ」

「てめえが逃げなきゃ、荒っぽいことはしなかったよ。なんで逃げやがったんだ？」

「それは……」

「こっちで話を聞いてやらあ」

有働が滝を舗道の端まで歩かせた。志帆は、滝の上着をはたいてやった。

「疚《やま》しさがあったんで、逃げたのよね？　あなた、五十嵐詩津華と知り合いだったんだ？」

「えっ!?」

「彼女の携帯にあなたのナンバーが登録されてたんだから、空とぼけても無駄よ。どういう間柄だったの？」

「ちょっとした知り合いだよ。二人とも、六本木の『サテンドール』ってジャズ・クラブの常連客だったんだ。それで三年半ぐらい前に知り合ったんですよ。でも、ぼくたちは男女の仲じゃない。詩津華は独身《シングル》の男には興味がないんですよ。一度、口説こうとしたんだけど、まるっきり脈がなかった」

「そう。五十嵐詩津華が殺害されたことは知ってるでしょ？」

「テレビのニュースで知って、びっくりしましたよ」

「きのうの八時四十七分に被害者は、あなたの携帯に電話してる」

「そんなことまで知ってるのか⁉」

滝は驚きを隠さなかった。

「どんな話をしたの、電話で？」

「雑談をしただけですよ」

「そうじゃないでしょ！　本当のことを言わないと、あなた、不利な立場に追い込まれるわよ」

「まいったな。ぼく、詩津華に頼まれて、布施香織を引っかけたんですよ。引っかけたんじゃなくて、正確には逆ナンされるよう西麻布のワイン・バーで粉を撒《ま》いたわけだけどね」

「あなたはイケメンだから、香織は甘い罠にまんまと嵌《は》まっちゃったわけか」

「そういうことになりますね。詩津華は一つ年下の香織が東大出の若手官僚の羽場と結婚したら、差をつけられた気がするから、二人の仲を裂きたいんだと言ってたな」

「それで、あなたに香織をメロメロにしてくれって頼んだのね？」

「そうなんですよ。詩津華はデート費用もちゃんと用意してくれたんで、こっちは協力してやったんだ。でも、香織は強《したた》かでしたよ。こっちとの熱いセックスには夢中になったけど、羽場と来年の春には結婚する気でいたみたいだからね。遊びは遊び、結婚は結婚と割り切ってたんでしょう」

「詩津華は、香織がなかなか羽場と別れないんで焦《あせ》ってたんじゃねえのか？」

有働が話に割り込んだ。

「ええ、そうでしたね。香織とは大の仲よしだけど、大きな差をつけられたら、自分が惨《みじ》めになるから、二人を絶対に結婚させたくないんだと何度も言ってました」

「詩津華は遊び友達の男に香織をレイプして殺してくれって頼んだんじゃねえのか、羽場と結婚させたくなくてさ。その実行犯は、詩津華に殺しの謝礼が少ねえと文句をつけたんだが、追加の銭《ぜに》は貰えなかった。で、そいつは頭にきて、詩津華も香織と同じように殺《や》っちまった。そんなストーリーも成り立つよな？」

「詩津華は香織が外交官夫人や事務次官夫人になったりしたら、引け目を感じるから、結婚話をぶち壊したいと思ってたでしょうね。だけど、親友の香織を誰かに殺させるなんてことはあり得ないでしょ？　あの二人は、互いの美しさや知性を認め合ってたんです」

「そうかい」

「香織は、羽場の昔の彼女に恨まれてたのかもしれないな」

「えっ、羽場には交際中の女がいたのか!?」

「詩津華は、そう言ってましたよ。二年八カ月ぐらい前まで、羽場は都内の自動車教習所で知り合った女の子とつき合ってたらしいんです。その娘《こ》の名前までは教えてくれなかったんですが、地味で存在感がなかったみたいだな。でも、香織は自分の引き立て役として、その彼女をよく連れ歩いてたようですよ」

「ということは、香織と同じ『三星マテリアル』の社員だったんだろうか」

「そのあたりのことはよくわかりませんが、羽場の元彼女は聡明な美人の香織をアイドルみたいに慕ってて、私生活のことまでよく打ち明けてたらしいんですよ」

「その娘《こ》が外務省の若手官僚と交際してると知って、香織は横奪《ど》りしたんだな」

「ええ、こっそりとね。その彼女は羽場の子を中絶したことがあるとかって話でしたが、あっさり香織に乗り換えられたみたいなんですよ」

「そういうことなら、その娘《こ》は羽場と布施香織の両方を恨んでたんだろうな」

「そうなんだと思います。でも、羽場の昔の彼女が強姦殺人はできませんよね、女ですから。ただ、誰か知り合いの男に羽場の犯行と見せかけて、香織を殺《や》ってもらった可能性はあるな」

「五十嵐詩津華は、その羽場の元彼女と面識があるんだろうか」

「ええ、あるんだと思います。詩津華が働いてた『インターナショナル・トラスト保険ジャパン』である時期、派遣社員をやってたみたいですから。もしかしたら、羽場の元彼女は香織と一緒に『三星マテリアル』で働いた後、人材派遣会社の紹介で『インターナショナル・トラスト保険ジャパン』に勤めるようになったんじゃないのかな？」

「そのへんは、こっちが調べてみるよ。ところで、きのうの晩、そっちはどこで何してた？」

「ぼくが詩津華を殺したと疑ってるんですか⁉　冗談じゃありませんよ」

滝が幾分、気色《けしき》ばんだ。

「そう尖《とんが》るなって。一応、訊いたんだ」

「昨夜は七時過ぎから十二時近くまで会社の同僚たち五人と渋谷で飲んでましたよ」

「行った店の名前と同僚の名を教えてくれ」

有働が滝に言って、志帆に顔を向けてきた。

志帆は無言でうなずき、必要なことを書き留めた。

「ぼくは、香織や詩津華の事件にはまったく関与してませんからね。それだけは信じてほしいな」

「女たらし、そろそろリリースしてやらあ」

「もう会社に来ないでくださいよね。ただでさえ、管理職には受けがよくないんですから」

滝がぶつくさ言いながら、足早に歩み去った。

「有働さん、すぐに滝のアリバイの裏付《ウラ》けを取りましょうか？」

「それは後でいいよ。先に六本木のシャンソン酒場に行こうや」

「わかりました。詩津華が滝を使って羽場と香織の仲を引き裂こうと謀《はか》ってたなんて、予想もしてませんでしたよ。有働さんは？」

「おれも同じだ。けど、五十嵐詩津華の香織に対するライバル意識と妬《ねた》みはなんとなくわかるよ。香織は一つ年下だからな。親友と思ってても、大学の後輩には負けたくないって気持ちはあるだろうからさ」

「でしょうね。さっき滝が言ってた羽場の元交際相手、ちょっと気になるわ。慕ってた香織に羽場を略奪されたんでは、二重のショックですものね」

「そうだろうな。しかも、羽場の元彼女は中絶までさせられてるって話だった。羽場を横奪りした布施香織のことは殺してやりたいほど憎んでたんだろう。しかし、第三者を使ってまで香織を殺す気にはならないと思うがな」

「ええ、多分ね。でも、明日にでも羽場に会って、以前の交際相手のことを訊いてみましょうよ」

「そうだな」

二人は『jpツーリスト』本社ビルまで引き返し、レガシィに乗り込んだ。

志帆は、すぐさま車を六本木に向けた。二十分弱で、目的地に着いた。『モンシェリー』は、外苑東通り《がいえんひがし》に面したテナントビルの四階にあった。六本木交差点から、二百メートルも離れていない。斜め前には東京ミッドタウンがそびえている。

志帆は覆面パトカーをテナントビルの前の路上に駐《と》めた。

二人はエレベーターで四階に上がり、『モンシェリー』の重厚なドアを引いた。

BGMはジルベール・ベコーの古いシャンソンだった。左側にカウンター席があり、十五卓のテーブルが並んでいる。

正面がステージになっていたが、照明は灯《とも》っていない。中高年のカップルが三組、テーブル席で談笑している。

従業員は五人だ。そのうちの年長者が店長だった。志帆は店長に刑事であることを明かし、オーナーの橋爪克臣に取り次いでくれるよう頼んだ。

じきに志帆たちは、奥の事務室に通された。橋爪は事務机に向かって、ノートパソコンの画面を見つめていた。

ターキッシュ・ブルーの開襟シャツの上に、ライト・ブラウンの上着を重ねている。下はオフホワイトのスラックスだ。いかにも飲食店経営者といった身なりだった。

「詩津華の事件が町田の殺人事件と似てるんで、所轄署の方と本庁の刑事さんが一緒に見えられたんですね？」

橋爪が如才《じょさい》なく言って、二人の来訪者を長椅子に腰かけさせた。自分は志帆の前に坐った。

「被害者の面倒を三年ぐらい前から見てたとか？」

有働が先にオーナーに問いかけた。

「そうなんですよ。荻窪のマンションを借りてやって、毎月、ギャラという名目で手当をやってたんです。それなのに、詩津華は野尻健吾とも関係を持って、ＣＤデビューの話が決まったら、別れてくれなんて言い出したんです。恩を仇《あだ》で返したわけです。実に身勝手な女でしょ?」

「しかし、おたくは別れ話には応じなかった」

「それは、そうでしょ? わたしは、うまく詩津華に利用されてたんだ。縛りつけて、それなりの仕返しをしてやらなきゃね」

「三年も若い女の体を弄《もてあそ》んだわけだから、すんなり別れてやってもよかったでしょうが」

「それだけの金を詩津華に注《つ》ぎ込んできたんだから、あっさり野尻に譲ったりはできませんよ。詩津華がプロ歌手になっても、あの女と別れる気はなかった。男を裏切ったら、それ相当の罰《ばつ》を受けるってことを教えてやるつもりだったんでね」

「執念深いんだな」

「愛人を奪われたんだ。わたしは、寝盗られ男《コキュ》にされたんだぞ。百五十年前のフランスだったら、詩津華と野尻は剣で串刺しにされてる」

「昨夜《ゆうべ》の八時ごろから九時四十分ごろまで、おたくは『荻窪エクセレントマンション』の近くに愛車のレクサスを停めて、ずっと車の中にいたね?」

「ああ。野尻の奴が詩津華を訪ねてきたら、八〇八号室に乗り込んでやろうと思ってたんだよ」

「そうなのかな？　マンションの地下駐車場から侵入して、愛人の部屋に押し入ったんじゃないの？」

「あんたは、わたしが詩津華を殺《や》ったと思ってるのか⁉」

「そこまで疑ってるわけじゃないが、きのうの夜、黒いキャップを被った口髭を生やした男が地下駐車場の防犯カメラのレンズにカラー・スプレーを噴霧してるんだよ。そいつはサングラスをかけてたんで、顔は判然としなかったんだが」

「わたしは口髭をたくわえてるが、マンションの地下駐車場には入ってない。もちろん、八〇八号室にも近づいてないぞ」

　橋爪が怒鳴るように言った。志帆はオーナーを執《と》り成した。

「別にわたしたちは、あなたが五十嵐詩津華さんを殺害したと決めつけてるわけじゃないんですよ。口髭の男以外、いまのところ不審者がいないんです。それで、有働刑事はせっかちに確認しようとしただけなんですよ」

「だとしてもだね、質問の仕方が悪い」

「そうかもしれません。ご気分を害されたんでしたら、わたしが代わりに謝罪します。申し訳ありませんでした」

「女優さんみたいな美人刑事にそこまでされたんじゃ、水に流すほかないな」

橋爪が表情を和《なご》ませた。

そのとき、事務室のドアが開けられた。荻窪署の刑事が二人立っていた。見覚えはあったが、名前まではわからない。

「なんなんだね、きみたちは？」

店のオーナーが咎《とが》めるように言った。片方の刑事が確かめた。

「橋爪克臣だな？」

「そうだ。なんだというんだい？」

「あんたを器物損壊容疑で逮捕する。一昨日《おととい》の午前四時ごろ、あんたは成城《せいじょう》四丁目の自宅前に一時駐車した近所のクリーニング屋のワゴン車のボディーを蹴ったな？」

「ああ、軽く蹴ったよ。隣の家に衣類を届けに来たのに、わが家の門の前に車を停めたんでね」

「車体の一部がへこんで、車の持ち主が警察に被害届を出したんだよ」

「それなら、成城署の刑事が来るべきだろうが。わかったぞ。別件でわたしを逮捕して、詩津華殺しの件で取り調べる気なんだな。汚い手を使うもんだ」

「おれの心証じゃ、この店のオーナーは昨夜《ゆうべ》の一件にゃ関わってねえな」

有働が言った。

「本庁の捜一だからって、偉そうなことを言うな」

「なんだと⁉」

「荻窪《おぎくぼ》署のやり方に口を出さないでくれ」

刑事が有働を睨《にら》めつけた。有働が立ち上がって、相手の胸倉を摑んだ。

「わたしたちは引き揚げましょう。見込み捜査なら、荻窪署が恥をかくことになるんだから、こっちには関係のないことだわ」

志帆は言って、相棒の片腕を強く引っ張った。有働は不服げだったが、志帆の腕は払わなかった。

二人は事務室を出て、そのまま店の出口に向かった。テナントビルの外に出たとき、志帆の携帯電話が打ち震えた。

電話をかけてきたのは、捜査班長を務めている上司の安西係長だった。

「少し前に羽場宗明を釈放したよ。有働・保科ペアの捜査の進み具合はどうなのかな？」

「ちょっと収穫がありました」

志帆は、きょうの成果を報告した。

「前夜、殺害された五十嵐詩津華が滝佑介を使って、羽場と布施香織の結婚を阻止しようとしてたのか。羽場の元交際相手が事件を解く鍵を握ってるのかもしれないね」

「わたしも、そんな気がしてきたんです。明日にでも、若手官僚に会ってみようと思ってます」

「そうしてもらうか」

「はい。予備班長にわたしたちの捜査情報を伝えていただけますか」

「わかった。有働刑事と一緒に、きょうは引き揚げてくれないか」

「了解！　これから署に戻ります」

志帆は電話を切り、相棒に羽場が釈放されたことを伝えた。有働は、短い返事をしただけだった。

「六本木で夜遊びしたそうな顔をしてますね。なんでしたら、ここで別れます？」

「そっちと一分でも長く一緒にいてえんだ。町田署に戻ろう」

「そういうことをぬけぬけと言う男性は、わたし、信じない主義なんです。いかにも嘘っぽくて、誠実さが少しも感じられませんから」

「おれは誠実の塊《かたまり》だよ」

「ちゃらんぽらんすぎます。子持ちの女をからかって、どこが面白いのかしら？」

「からかってなんかないって。本気で、そっちにハートを奪われちまったんだ」

「そういう言い方が軽いんですよ。わたし、軽い男はノーサンキューなの。さ、帰りましよ」

志帆はレガシィに駆け寄った。

第四章　新たな疑惑

1

受信紙を手に取る。

本庁機動捜査隊初動班からファックスで捜査本部に送信されてきたものだ。荻窪署の鑑識結果だけではなく、司法解剖所見も添えてあった。

有働は目で文字を追いはじめた。

シャンソン酒場のオーナーが別件容疑で逮捕された翌日の午前十一時過ぎだ。捜査本部である。

やはり、五十嵐詩津華の死因は頸部《けいぶ》圧迫による窒息死だった。凶器はパンティーストッキングと断定された。死亡推定日時は検視官心得の見立て通り、一昨日、六月七日の午後十時から十二時の間とされた。

被害者が大型カッターナイフで素肌を二十カ所近く傷つけられたことも明らかになった。膣内に滞留していたのは、ＡＢ型の精液だった。

六月四日の晩に殺された布施香織の体内からはＡ型の精液が検出されている。犯行の手口はよく似ているが、犯人の体液の血液型は異なる。同一犯による連続猟奇殺人ではなさそうだ。

詩津華の部屋からは被害者以外の男性の頭髪が十七本見つかっている。そのうちの五本はＤＮＡ鑑定で、野尻健吾の毛髪であることが判明した。残りの頭髪は、被害者のパトロンの橋爪克臣のものだった。

ただ、捜査情報では、採取した精液と橋爪の頭髪のＤＮＡ型は合致していない。つまり、パトロンが愛人の詩津華を殺害したという決め手にはならないわけだ。

さらに現場に残されていた加害者の靴痕のサイズは、二十五センチだった。香織の自宅マンションにあった靴痕は二十六センチで、ティンバーランドのワークブーツである。靴の大きさが違う。

しかし、それだけでは同一人物の犯行ではないとは言い切れない。

犯人が故意にサイズの異なる靴を履《は》いて、被害者宅に押し入ったとも考えられるからだ。偽装工作なのか。

だが、二人の被害者の体内にはそれぞれA型とAB型の精液が滞留していた。このことから、犯人は別だと考えるべきだろう。

しかし、手口がそっくりだ。香織を殺した加害者が何かトリックを用いて、別人の犯行と見せかけたのかもしれない。

有働は受信紙の束をテーブルの上に落とし、長く唸《うな》った。ロングピースをくわえたとき、斜め前に坐った捜査班長の安西が声をかけてきた。

「有働さん、どう思います？　きのうの夜から荻窪署で取り調べを受けてる橋爪克臣の血液型はAB型です。それだけを考えると、橋爪が詩津華を殺《や》った疑いはあります。殺人動機もある。被害者はパトロンの橋爪に別れてほしいと言ってたわけですからね」

「それは間違いない」

「しかし、体液と頭髪のDNA型は不一致だということです。したがって、橋爪は加害者じゃない。そうなるわけでしょ？」

「単なる勘なんだが、橋爪はシロだろうね。仮にシャンソン酒場のオーナーが野尻とデキちまった愛人を殺《や》る気でいたんだったら、一昨日の夜、マンションの近くで張り込んだりしないんじゃねえのかな？　近所の者や通行人に顔を見られてもかまわないと思ったんで、レクサスの中で野尻がやってくるのをじっと待ってたんだろう」

「そうなんでしょうね。アリバイのある野尻はシロで、橋爪の容疑も薄くなると、香織殺しの犯人が詩津華も殺害した可能性が……」

「こっちは、そう筋を読んでるんだ。まだ顔が見えてこない犯人《ホシ》は、香織と詩津華の二人に接点があって、何か恨みを持ってたんだろう」

「きのう報告があった羽場宗明の昔の彼女がわかれば、捜査に進展がありそうですね」

「これから外務省に行って、羽場に元恋人のことを吐かせるよ」

有働はかたわらの志帆を見ながら、煙草の灰を落とした。志帆が黙ってうなずいた。

その直後、波多野の懐でモバイルフォンが鳴った。すぐに携帯電話を耳に当てた。

「おっ、兄貴か。おふくろの具合でも悪くなったの？」

「……………」

「えっ、悠子《ゆうこ》の再婚相手の藤巻《ふじまき》が実家《そっち》に電話してきたって⁉」

「……………」

「兄貴、ちょっと待ってくれ」

波多野がモバイルフォンを右耳に当てたまま立ち上がり、急いで廊下に出た。

「悠子さんというのは、波多野さんが十年ほど前に離婚した元奥さんなんじゃありません？」

志帆が小声で訊いた。

「ああ、そうだよ。おれは会ったことがないんだが、かなりの美人妻だったらしいよ。でも、係長《ハンチョウ》が仕事一筋なんで、幾つか年下の男と深い仲になっちまって、そいつとやり直すことになったみたいだな」

「元妻の再婚相手が波多野さんの千駄木《せんだぎ》の実家に電話をかけたのは、何かよっぽどのことがあったんでしょうね？」

「だと思うよ。ひょっとしたら、係長《ハンチョウ》の元奥さんは交通事故死したのかもしれないな。あっ、ごめん！　そっちの旦那は、無灯火の車に轢《ひ》き殺されたんだっけな。他意はなかったんだ」

「ええ、わかってます。なんか心配ね」

「そうだな」

有働は喫《す》いさしのロングピースの火を揉み消した。そのとき、安西が口を開いた。

「羽場が昔の彼女のことを明かしたがらないようだったら、別班の二組に都内の自動車教習所を回らせるか。滝の話では、二年八カ月ぐらい前まで羽場はどこかの教習所で知り合った女の子とつき合っていたということでしたよね？」

「ああ。しかし、滝が詩津華から聞いたことが事実なのかどうか」

「そうなんですが、一応、回らせたほうがいいだろうね。羽場は、おそらく元彼女のことは喋らないと思うんですよ。エリート官僚の子を中絶させられた女性がいることが表沙汰になったら、少しは昇進に響くでしょ？」

「かもしれないな。しかし、学校秀才をちょっと脅せば……」

「そうはいかないでしょ？　羽場は銃刀法違反で書類送検されたことを世間に知られたくないと思ってるはずだし、過去の女性関係のスキャンダルが暴《あば》かれたら、出世の途《みち》を閉ざされてしまう。検挙歴があることが公になったら、外務省で働けなくなるかもしれないですからね」

「そうだな。羽場は、ばっくれそうだね」

「ええ、おそらくね」

「安西係長、自動車教習所は捜査に協力してくれますかね？　個人情報に関する問い合わせですから、過去の教習生の氏名や職業をすんなりとは教えてくれないでしょ？」

　志帆が上司に言った。

「通常は、そうだろうな。しかし、殺人事件の捜査なんだ。粘れば、協力してくれるだろう」

「それでしたら、両面作戦でいきませんか。有働さんとわたしは、直《じか》に羽場宗明に前の彼女のことを訊いてみますよ。別班のどなたかに都内の教習所を回ってもらう。そのほうがロス・タイムが少ないでしょ？」

「そうだな。そうしよう」

捜査班長が口を結んだ。

波多野は、まだ捜査本部に戻ってこない。まだ実兄と電話で喋っているのだろうか。

「ちょっとトイレに行ってくらあ」

有働は相棒に断って、椅子から腰を浮かせた。

廊下に出ると、波多野警部が壁に凭《もた》れて立っていた。放心状態だった。

「係長《ハンチヨウ》、何があったんだい？　実家の兄貴から電話があったようだが……」

「たいしたことじゃないんだ」

「水臭《くせ》えな。別れた奥さんの再婚相手が係長《ハンチヨウ》の千駄木の実家に電話したみたいだね。元奥さんに何かあったんだろう？」

「悠子とは十年以上も前に離婚したんだ。気がかりだが、おれは捜査本部《チヨウバ》を預かってる身だからな。抜け出すわけにはいかない」

「元の奥さん、入院中なの？」

「ああ、関東医科大学病院に入院中らしいんだ。末期の肝臓癌《ガン》で、危ないみたいなんだよ。ここ数日が峠だって話だ。悠子はモルヒネで一日中、眠ってる状態らしいんだが、譫言《うわごと》でおれの名をしきりに呼んでるそうなんだよ。それで悠子と再婚した藤巻って男が、そのことを実家の兄貴に伝えてきたらしいんだ」

「係長《ハンチョウ》、すぐ病院に行ってやんなよ。再婚相手は昔、奥さんを誘惑したんだろうが、いい奴じゃないか。係長《ハンチョウ》を悠子さんが逝《ゆ》く前に会わせてやりたいんだよ。もちろん、元奥さんの望みを叶えてやりたいと思ってるにちがいない」

「わかってるんだ、それはな」

「藤巻って男をいまも憎んでるんで、そいつの面《つら》なんか見たくないってことなのかい？」

有働は訊いた。

「そうじゃないんだよ。悠子のいまの夫のことは憎んでなんかいない。むしろ、感謝してるぐらいさ」

「なら、なんで係長《ハンチョウ》はためらってるんだい？」

「任務を優先すべきだと思うからさ。もう悠子は他人なわけだからな」

「係長《ハンチョウ》がそんな冷たい男だとは思わなかったよ。がっかりだな」

「有働、おまえはどうして物事をもっと深く考えないんだっ」

波多野がもどかしそうに言った。

「え?」

「悠子は譫言でおれの名を呼んでるというから、元夫に会いたいと願ってるのかもしれない。だからって、おれがのこのこ見舞に行ったら、再婚相手の藤巻はどんな気持ちになると思う?」

「間に合ってよかったと思うだろうな」

「そう思うだけじゃないはずだ。十年以上も連れ添った悠子がおれの顔を見て、安心したように息を引き取ったら、複雑な気持ちになるだろう。傷つくかもしれない。悠子にしたって、病気でやつれ果てた姿を元夫に見られたら、後悔するかもしれないじゃないか」

「係長《ハンチヨウ》は面倒臭い男だな。あれこれ考えてねえで、悠子さんを見舞ってやればいいんだよ。再婚相手だって、そうしてほしいから、千駄木の実家に迷いをふっ切って電話したんだろう。再婚相手の気持ちを素直に受けるべきだね。元奥さんの死に目に会えなかったら、絶対に後で悔やむって」

「しかしな……」

「おれが関東医大まで覆面《メン》パトで送るよ、サイレン鳴らしてさ。藤巻と顔を合わせるのが気まずかったら、おれがそいつを病室から遠ざけてやる」

「私的なことで、捜査車輛なんか使えない。行くときはタクシーで行く」

「それでもいいさ。係長《ハンチヨウ》が留守の間、捜査班長の安西警部補か本庁《うち》の家弓に予備班の班長代行をやってもらえばいい」

「指揮官のおれが捜査本部を離れるわけにはいかないんだ」

「仕事がそんなに大事かよ。ばかじゃねえの！」

有働は焦《じ》れて、固めた拳《こぶし》で壁を打ち据えた。

ちょうどそのとき、捜査本部から相棒の志帆が出てきた。有働は経緯《いきさつ》をかいつまんで話した。

「波多野さん、すぐ関東医科大学病院に向かうべきですよ。一緒に暮らした身内や元家族の死に目に会えなかったら、なかなか気持ちの整理がつかなくなると思います」

「きみは、保科君の死に目に会えなかったんだな」

「ええ、そうです。ですから、故人に対して何か借りを作ってしまったようで、ちっとも後悔の念が萎《しぼ》まないんです」

「そうだろうな」

「職務も大事でしょうが、早く別れた奥さんを見舞うべきですね。藤巻という方の善意も無にしてはいけないと思います」

「そうだな。そうすべきだろうね」

「係長《ハンチヨウ》、何だよ。そりゃねえだろうが。おれは何遍《なんべん》も同じこと言ったのにさ、保科の説得には即、応じちゃうわけ？」

有働は口を尖《とが》らせた。

「そういうわけじゃないんだ。おまえの説得で、だいぶ気持ちが傾いてたんだよ」

「本当かね？」

「二人とも、ありがとう！　安西さんに出かけてる間、予備班の班長も兼務してもらうことにするよ」

波多野がそう言い、捜査本部に駆け戻った。

有働は苦笑しながら、相棒に顔を向けた。

「係長《ハンチヨウ》は、そっちに好意以上の感情を持ってるな」

「波多野さんは保科を殉職させたことで、わたしと翔太に済まないと思ってるだけですよ。別にご自分に非があったわけではないのに、心優しい方だから」

「保護者意識だけじゃないな。係長《ハンチヨウ》は、そっちを特別な異性と意識してるよ。さっきの遣《や》り取りで、はっきりとわかったんだ」

「考え過ぎですよ」

「いや、間違いないって。そっちだって、係長《ハンチヨウ》のことをひとりの男として意識しはじめてるんだろ？」

「敬意を払って、頼りにしてますけど、恋愛感情なんか懐《いだ》いてません」

「いまの言葉、信じていいのか？」

「急に顔つきが変わりましたね。なんだか怖いな」

「そっちが係長《ハンチヨウ》のことを特別な他人と思ってないんだったら、アタックしつづけるからな」

「有働さんは、ひとりの女性を一途《いちず》に思いつづけることなんかできないでしょ？　気が多いみたいだから」

「三年は、ひとりの女にのめり込めると思うよ」

「たったの三年ですか⁉」

「アメリカの性科学者の学説によると、肌の色とか年齢を問わずに、カップルが性愛を含めて愛情だけでつながっていられる期間は三年が限度だと科学的に立証されてるんだってさ。その後は打算とか惰性《だせい》で夫婦や恋人同士をつづけてるだけらしいんだ。確かに、どんなにいい女でも三年もつき合ってたら、飽きるよな。女だって、同じだろうがね」

「恋愛の賞味期限は三年だって学説があるんでしょうが、なんだか悲しいわ」

「保科なら、六年、いや、九年は慈《いつく》しめると思うよ」

「それでも、駄目ですね。わたしは死ぬまで相手の男性に大切にされないと満足できないの」

「欲張りだな」

「なんと言われようと、それは変わらないでしょうね」

「そっちのことは諦めろって謎かけなんだろうが、まだギブアップなんかしねえぞ」

「子持ちの未亡人はからかいやすいのかもしれませんが、適当なところでゲームオーバーにしてくださいね」

志帆が諭《さと》すように言って、捜査本部に引っ込んだ。入れ代わりに、波多野が廊下に飛び出してきた。

「悠子を見舞ってくる。なるべく早く戻ってくるよ」

「捜査本部《こっち》のことは心配しないで、なるべく病人のそばに長くいてやりなって」

「とにかく、行ってくる」

「気をつけてな！」

有働は上司の背に声をかけ、捜査本部のドア・ノブに手を掛けた。

2

若手官僚が足を止めた。

外務省舎の裏手だ。国土交通省側である。

人目にはつかない場所だった。午後十二時五十分を回っていた。

「もうじき昼休みの時間が終わってしまいますね」

志帆は、向き直った羽場宗明に言った。かたわらに立った有働は、いまにも羽場の胸倉を摑みそうな気配だ。

「あまり時間がないんで、手短に願いたいな」

「わかりました。布施香織さんの前につき合っていた彼女のことを教えてほしいんです」

「前の彼女？　そんな女性なんかいませんよ。一、二回デートした相手は何人かいるが、才色兼備の女性はいなかったんだ。だから、誰とも長くは交際しなかったんですよ」

「二年八カ月ほど前まで親しくしてた女性がいるはずです。その彼女とは、都内の自動車教習所で知り合ったと聞いてます」

「どこの誰がそんなでたらめを言ったんですっ」

「違うんですか？」

「わたしは、遊びで女性とつき合う気はありません。結婚を前提にした交際しかしませんよ。自動車教習所で知り合った娘《こ》なんかとお手軽につき合うわけないでしょ。わたしは、そのへんのサラリーマンとは違うんです」

「選ばれた人間だから、それにふさわしいレベルの女性しか相手にしないってことですか？」

「ま、そうだね」

「てめえ、何様のつもりなんだっ。ちょっと勉強して、国家公務員の上級試験にパスしただけだろうが！」

相棒の有働が羽場の肩口を小突いた。軽く押しただけだったが、羽場は大きくよろけた。

「おたくは、人生を棄《す》ててしまったようだな」

「どういう意味なんでえ？」

「わたしはキャリア官僚なんですよ。ノンキャリアではないんです」

「それがどうした？」

「わかってないな。やがて、わたしは国の舵《かじ》取りをする人間なんです。警察官僚にも東大法学部の先輩たちが何人もいる。わたしをあんまり怒らせると、裏から手を回して青梅《おうめ》署あたりの地域課か交通課に飛ばすことだって可能なんです」

「面白《おもしれ》え、やってもらおうじゃねえか」

「後で泣くことになりますよ」

「いい気になるんじゃねえ。てめえ、殺すぞ！」

「やくざですね、まるで」

「それ以下だよ。おれは刑事だが、気に入らねえ野郎はぶっ殺すことにしてるんだ。もう七人ほど殺《バラ》したよ」

「ほ、本当なのか⁉」

「冗談ですよ」

志帆は冷笑した。

「そうだよね」

「羽場さん、正直に答えてくれませんか。布施さんと交際する前に親しくしてた女性のことを知りたいんですよ」

「同じことを何度も言わせないでほしいな。そんな娘《こ》は絶対にいない！　いませんよ。ちゃんとつき合ったのは、香織だけだよ」

「そうなんですか」

「香織は美貌に恵まれ、教養もあった。来年の春には結婚するつもりでいたんだ。しかし、香織は男にだらしがなかった。滝と二股をかけてたなんて、断じて赦《ゆる》せない。だから、香織がひどい殺され方をしても別に悲しくはなかった。涙も出ませんでしたよ。あっ、もう昼休みが終わってしまう。早く自席に戻らないとな」

「教習所はどこなんです？」

「え？」

「参考までに通った自動車教習所を教えてください」

「わたしの話を疑ってるのかっ。教習所で知り合った娘《こ》なんかいない」

「ええ、そうでしたね。でも、教習所を頑《かたく》なに言いたがらないと、痛くもない腹を探られることになりますよ」

「わかった。それじゃ、教えよう。ＪＲ田町《たまち》駅のそばにある三田《みた》自動車教習所ですよ。もういいですね！」

羽場は怒気を含んだ声で言い、小走りに遠ざかっていった。

「やっと教習所の名を吐きやがったな。けど、香織とつき合う前に彼女なんかいないと空とぼけやがった」

有働が腹立たしげに言った。

「滝佑介は作り話をわたしたちに言ったのかしら？」

「いや、そうじゃないだろう。羽場は、元彼女に人工中絶をさせたことが表沙汰になるのを恐れてるんだと思うよ。三田自動車教習所に行ってみようや」

「はい」

志帆たちは外務省の建物を回り込んで、車道に駐《と》めてある覆面パトカーに乗り込んだ。桜田《さくらだ》通りをたどって、第一京浜国道に出る。それから間もなく、目的の自動車教習所を探し当てた。山手線の線路沿いにあった。

二人はレガシィを路肩に寄せ、教習所の責任者に取り次《つ》いでもらった。刑事であることを明かし、過去の教習生の名簿を調べてもらう。

だが、名簿には羽場の名は載《の》っていなかった。嘘をつかれたのだろう。

教習所を出ると、有働が歯嚙みした。

「あの野郎、ふざけた真似をしやがって」

「わたしたち、なめられたみたいですね」

「ああ。外務省に戻って、銃刀法違反で検挙されたことを職場で言い触《ふ》らすと脅せば、通った教習所を喋るだろう」

た。

「でしょうね」

志帆は捜査車輛に足を向けた。運転席のドアを開けかけたとき、携帯電話が打ち震えた。

発信者は上司の安西係長だった。

「たったいま、本庁サイバー犯罪対策室から情報提供があったんだ。ネットの掲示板に六月四日に町田で布施香織を殺害したのは、自分だと書き込んだ男がいるらしいんだよ」

「いたずらでしょ？」

「いや、そいつは被害者を盗み撮《ど》りした写真をネットの掲示板に載せ、藤沢の実家の住所まで出してるんだ」

「新聞やテレビでも、実家の住所までは報じてないですよね？」

「そうなんだよ。それで、サイバー犯罪対策室は単なるいたずらではないかもしれないとプロバイダーから、書き込みをした奴を割り出してくれたんだ」

「ちょっと待ってください。いま、メモしますんで」

志帆はモバイルフォンを耳に当てたまま、上着のポケットから手帳を取り出した。手帳をレガシィの屋根《ルーフ》の上で開き、ボールペンを握る。

「いいかね。書き込みをしたのは、寺山弘《てらやまひろし》、三十六歳だ。職業は不詳で、現住所は品川区豊町《ゆたかちょう》五丁目十×番地、若草荘一〇一号室。在宅してるかどうかわからないが、ちょっと調べてみてくれないか」

「了解！」

「羽場は昔の彼女のことを喋ったのか？」

安西が問いかけてきた。志帆は経過を上司に報告し、通話を切り上げた。

相棒に安西からの指示を伝え、品川区豊町に急ぐ。第一京浜国道から山手《やまて》通りを抜け、最短距離で目的地まで走った。

若草荘は住宅密集地の裏通りにあった。

古びた木造モルタル塗りのアパートだ。二階建てで、部屋数は六室だった。

二人は覆面パトカーを降りると、すぐに一〇一号室に近づいた。

志帆はノックをする前にドアに耳を押し当てた。テレビの音声が伝わってきた。

「寺山さん、寺山さん！」

志帆は軽くノックして、大声で呼びかけた。

ややあって、ドアが開けられた。現われたのは三十代半ばの男だった。顔色が悪く、無精髭を伸ばしている。金壺眼《かなつぼまなこ》だった。

「警察だよ」

有働がドアを大きく開け、三和土《たたき》に抜け目なく片足を突っ込んだ。動きは速《はや》かった。

「寺山弘さんね？」

志帆は警察手帳を見せ、相手に確かめた。

「そうです」

「あなた、ネットの掲示板に書き込みをしたでしょ？」

「したけど、あの書き込みは嘘なんですよ。いたずらなんです。町田で殺された布施香織は高慢な女だったんで、頭にきてたんです」

「知り合いだったの？」

「おれ、この三月まで『三星マテリアル』の子会社の鋼材運搬会社に勤めてたんですよ。でも、リストラされちゃって、失業中なんです」

「その会社で働いてるとき、本社に行ったことがあるのね？」

「ええ、そうなんですよ。本社の資材管理部に用があって、一年数カ月前に行ったとき、あの女を初めて見たんです。で、一目惚れしちゃったんですよ。香織のことをいろいろ調べて、半年ぐらい前に本社の前で彼女を待ち伏せして、おれ、交際を申し込んだんです」

「相手にされなかったの？」

「ええ。あの女は、おれに出身大学を教えろって、まず言ったんです。おれ、茨城の工業高校しか出てないんですよ。だから、正直に高卒だって言ったんです。そしたら、せせら笑って、恋愛対象にならないわって。そのとき、香織は自分は聖和《せいわ》女子大を出てるんだと自慢げに言ったんです。自分が名門女子大出身だからって、高卒の男を見下《みくだ》すような態度はないでしょ？」

「ええ、そうね。思い上がってるわ」

「そうですよね。おれ、あの女にも屈辱感を味わわせてやろうと思って、レイプする計画を立てたんですよ。あっ、いっけねえ！　警察の人たちにこんなことを言ったら、危《ヤバ》いですよね？」

「計画を立てただけなんでしょ？」

「香織を尾《つ》けたりもしました。だけど、犯すチャンスはなかったんですよ。レイプが成功したら、ハメ撮《ど》りして、あの生意気な女をメイド扱いしてやろうと考えてたんですけどね」

「香織を姦《や》れなかったんで、ネットの掲示板に犯人みたいなことを書き込んだのか？」

有働が言った。

「そうなんですよ。おれ、あの女を殺してなんかいません。本当です」

「人騒がせな野郎だ」

「おれ、逮捕されちゃうんですか？」

寺山が不安顔で、志帆に問いかけた。

「捕まってみる？」

「いやです。勘弁してくださいよ」

「だったら、くだらない書き込みはしないことね」

「はい」

「ついでに訊《き》くんだけど、布施香織を憎んでたバイセクシュアルな男を知らない？」

「あの女は、両刀遣《づか》いの男に殺《や》られたんですか？」

「いいから、こっちの質問に答えてよ」

「知りませんね。おれが初めて本社に行ったとき、あの女に従ってる妹分みたいな娘《こ》がいたんですよ」

「その彼女の名前は？」

「胸に名札を付けてたんだけど、氏名までは憶《おぼ》えてないですね。その後、その娘《こ》は急に会社を辞めちゃったみたいだから、香織と何かで仲違《なかたが》いしたのかもしれないな。二人はすごく仲よかったようだから、喧嘩別れしたんだとしたら、お互いにかなり憎しみ合ってたんじゃないんですかね。ほら、愛憎はワンセットとか言われてるでしょ？」

「そうね」

「だけど、女が強姦殺人なんかやれないな。誰か知り合いの男に香織を殺《や》らせることはできるけど」

「ええ、それならね。また、同じような書き込みをしたら、説諭《せつゆ》処分じゃ済まないわよ」

「わかったな！」

有働が志帆につづいて、寺山を睨みつけた。

寺山が頭に手をやりながら、幾度も頭を下げた。有働が舌打ちして、一〇一号室のドアを乱暴に閉めた。

その直後、ふたたび志帆に上司の安西から電話がかかってきた。

「別班が羽場宗明が通ってた自動車教習所を突きとめてくれたよ。目黒駅と恵比寿《えびす》駅の間にある日の出自動車教習所だ」

「羽場と教習所で仲よくなった教習生の女の子がいたと思うんですが……」

「その娘《こ》のこともわかったよ。石丸亜由美って子だ」

「石丸亜由美ですか⁉」

「聞き覚えのある名だが、誰だったかな？」

「殺された布施香織と同じ会社で派遣社員として働いてた娘《こ》ですよ。事件の翌日、被害者宅に花を持って現われたんです」

「思い出したよ。そうだったね。羽場が交際してたのは、その彼女だったのか」

「ええ、ほぼ間違いないでしょう」

「石丸亜由美は、羽場とどんな理由で別れることになったのかな。羽場は石丸亜由美と駄目になってから、同じ会社の先輩社員の布施香織とつき合うようになったわけか」

「おそらく布施香織が、こっそりと石丸亜由美から羽場を横奪《ど》りしたんでしょう」

「待ってくれよ。石丸亜由美は退社してからも、香織を慕《した》ってたんだよな？」

「断定はできませんけど、そう見せかけてただけなのかもしれません」

志帆は言った。

「ということは、もしかしたら、石丸亜由美は本事案に関与してる疑いがあるんだね？」

「まだ確証はありませんけど、調べてみる必要はあると思います」

「しかし、どう考えても女の犯行じゃないだろう。石丸亜由美が実行犯と共謀したんだろうか」

「そうなのかもしれません。とにかく、石丸亜由美と布施香織の関係を探ってみます。これから、『三星マテリアル』の本社に回ってみます」

「そうしてみてくれないか」

安西が電話を切った。

志帆はモバイルフォンを折り畳み、有働に上司との遣《や》り取《と》りを話した。有働は考える顔つきになったが、何も言わなかった。

二人はレガシィに乗り込み、千代田区丸の内にある『三星マテリアル』の本社ビルに向かった。およそ四十分後に到着した。

志帆たちは覆面パトカーを本社ビルの脇に駐《と》め、一階の受付に直行した。

受付嬢に身分と来意を告げ、資材管理部長に面会を求める。

ロビーで数分待つと、資材管理部長の三上徹《みかみとおる》がやってきた。五十二、三で、小太りだった。

自己紹介が済むと、三人はソファに腰かけた。

「石丸亜由美さんは六カ月の雇用契約で派遣社員で働き、七カ月前に別の職場に移ったと言ってたが、それは嘘だったんだね？」

有働が先に口を切った。

「石丸は、あなたにそう言ったんですか⁉　なんでそんな嘘をついたんだろうか」

「何か嘘をつく必要があったんだろうな」

「そうなんですかね。石丸は三年前の春に城南大学を卒業と同時に、正社員として入社したんです。研修期間を終えると、資材管理部に配属されたんですよ」

「同じセクションに、布施香織さんがいたんですね?」

志帆は会話に加わった。

「ええ、そうです。布施は一期先輩なんですが、すでに頼りになる戦力になってました。そんなことで、わたしは石丸を布施に預けたんですよ」

「石丸さんは、聡明で美人だった布施香織さんを姉のように慕ってたんでしょ? 石丸さん自身がそう言ってました」

「実際、その通りでしたね。石丸は布施に憧れてたんだと思います。髪型やファッションまで真似て、いつも布施のそばにいたがりましたからね。冗談で、少しレズっ気があるんだろうという男性社員もいたぐらいでした」

「布施さんは別段、迷惑がってはいませんでしたか?」

「そういう気配は少しも見せませんでしたね。まるで妹分みたいによく石丸を連れて歩いてましたよ。石丸は地味な娘《こ》ですんで、自分の引き立て役として連れ歩いてたのかもしれないな。二人が並んで歩いてると、布施だけがスポットライトを浴びてるように見えましたから」

「石丸さんは自分が引き立て役にされてるとは感じてなかったんですかね?」

「多分、感じてたんでしょう。しかし、憧れの先輩社員に目をかけてもらえることが嬉しくてたまらなかったんでしょうね」

「そうなんでしょうか。石丸さんが退職されたのは？」

「およそ一年前ですね。若いうちにいろんな仕事をしてみたくなったとか言って、急に辞表をわたしんとこに持ってきたんですよ。布施とわたしは強く慰留《いりゅう》したんですが、石丸は聞き入れませんでした」

「退職前に石丸さんが布施さんと何かで気まずくなったなんてことはありませんでした？」

「そういうことはまったくなかったですね。円満退社ですよ。送別会のとき、石丸は布施と三次会まで仲よく過ごしてましたし、別れ際には二人は抱き合って泣いてました」

「その後、二人の交流はつづいてたんですね？」

「ええ。石丸は人材派遣会社の紹介で、『インターナショナル・トラスト保険ジャパン』に入ったんです。派遣先にたまたま布施の親友の五十嵐詩津華という電話オペレーターがいたんで、二人はちょくちょく一緒に食事をしてたようですよ。三人で飲みに行ったこともあったみたいですね」

「そうですか」

「石丸は仕事は真面目にやるんですが、ちょっと要領が悪いんですよね。そんなことで、去年の年末に外資系の損保会社を解雇されて、今年の一月からは青山の結婚式場の予約係をしてるそうです。布施が先日、惨殺されましたが、まさか石丸が事件に関わってるわけじゃないですよね？」

「そういうことはないと思います」

「布施の親しい友人まで、同じような殺され方をしてます。二つの事件の犯人は同一人物なんですか？」

三上が問いかけてきた。

「まだ容疑者を絞りきれてないんですよ」

「そうなんですか」

「石丸さんが在職されてたとき、同僚たちの評判はいかがでした？」

「彼女は誰からも好《す》かれてましたから、悪口を言う者はひとりもいませんでしたよ。常に控え目でしたし、感情的になったことがないんです。他人には親切でしたしね。ただ、ふっと暗い表情を一瞬だけ見せることがありました」

「それは、どんなときだったのかな？」

有働が訊いた。

「仕事をしてる布施の横顔を眺めてるときです。いつもはアイドルを見るような眼差しを布施に向けてたんですが、暗い顔をしてるときは目がきついんですよ。嫌悪と反発が入り混《ま》じったような目つきになるんです。ほんの一瞬でしたがね」

「どういうことなんだろうか」

「石丸はいつも人前ではにこやかに振る舞ってましたが、心に深い闇を抱えてるのかもしれないな。数年前に商社マンと結婚した二つ違いの小夜《さよ》という姉さんは、布施香織以上の美人なんですよ。大学も超名門なんです。妹は目立たない容貌で、卒業したのも中堅の私大です」

「確か二人だけの姉妹だったな」

「ええ、そうです。石丸の母親は容姿と学力に恵まれた長女のことだけを親類や友人たちに自慢して、次女のことにはほとんど触れなかったらしいんです。父親は姉妹を比較してはいけないと妻を詰《なじ》ってはいたらしいんですが、母親はいっこうに改めなかったみたいですね」

「その話は誰から聞いたんです？」

「石丸の父親からです。出来のよくない次女をかばう気持ちがあって、入社直後にわざわざ上司のわたしの自宅に挨拶に来てくれたんですよ。親父《おやじ》さんの話によると、小夜という姉さんは妹が僻《ひが》んだりしないよう常に心を配ってたようですが、石丸は劣等感をいたずらに膨らませてたみたいですね」

「シスターコンプレックスってやつだな」

「そうなんでしょう。姉さんだけに愛情を注いでる母親と折り合いが悪くなって、石丸は実家を出てアパート暮らしをするようになったらしいんです。親許にはめったに顔を出してないようですよ。だから、憧れの布施を慕って、頼りにもしてたんでしょうね」

「親が子供たちをいちいち較《くら》べるべきじゃないな。それぞれ長所と短所があって、オンリーワンの存在なんだからさ」

「その通りだと思います。親父さんの話によると、石丸は高二のときに母親に『お姉ちゃんと同じような顔にしてもらうから、美容整形手術の費用を出してよ。それからね、お姉ちゃんが入った超名門大学に裏口入学できるようにしてほしいの。そうすれば、お母さんは満足なんでしょ』と喰ってかかったことがあるらしいんです」

「子供にそこまで言わせる母親が悪いな」

「同感ですね。石丸は職場では明るく振る舞ってたが、いつも心の中ではべそをかいてたんじゃないのかな」

「誰も心に闇を抱えてるんだろうが、多くはそのうち一条の光が射《さ》してくる。しかし、石丸亜由美の場合は暗黒の世界でもがきつづけてたんだろうな」

「刑事さん、やはり石丸は事件に関わってると疑われてるんでしょ？」

「三上さん、われわれは関係者のすべてを疑ってみるんですよ。捜査は、そこからスタートするんでね。別に石丸さんを怪しんでるわけじゃないんだ」

「そうですか」

「石丸亜由美さんは入社したころ、恋人がいたようなんですが、ご存じありませんか？」

　志帆は訊いた。

「本人から直《じか》に聞いたわけじゃないんですが、東大出のエリート官僚が彼氏なんだという噂を聞いたことはあります。相手の詳しいことは知らないんですがね」

「そうですか。当然、そういう噂は、布施さんの耳に届いてたんでしょう？」

「ええ。布施は自分のことのようにはしゃいでましたよ。でも、石丸が退社する前には彼氏に棄《す》てられたなんて噂が職場に流れるようになってました。そうか、それで彼女は会社にいづらくなったんだな」

「そうなのかもしれませんね」

「お忙しいところを申し訳ない。ご協力、ありがとうございました」

　有働が先に立ち上がった。志帆も三上に礼を言って、相棒を追った。

「次は『インターナショナル・トラスト保険ジャパン』に行ってみようや」

「はい」

二人は捜査車輛に乗り込み、西新宿に向かった。

外資系損保会社に着いたのは四十数分後だった。

志帆たちは、石丸亜由美が去年の年末まで働いていた顧客管理システム室の室長に会った。吉崎和平《よしざきわへい》という名で、五十五、六だった。

「石丸亜由美は派遣だったんで、ごく補助的な仕事をやってもらってたんですよ。だから、われわれも油断してたんです」

吉崎室長がシステム室の隅で声を低めた。何があったのか。志帆は吉崎の顔を直視した。

「彼女が何かまずいことをしたんですか？」

「ええ、まあ。しかし、刑事さんたちには話せないことなんですよ。不正アクセス禁止法違反で捜査の手が入ったら、イメージ・ダウンになりますからね」

「聞いた話がどんな内容でも、オフレコにします」

「本当ですか？」

「ええ、約束は守りますよ」

「そういうことなら、話しましょう。去年の十一月、元システム室員の男が同僚のパスワードを使って、社内のデータベースに接続し、全顧客約百十万人分の氏名、口座名、年収などの情報を引き出したんです。その一部をＣＤにコピーして、名簿業者に売って小遣いにしてたんです。石丸は、その男に協力して、自分のデスクにＣＤを保管してたんですよ」

「その男は、もう解雇されたんですね？」

「当然です。そいつは妻子持ちなんですが、社内の独身女性に次々に手をつけてたんですよ。飲食代やホテル代が欲しくて、データベースから顧客情報を持ち出したんだと言ってました。派遣の石丸も上手に口説かれて、ＣＤを売却するまで預かってしまったんでしょう。仕事はちゃんとやってましたんで、わたしは雇用期間を延長してやろうと思ってたんですよ。しかし、コピーＣＤを預かってたことが発覚したんで、去年の末に会社を辞めてもらったわけです」

「発覚のきっかけは？」

「電話オペレーターのひとりが石丸の不審な動きに気づいて、こっそり注視してたらしいんですよ。そうしたら、石丸がコピーＣＤを自分の机の中に入れたんだそうです。で、内部告発してくれたわけです」

「その電話オペレーターは、五十嵐詩津華さんではありませんか？」

「そうです、そうです！　あなたがどうしてそのことをご存じなんですか⁉」

「顧客情報を名簿業者に売ってた妻子持ちの男と不倫してたのは、石丸亜由美さんではなかったんでしょう。五十嵐詩津華さんが不倫相手だったんだと思いますよ」

「そういえば、五十嵐は以前にも部長と不倫騒動を起こしたことがあったな。そのときは部長に強力な睡眠導入剤を服《の》まされてホテルに連れ込まれたという言い分が通って、相手の男だけが解雇されたんです」

「そうですか」

「石丸は、五十嵐に濡れ衣を着せられたんですかね？」

「そうなんだろうな」

　有働が口を挟んだ。

「だとしたら、石丸にはかわいそうなことをしてしまったな。五十嵐は石丸に目をかけてたようだったし、よく食事を奢《おご》ってたんですけどね」

「それは石丸亜由美は御《ぎょ》しやすくて、自分の引き立て役になってくれるんで、手なずけたんだろう」

「そうだったんなら、石丸が憐《あわ》れですね」

「他人を軽く見たりするから、五十嵐詩津華は殺されちまったんだろうな」

「えっ、石丸が五十嵐の事件に関与してるんですか⁉」

「ひょっとしたらね」

「いったい何がどうなってるんです？」

吉崎が首を捻《ひね》った。

志帆は目で相棒に合図して、吉崎に謝意を表した。顧客管理システム室を出ると、有働が言った。

「亜由美が鍵を握ってそうだな。派遣先の結婚式場に行ってみよう」

「ええ」

志帆はうなずいた。

3

覆面パトカーが急停止した。

タイヤが軋《きし》み音をあげた。

有働は上体を前にのめらせた。青山通りに入った直後だった。

「ごめんなさい。急に犬が車道に飛び出してきそうになったんです」

ステアリングを握った志帆が詫《わ》びた。

有働は舗道に目をやった。

首輪のない中型犬が横断歩道の端にいた。体毛は茶色だが、だいぶ汚れている。野良犬だろう。犬は舗道を数十メートルとぼとぼと歩き、脇道に消えた。

「大丈夫ですか？」

「ああ、なんともない」

「気をつけます」

「不可抗力だよ」

「ええ、でも……」

志帆が後続の車にハザードで謝り、ふたたび捜査車輛を走らせはじめた。助手席の有働は上体を背凭《せもた》れに預けた。

なぜ石丸亜由美は、自分たちに嘘をついたのか。三年前に『三星マテリアル』に正社員として入社したのに、六カ月の派遣契約で働いていたと語ったのか。契約が切れたのは、去年の十一月だと言っていた。それも事実ではなかった。

亜由美が『三星マテリアル』を依願退職したのは、およそ一年前だった。その後、彼女は『インターナショナル・トラスト保険ジャパン』で派遣社員として働き、昨年末に解雇されている。年が改まってからは結婚式場の予約係をしているはずだ。

調べれば、亜由美の職歴は苦もなくわかる。にもかかわらず、彼女は事実を隠そうとした。何か疚《やま》しさがあって、捜査対象者になることを恐れていたのか。もともと虚言癖があったのだろうか。

そうではない気がする。六月五日、香織の部屋の前で二人の刑事に会うことは予想もしていなかったのではないか。そして、とっさに思いついた嘘を口にしてしまったのだろう。

推測通りならば、亜由美は何かを糊塗《こと》したかったにちがいない。言い換えれば、何か後ろ暗さがあったと考えられる。事実を喋ったら、破滅を招くと判断したのだろうか。

「石丸亜由美は何らかの形で、香織殺しの事件に関わってる気がするな」

有働は相棒に言った。

「交際相手の羽場宗明を香織に横奪《ど》りされたことを知って、第三者に犯行をやらせたんでしょうか。たとえば、メイクの仕方もわかってる両刀遣いの男を使ったとか……」

「そうなのかもしれない」

「亜由美は、布施香織が羽場を奪ったことをいつ知ったんですかね？　そんなに前のことじゃないんでしょう？　とうの昔に憧れの香織に羽場を横奪りされたことを知ってたら、その時点で仕返しをしそうですものね」

「そうだな。おれの勘だと、亜由美は外資系損保会社で働くようになってから、五十嵐詩津華に香織の裏切り行為を教えられたんだと思う」

「詩津華は親友の香織が外務省の若手官僚の妻になったら、差をつけられると二人の結婚を阻《はば》もうとしたわけですから、亜由美に告げ口をしたのかもしれませんね」

「詩津華に頼まれて滝佑介は香織を蕩《とろ》かしたわけだが、羽場との結婚を断念させることはできなかった。そこで、詩津華は巧《たく》みに亜由美の復讐心を煽《あお》ったとは考えられねえかな？」

「詩津華はかなり腹黒かったようだから、そこまで考えるかもしれませんね。亜由美は焚《た》きつけられて、誰かに香織を始末してもらった。詩津華は亜由美の弱みを押さえたんで、口留《ど》め料をせしめようとしたのかしら？」

「先をつづけてくれ」

「はい。亜由美は大金なんか用意できない。それで、やむなく香織を殺した実行犯の男に詩津華の口を塞《ふさ》いでもらった。そういう流れなんじゃありません？」

志帆が言った。

「二十五の女が殺しの報酬を工面できるとは思えねえな。男関係も派手とは考えにくいから、知り合いの野郎を誑《たぶら》かして殺しをさせたとも考えにくい」

「ええ、そうですね。あっ、もしかしたら……」

「どうした？」

「石丸亜由美が羽場宗明と手を組んで、布施香織の殺害を共謀したんじゃないのかしら？」

「なんだって⁉」

「亜由美は、彼氏の羽場を香織に横奪《ど》りされてます。羽場は美人で頭もいい香織と親しくなれましたが、実は二股をかけられてたわけでしょ？　どっちも香織には嫌悪感を覚えてたはずです」

「なるほどな。しかし、羽場が香織を殺《や》ってないことはＤＮＡ鑑定で明らかになったんだ」

「ええ、そうですね。二人はネットの闇サイトで、実行犯を雇ったんじゃないんですか？」

「仕事と住まいを失った連中が大勢いるから、百万か二百万の成功報酬で殺人《コロシ》を引き受ける奴はいるかもしれねえな。そのぐらいの額だったら、二人にも都合できるだろう」

「そのことを五十嵐詩津華が嗅ぎつけて、石丸亜由美と羽場宗明の二人を強請《ゆす》ろうとしたんじゃないのかな？　それだから、二人は別の殺し屋に詩津華を始末させた。体液の型と靴のサイズが違ってたのは、そういうことなんだと思います」

「そうなんだろうか。おれは、そうじゃない気がする。六月四日の夜九時ごろ、香織の部屋に黒いキャップを被った小柄な男が入ったのを事件現場の近くの和菓子屋の女店員が目撃してるよな？」

「そうですね」

「六月七日には、詩津華の自宅マンションの地下駐車場の防犯カメラのレンズに黒いキャップを被ってサングラスをかけた男がカラー・スプレーを噴《ふ》きつけてる」

「有働さん、その男は口髭を生やしてたんですよ」

「ああ、わかってる。おれもずっと別人だと思ってたんだが、付け髭だったら、同一人という可能性もあるぜ」

「付け髭ですか」

「そう。余興用の付け鼻や付け髭なんかは、面白グッズの店で売られてる。その気になれば、たやすく手に入るからな」

「ええ、そうですね」

「そんなことで、実行犯は同一人かもしれねえと思いはじめたんだ。精液が別々なのは、知り合いのファッション・マッサージの店で働いてる風俗嬢から入手したんだろう。その手の風俗店には、客の使用済みのスキンがたくさんある。A型、B型、O型、AB型とひと通り揃ってるはずだよ」

「実行犯は、風俗店で譲り受けた精液を注射器かスポイトで二人の被害者の局部に注入したと……」

「ああ、推測の域を出ねえけどな。おれは犯人の陰毛が見つからなかったんで、そう考えるようになったんだ。野郎がワイルドに腰を動かしゃ、下《しも》の毛が一本や二本は抜け落ちるからな。な、そうだろ？」

「そういう質問には、お答えできません」

「小娘じゃねえんだから、カマトトぶるなって」

「有働さんは、もう若くないんですね。わたしもカマトトの意味は知ってますけど、もう完全に死語でしょ？」

「そっちだって、今年で三十路《みそじ》だろうが」

「まだ二十代ですから、おばさん扱いはしないでほしいわ。ついでに、三十路なんて言い方も年寄りっぽいですね」

「生意気なことを言ってると、妊娠させるぞ」

「それ、もろセクハラです。パワハラにもなるんじゃないかしら?」

「うるせえや」

有働は苦く笑った。志帆がおかしそうに笑って、レガシィを左折させた。

青山五丁目交差点から骨董《こっとう》通りに入る。二百メートルほど先にブライダル・サロンがあった。

六階建ての白っぽいビルだ。『フォーエバー・ハッピネス』である。石丸亜由美が働いている結婚式場だ。

有働たちはレガシィを路肩に寄せ、ほぼ同時にシートから腰を浮かせた。

『フォーエバー・ハッピネス』の一階ロビーは、ホテルの造りに似ていた。広いロビーには、五卓のソファ・セットが並んでいる。

有働たちは受付カウンターに歩み寄った。

受付嬢は二人いた。どちらも二十二、三で、容姿は整っている。

警察手帳を提示し、予約係の石丸亜由美に取り次いでもらう。受付嬢のひとりがすぐさま内線電話をかけた。

「石丸はすぐに参ります。奥の事務室の手前のソファにお掛けになって、お待ちください」

「ありがとうよ」

有働は受付嬢に笑顔を向け、志帆とロビーの奥まで進んだ。ソファに並んで腰かける。

二分ほど待つと、事務室から石丸亜由美が姿を見せた。会釈《えしゃく》をし、足早に近づいてくる。

志帆が立ち上がった。有働は目礼しただけで、腰は浮かせなかった。

「こないだは、お花を香織さんの部屋に置いていただいて、ありがとうございました」

亜由美が志帆に頭を下げた。

「少しはショックが和《やわ》らいだ？」

「いいえ、まだです。実の姉を喪《うしな》ったようで、悲しみが……」

「当分、辛いと思うわ。だけど、布施さんの分まで逞《たくま》しく生きないとね」

「は、はい。あのう、犯人が捕まったんですか？」

「ううん、そうじゃないのよ。捜査がちょっと空回りしてるんで、また協力してほしいの」

「わかりました」

「坐らせてもらうわね」

志帆がソファに腰を沈めた。亜由美が志帆の前に浅く坐る。

「六月五日に会ったとき、きみはわれわれに嘘をついたな」

有働は脚《あし》を組んで、のっけに亜由美に言った。

「え？」

「きみは三年前の春に城南大学を出て、『三星マテリアル』に正社員として入社してる。配属された資材管理部で、一期先輩の布施香織の下で仕事を覚えた。依願退職したのは、およそ一年前だ。それから『インターナショナル・トラスト保険ジャパン』の顧客管理システム室で派遣社員をしてた。しかし、昨年の暮れで解雇されてしまった。新年になってから、この結婚式場に勤めてる。そうだね？」

「そうです。本当のことを言わないで、ごめんなさい。わたし、妙な疑いをかけられたくなかったんです」

「どういうことなのかな？」

「もう警察の方たちは、香織さんと交際してた羽場宗明さんとわたしが二年半前までつき合ってたことを調べてるだろうと思ったんですよ」

「なるほど」

「でも、わたし、羽場さんと別れようと言われたとき、正直、ほっとしたんです」

「ほっとした？」

「ええ。羽場さんと較べたら、わたしのほうがずっと知的レベルが低いですから。わたしね、言質《げんち》を平気で言質《げんしつ》と読んでたんです。羽場さんに嘲笑されたんで、国語辞典、外来語辞典、それから百科事典にも目を通して博学になる努力をしたんですよ。でも、もともと学ぶことは苦手でしたから、だんだん苦痛になっちゃったんです。自分よりもはるかにすべての面で勝《まさ》ってる彼氏とつき合いつづけるのは疲れるなって感じてたんで、羽場さんに別れ話を切り出されたときは、よかったと思っちゃったんです」

「でも、自動車教習所で知り合った羽場とは遊びでつき合ったわけじゃないよな？」

「ええ、もちろんです。東大出のキャリア官僚はさすがに切れ者だと尊敬できることが多かったし、外見や人格も嫌いじゃなかったですよ。だから、羽場さんの部屋に泊まるようになったんです」

「きみは交際中に羽場の子を……」

「中絶したことまで調べ上げてたんですか。警察って、すごいな。ちょっと怖い感じです。バース・コントロールに失敗しちゃったんです。行為中にスキンが破れてしまったんですよ」

「案外、クールなんだな」

「わたし、地味子《じみこ》と見られてるから、社会人になるまでヴァージンと思ってた友達が多いみたいですけど、学生時代に経験済みだったんです。そんなことは、どうでもいいですね」

「堕《お》ろすことに抵抗はなかったのかい？」

「少しは罪悪感がありましたけど、彼もわたしもまだ結婚のことは考えてませんでしたから、中絶手術を受けたんです。手術費用は羽場さんが出してくれました。同意書は、彼の知り合いの男性の名を借りたんですけどね」

「官僚になるような奴は世間体を気にする臆病者が多いし、ハートも冷たいからな」

「わたしがそうしてって頼んだんです。独身の彼にマイナス材料を作らせたくなかったんです」

「それだけ羽場のことを思い遣《や》れるのは、好きだった証拠だな」

「嫌いじゃなかったことは確かですけど、愛してたとは言えない気がします。わたし、将来性のある羽場さんに寄りかかって楽に生きたいと思ってただけなのかもしれません。その証拠に彼にフラれても、それほどショックじゃありませんでしたから」

「『三星マテリアル』で働きはじめて間もなく、羽場とつき合ってることを布施香織に洩らしたんだね？」

「ええ、そうです。わたし、ちょっと自慢したくなったんですよ。美人で頭がよくなくても、世間でエリートと思われてる男性をゲットできるんだってね」

「そう。香織はどんな反応を示したのかな？」

「よかったねって、自分のことのように喜んでくれました」

「香織が羽場を横奪りしたのを知ったのは、いつなのかな？」

「横奪りじゃありませんよ。わたしたちが別れた後、香織さんはひょんなことから羽場さんとつき合うようになったんだと打ち明けてくれましたから」

亜由美が香織をかばった。

「そうだったのかな。ま、いいや。で、そう打ち明けられたのはいつなんだい？」

「『三星マテリアル』を依願退職する三、四カ月前ですね」

「あなたは、布施香織が羽場宗明と交際してると聞いて、ショックを受けたんじゃないのかしら？　で、会社を辞めてしまったんじゃない？」

志帆が口を挟んだ。

「いいえ、違います。わたし、前々から同じ仕事に何年も携《たずさ》わる気はなかったんですよ。いろんな仕事に就《つ》きたかったから、『インターナショナル・トラスト保険ジャパン』に移ったんです」

「布施香織をすごく慕ってたみたいだから、普通なら、職場を変えたくないと思うでしょ？」

「別に遠方に行くわけじゃないんだから、そうは思いませんでした。いつでも会えますし、二人の自宅も同じ町田市内ですしね」

「そうか。彼女の近くにいたくて、大蔵町のアパートを借りたわけ？」

「ええ、そうです。『三星マテリアル』に入って半年後に高円寺《こうえんじ》のアパートから、いまの住まいに移ったんです。引っ越したころは休日のたびに香織さんと近くの大蔵ゴルフセンターで百五十球ほど打ってたんです。五十球六百円で、時間制限なしなんです。二時間打ち放題でも千八百九十円と安いの。経営者のプロゴルファーと息子さんのコーチの仕方もいいんですよ。あのころは本当に愉《たの》しかったな」

「外資系損保会社に布施香織の大親友の五十嵐詩津華がいたのは、単なる偶然だったのかい？」

有働は相棒よりも先に口を開いた。

「香織さんが詩津華さんから『インターナショナル・トラスト保険ジャパン』に派遣社員を送り込んでる人材派遣会社を聞き出してくれたんで、わたし、その会社に登録したんですよ」

「そうだったのか」

「香織さんは、わたしがすぐ次の仕事に就けるよう心を配ってくれたんですよ。詩津華さんも、とっても神経が濃《こま》やかだったんです。香織さんと同じぐらいにわたしをかわいがってくれました。そんな二人が殺されてしまって、とてもショックを受けてるんです」

「詩津華は結構、腹黒かったんじゃないのか？」

「そんなことありませんよ。すごく面倒見のいい女性でした」

亜由美が心外そうに言った。有働は吉崎から聞いた話をした。亜由美が顔を引き攣《つ》らせた。

「そっちが女癖の悪い元顧客管理システム室の室員と不倫関係にあって、コピーＣＤを預かったわけじゃないんだろう？」

「わたし、派遣先の男性社員とおかしな関係になったことなんかありません」

「そうだろう。おそらく顧客の情報を名簿業者に売った奴の不倫相手は、五十嵐詩津華だったんだろうな」

「まさか!?　詩津華さんがわたしの机の引き出しにコピーしたＣＤをこっそり入れて、疑いの目を逸《そ》らそうとしたとおっしゃるんですか？　わたしは、そうじゃないと思います。ほかの誰かがわたしに濡れ衣を着せようとしたんでしょう」

わけだ?」

「どっちにしても、きみはその件があったんで去年の暮れに派遣契約を切られてしまった
「ええ、そうです。それで、いまの仕事に変わったんですよ」

「きみは香織と詩津華を決して悪く言わないが、そのことがなんか不自然なんだよな。香織は、きみの昔の彼氏の羽場と交際して、来年の春には結婚予定だった。詩津華は、きみに濡れ衣を着せようとした疑いがある」

「詩津華さんは信用できる女性《ひと》です」

「きみは知らないみたいだが、詩津華は知り合いのイケメンを香織に接近させて、羽場との仲を引き裂こうとしてたんだよ」

「嘘でしょ⁉」

「ううん、そうなのよ」

志帆が亜由美に言った。亜由美は口の中で何か呟き、首を横に振りつづけた。

「香織と詩津華の二人は、きみが思ってるような〝いい人〟じゃなかったんだ。そのことをきみが見抜いてたとしたら、捜査の仕方を変える必要がありそうだな」

有働は言った。

「わたしが二人の事件に関わってるとでも言いたいんですかっ」

「そうじゃないことを祈りたいね」

「わたしを疑うなんて、見当外れもいいとこですよ。失礼します！」

亜由美が憤然と立ち上がり、事務室に走り入った。

「心証はどうでしょう？」

「灰色だな」

有働は相棒に答え、椅子から腰を浮かせた。

4

尾行されているのか。

志帆は緊張した。

二台後ろを走行中のドルフィン・カラーのＢＭＷは『フォーエバー・ハッピネス』の近くから、ずっと同じルートを進んでいる。中原《なかはら》街道だ。

品川区旗《はた》の台《だい》六丁目付近を走っていた。志帆たち二人は、上池台にある亜由美の実家をめざしていた。

志帆はルーム・ミラーとドア・ミラーに目をやった。すぐ後ろのワンボックス・カーの陰になって、ＢＭＷは半分しか見えない。

左ハンドル仕様《しよう》だった。運転者はショートヘアの女で、大きなファッショングラスをかけている。レンズは淡いブルーだった。

「何か気にしてるようだが……」

助手席で有働が言った。

「この車を追尾《ついび》してるようなんですよ、二台後ろのＢＭＷが」

「気のせいだろう」

「ちょっと確かめてみますね」

志帆は左のウィンカーを点滅させはじめた。後続のワンボックス・カーが減速する。志帆はレガシィをガードレールに寄せ、ブレーキを踏んだ。

不審なドイツ車は直進し、少し先の交差点で左折した。

「気のせいだったみたいですね」

「そうか。それじゃ、行こう」

有働が促《うなが》した。志帆は捜査車輛を発進させた。

「亜由美の母親しかいないだろうな、この時間なら」

「多分、そうでしょうね」

「そうだ、家族には少しでも亜由美を疑ってるような素振を見せるなよ。亜由美が香織や詩津華と親しかったんで、犯人に狙われるのではないかと警戒してるという設定で聞き込みをしよう」

「了解！　彼女、だいぶ強がってましたが、羽場に背《そむ》かれたときはショックだったはずです」

「だろうな。亜由美は、羽場の子を中絶させられたわけだから。香織にこっそり羽場を横奪《ど》りされたときだって、驚きと怒りを感じてたにちがいねえ」

「でしょうね」

「しかし、亜由美は香織と絶交しなかった。おれは、それが理解できねえんだ。なぜだと思う？」

「亜由美は、それだけ強く香織に憧れてたんでしょうね。でも、味わわされた屈辱感は決して消えなかったはずですよ。心の奥では憎悪の炎が燃えくすぶってたんでしょう」

「そうだろうな。詩津華が亜由美に濡れ衣を着せたことが事実なら、やっぱり赦《ゆる》せないと思ってたにちがいねえ」

「そうだと思います。憤《いきどお》りをじっと抑《おさ》え込んでいたけど、ついに自制心が利かなくなった。誰かの力を借りて、変質者の仕業に見せかけ……」

「その疑いは出てきたが、まだわからねえぜ。仮に亜由美が二つの惨殺事件に関与してたとしたら、同情の余地はあるな。信頼してた人間に欺《あざむ》かれてたとわかったら、誰だって冷静でなんかいられなくなる」

「そうですね。しかし、犯罪は犯罪です。たとえどんな理由があったにしても、人殺しは赦《ゆる》される行為じゃありません」

「その通りなんだが、世の中にはぶっ殺されても仕方がないと思う奴らがいるよな？」

「そうですが、法治国家ですからね」

「ああ、わかってる」

有働が口を閉じた。

「波多野警部から何も連絡がないんでしょ？」

「まだ関東医大病院にいるんだろう。元奥さん、少しは元気になってくれるといいがな」

「そうですね。波多野さんの顔を見れば、別れた奥さんもきっと生命力を取り戻すと思います。波多野警部はそばにいてくれるだけで、なんとなく勇気づけてくれる方ですから」

「やっぱり、そっちは係長《ハンチョウ》に惚れはじめてるんだな。あの旦那は俠気《おとこぎ》があって、他人の悲しみや痛みに敏感だから、男のおれも惚れちまう」

「男が男に惚れるって、素敵ですよね。女同士の友情は、そこまで育たないんじゃないのかな？　わたしにも親しい友人が何人かいるけど、何かあったら、たちまち壊れてしまうような脆《もろ》さを常に孕《はら》んでますからね」

「男同士だって張り合う気持ちはあるが、負けを認める潔《いさぎよ》さはある。もちろん、すべての男がそうだと言ってるわけじゃない。負け惜《お》しみを言う奴はいるし、いつまでも妬《ねた》む野郎もいるけどな」

「一般論ですけど、女性は小さなことに拘《こだわ》って、狭量《きょうりょう》でもあります。他人の成功や幸せを素直に祝福できない面がないとは言えません」

「それは男も同じだよ。ただ、男はそれほど執念深くないから、羨望や嫉妬をそのうちに忘れちゃうんだ。友人や知人が社会的な成功を収めたり、金運に恵まれても、いつまでも妬んだりしない。どいつも、餌《えさ》の確保に追われて忙しいからな」

「わたしもひとりで子育てをしてるせいか、同性の友人たちの暮らし向きを羨《うらや》んだり、見栄を張ったりする気はなくなりましたね」

「シングルマザーは年中、大車輪で生きなきゃならねえもんな」

「そうなんですよ」

志帆は応じて、次の信号で左に曲がった。

上池台二丁目の住宅街を抜けて、三丁目に入る。ほどなく亜由美の実家に着いた。石丸宅は邸宅街の一角にあった。

敷地は百坪近い。庭木の奥に二階家が建っている。

志帆たちは車を降り、鉄平石《てっぺいせき》の門に歩み寄った。

門扉《もんぴ》越しにガレージが見える。パーリー・ブラウンのクラウン・マジェスタが駐《と》めてあった。

志帆はインターフォンを鳴らした。

ややあって、スピーカーから若い女性の声で応答があった。志帆は刑事であることを告げ、亜由美の父母が在宅かどうか確かめた。

「両親は親類の法事で、きのうから熊本に出かけてるんですよ」

「あなたは、亜由美さんのお姉さんかしら？」

「はい、小夜です。結婚して近くのマンションに住んでいるんですけど、昨夜《ゆうべ》から実家の留守番に来てるんです。あのう、妹が何か警察の世話になるようなことをしたんでしょうか？」

「いいえ、そうじゃないんですよ。犯罪を未然に防ぎたくて、ちょっと話を聞かせてもらおうとお邪魔したわけなんです」

「わたしでよければ、協力させてもらいます」

「ぜひお願いします」

「それでは、どうぞお入りください。潜《くぐ》り戸《ど》はロックしてませんので」

小夜の声が熄《や》んだ。

志帆たちは邸内に足を踏み入れた。石畳のアプローチを進み、ポーチに上がった。ほとんど同時に、玄関ドアが押し開けられた。

応対に現われた小夜は、理智的な美人だった。プロポーションも申し分ない。妹の亜由美とは少しも似ていなかった。

志帆と有働は、おのおの名乗った。小夜が改めて自己紹介し、来訪者を玄関ホール脇の応接間に通した。

二十畳ほどのスペースで、大理石のマントルピースがある。ほぼ中央に北欧調の布張りのソファ・セットが置かれていた。

志帆たちは長椅子に坐った。並ぶ形だった。

「コーヒーのほうがよろしいでしょうか？」

「どうかお構いなく。お姉さんもお掛けになって」

「粗茶も差し上げないで、申し訳ありません」

小夜が言って、志帆の正面のソファに腰かけた。

白と青のボーダーTシャツを身につけ、白いパンツを穿《は》いている。長い髪はポニーテールにまとめられていた。

「六月四日と七日の夜、妹さんと親しかった二人の女性が猟奇的な殺され方をしたんですよ」

「町田と荻窪の事件ですね。被害者の方たちが妹の元同僚と報道で知って、びっくりしました。それで亜由美の携帯にメールしたんですが、返信はありませんでした」

「ご姉妹の仲はあまりよくないんですか？」

「わたしはごく普通に妹に接してるんですが、亜由美が避けてるようなんです。他人や母がそばにいるときはわたしに甘えてみせたりするんですけど、二人っきりだと、いつも無口になるんです」

「亜由美さんが『三星マテリアル』に入社されて間もなく、お父さまが上司のとこに挨拶に行かれて、次女が長女のあなたにコンプレックスを感じてるようだと打ち明けたようですよ。それから、お母さまに対しては心を閉ざしてるというようなこともおっしゃられたみたいですね」

「それは知りませんでした。父は、妹のことが心配でたまらないんでしょう。母は二番目の子は男を望んでたらしく、亜由美が幼いころは男の子っぽい服装をさせてたんです。妹はそれが厭《いや》で、母に口答えばかりしていました。当然だと思います。女の子なのに、男の子の恰好《かっこう》をさせられるんですから」

「そうね」

「母に叱られるたびに、妹は父に救いを求めに行ったんです。父は自分に顔立ちがよく似てる亜由美をとてもかわいがってましたんでね」

「あなたは、お母さまに似てらっしゃるの？」

「ええ、そうですね。女の子は男親に容姿が似る場合が多いみたいですけど、わたしは母親と面立《おもだ》ちがそっくりなんです。肌の白さも母親譲りなんでしょうね」

「お母さまは大変な美人だったんでしょ、若いころは？」

「どうなんでしょう？　でも、母は頭はあまり……」

「お父さまは頭脳明晰《めいせき》なんでしょうね」

「それほどではありませんけど、母よりは知力に恵まれていると思います」

「あなたは、ご両親のいいとこだけを受け継いだのね。もちろん、妹さんだって、器量も知能も悪くはないですよ」

「わたしも、そう思ってるんです。でも、亜由美は母に子供のころから『あなたは器量があまりよくないんだから、人に好かれるよう愛想はよくしなさい』なんて言われつづけてきたから、必要以上に劣等感を抱きつづけてきたようなんです」

「ひでえ母親だな」

ずっと黙っていた有働が、吐き捨てるように言った。

志帆は慌《あわ》てた。いくらなんでも、無遠慮すぎる。そう思いつつも、相棒を詰《なじ》ることはできなかった。志帆自身も同質の思いを持っていたからだ。

「実際、母親失格ですね。わたしも父も数え切れないぐらい母の無神経な物言《ものい》いを注意してきたんですけど、少しも改めてくれなかったんですよ。独身時代から我《が》が強かったらしいんです。父は母に呆《あき》れて、真剣に離婚することも考えたようです。でも、わたしたち子供のことを考えて、踏み留《とど》まったんだと申してました」

「妹さんが僻《ひが》みっぽくなっても、当然だろうな。顔も頭もいい姉さんのことばかりかわいがってる母親じゃ、いじけちまうさ。別に姉さんに罪はないんだが、八つ当たりもしたくなるよ。妹さんに八つ当たりされたこともあるんだろうね？」

「ええ、少し」

「どんなことをされたんだい？」

「あまり他人には話したくないですね。妹の不満や苛立《いらだ》ちもわかりますんで」

「無理に話してくれなくてもいいんだ」

「ここだけの話にしてくださいね。中学生のとき、鋏《はさみ》で学校の制服を切り刻まれたり、髪の毛を安全剃刀《かみそり》で後ろから切断されたことがあります。教科書を隠されたこともありましたね。母は激怒しましたが、わたしは亜由美を叱りませんでした」

「余裕ぶっこいてたわけか？」

「そんなふうに思い上がってたわけではありません。母にいつも疎《うと》まれてたら、立場が逆だったら、わたしも同じことをしたと思ったからなんです」

「そう。きつい言い方をして悪かった。そっちは別に母親と一緒になって、妹さんに辛く当たってたわけじゃなかったんだ？」

「ええ。わたしなりに精一杯、妹をかばってきたつもりです。でも、亜由美は大人になっても、母だけではなく、わたしとも打ち解《と》けてくれませんでした。妹の心を捩《ね》じ曲げさせたのは、わたしたち、家族なんです。もしかしたら、亜由美は二つの事件に関わってるんではありませんか？」

「どうしてそう思ったの？」

志帆は小夜に問いかけた。

「妹は、頭のいい美人に病的なほど憧れてたんです。それだけで、偶像視してしまうんですよ。でも、根は気性が烈《はげ》しいから、そうした人たちに利用されたり、見下されたりすると、激情に駆られてしまうんです」

「そうなの」

「亜由美は殺害された二人とどの程度親しくしてたのか、家族には教えてくれなかったんですよ」

「被害者の二人をだいぶ慕ってたようね」

「そうですか。妹は、その二人に何か侮辱されたんですか？」

「殺された二人が妹さんに目をかけてたことは間違いないの。でも、どちらも亜由美さんを引き立て役として連れ歩いてた節があるんですよ」

「そ、そんな！　妹はふだんは感情をめったに表に出しませんけど、とっても自尊心が強いんです。他人にプライドを踏みにじられたら、何か仕返しをするでしょうね」

「妹さんが自動車教習所で知り合った外務省で働いてる羽場宗明さんと交際してたことはご存じでした？」

「はい。わたしが大手商社に勤めてる今の夫と交際してたんで、対抗意識を燃やして羽場さんとつき合うようになったんだと思います。夫も東大の経済学部を出てるんです。入試の難易度で言えば、法学部のほうが上です。亜由美は羽場さんと結婚することによって、姉のわたしよりも優位に立てると考えたんでしょうね。だから、交際して二週間後には自分から誘って婚前旅行に……」

「それじゃ、妹さんが妊娠したこともあなたは知ってたのかしら？」

「亜由美は妊娠したことは、家族の誰にも言いませんでした。でも、わたしと電話中に吐き気を催して早々に電話を切ったことがあるんです。そのとき、悪阻《つわり》だと直感しました。お腹の子を堕ろしたことも気配でわかりました。妹は打算から羽場さんと深い仲になったんでしょうが、そんな関係はうまくいくわけありません。案の定《じょう》、羽場さんに棄《す》てられることになってしまいました」

「羽場さんに去られたとき、妹さんは経緯《いきさつ》を話したんですか？」

「詳しいことは話してくれませんでしたけど、羽場さんと別れたとは教えてくれました」

「そのときの様子はどうでした？」

「さすがに落ち込んでるようでしたね。妹はくだらないライバル心を起こしたことを内心、悔やんでたんだと思います」

「そのほか何か言ってませんでした？」

「いいえ、別に」

小夜が首を横に振った。後ろで束ねた髪が揺れた。まさにポニーの尾のようだった。

志帆はためらいを捩じ伏せ、香織がこっそり羽場を亜由美から横奪りしたことを小夜に語った。さらに五十嵐詩津華が亜由美に不正の濡れ衣を着せた疑いもあると付け加えた。

「妹の亜由美は二つの殺人事件に関与してるんでしょうか？　被害者たちにそれぞれ恨みを持ってたんでしょうから、犯行動機はありますよね？」

「ええ、まあ」

「でも、二人の被害者は確か性的暴行を受けてるんでしたよね？　なら、妹の単独犯じゃないはずです。男性の共犯者がレイプ殺人の実行犯なんでしょうか？」

「そのあたりがよくわからないの。妹さんの知り合いに医療業務に携わってる男性がいませんか？　マスコミでは詳細は報じられませんでしたが、二人の被害者は犯人にクロロホルムを嗅《か》がされて、意識を失ってるんですよ。その種の麻酔液は病院関係者しか入手できません」

「そうでしょうね。でも、妹は家族には友人や知人のことはめったに話してくれませんでしたから、病院関係者の知り合いがいるのかどうかはわかりません」

「妹さん、お父さまには気を許してたんでしょ？」

「ええ、まあ。熊本にいる父に電話をして、訊いてみましょうか？」

「いや、それはやめてほしいな」

有働が小夜に言った。

「どうしてでしょう？」

「妹さんが連続猟奇殺人事件に関わってるかどうかまだわからないんだ。親父さんに余計な心配をかけさせたくないし、勇み足を踏んだら、人権問題にもなりかねないからな。だから、われわれがここに来たことも妹さんには黙っててほしいんだ」

「わかりました。もし亜由美が事件に関わってたら、どうしよう⁉」

小夜が表情を曇らせた。

志帆は何も言えなかった。通り一遍《いっぺん》の挨拶をして、有働と石丸宅を辞する。

表に出ると、見覚えのあるＢＭＷが覆面パトカーの三十メートルほど後方に見えた。

ナンバーの数字を頭に叩き込んでいる最中、ＢＭＷがバックで退《さ》がりはじめた。そして、脇道に消えた。

「やっぱり、尾行されてたんだな」

「ナンバーを読み取り終えないうちに、怪しい車に逃げられちゃいました」

「安心しろ。おれがちゃんとナンバーを読み取ったよ。人柄は悪いが、視力はいいからな」

「助かります」

「すぐにナンバー照会して、所有者を割り出そう」

「はい」

二人はレガシィに乗り込んだ。

有働が端末のキーを叩いて、ナンバー照会をした。ＢＭＷの所有者は、渋谷区猿楽町《さるがくちょう》四十×番地、来栖鮎子《くるすあゆこ》だった。

「この名には馴染みがあるな。誰だったかな？」

「同姓同名のアナウンサーが東洋テレビにいましたね。四、五年前にＩＴ関連のベンチャービジネスで成功した男性と結婚したんだけど、二年ぐらいで破局を迎えちゃったんじゃないかしら？」

「なんでそんなに早く離婚したんだ？」

「旦那の事業がうまくいかなくなったこともあるけど、ドメスティック・バイオレンス《ＤＶ》に悩まされつづけて、離婚したはずですよ。夫は覚醒剤所持で現行犯逮捕されたことがあると思います」

「夫のＤＶと麻薬《クスリ》に悩まされたんじゃ、女房も逃げ出したくもなるよな。離婚後、来栖鮎子はどうやって生活してるんだい？」

「フリーでテレビの旅番組のレポーターを務めてます。それから、各種のパーティーの司会もこなしてるみたいですよ。いま、三十二か三だと思います」

「派手なファッショングラスをかけてＢＭＷを乗り回してるんだから、当の本人なんじゃねえのか？」

「そうかもしれませんが、警察車輌を尾《つ》ける理由がわからないわ」

「ああ、そうだな。しかし、あのＢＭＷは青山の結婚式場からレガシィを追尾してきたんだろう。考えられるのは亜由美に頼まれて、おれたちの様子を探りに来た。そうなんじゃねえかな？」

「ええ、考えられますね」

「そうだとしたら、来栖鮎子は『フォーエバー・ハッピネス』の結婚披露宴の司会も引き受けてて、予約係の亜由美とは親しくしてるんだろう」

「そうなのかもしれません」

志帆はエンジンを始動させた。数秒後、捜査班長を務めている上司の安西係長から電話がかかってきた。

「そちらに何か収穫は？」

「少しありました」

志帆は聞き込みの結果を報告した。

「有働・保科ペアの読み筋が外れてなければ、石丸亜由美もちょっと怪しいわけか。わたし個人は、真犯人《ホンボシ》は別の人間のような気がするがな」

「何か根拠があるんですか？」

「いや、そうした裏付けがあるわけじゃないんだ。二十五の娘が誰か男と共謀して、二人も惨殺するなんてことは常識的に考えて……」

「常識や先入観にはとらわれないほうがいいと思います」

「そうなんだろうがね。そうそう、本庁初動班の脇坂主任の情報で荻窪署で取り調べを受けてた橋爪克臣が少し前に釈放されたそうだよ。例の地下駐車場の防犯カメラのレンズにカラー・スプレーを噴霧した正体不明の口髭の男とは顔の輪郭《りんかく》が違うし、実行犯と確定する材料もないんでね」

「橋爪は器物損壊容疑で書類送検されただけなんですね？」

「その件は被害者が示談にしたいと申し入れてきたんで、刑事罰は問われないことになったらしいよ」

「そうですか。荻窪署は捜査本部を立てる気なんですかね？」

「もう何日か様子を見ることになったという話だったよ。第二事件は、町田署《うち》の事件と手口がそっくりだからね。それにしても、重参をいまだに特定できてないわけだから、ちょっと焦《あせ》るな」

「ええ、そうですね。波多野警部から何か連絡が入りました？」

「現在のところは何も連絡がないね。しかし、わたしがちゃんと留守を預かるよ。いったん署に戻ってきてくれないか。各班の報告を整理したいんでね」

「わかりました」

志帆は通話を切り上げ、有働に上司の指示を伝えた。有働がうなずいて、背凭れを後方に倒した。

志帆はギアをＤ《ドライブ》レンジに入れた。

第五章　透けた真相

1

誰も有力な手がかりは摑んでいない。

そのせいか、一様《いちよう》に表情が冴《さ》えなかった。

捜査班のメンバーだけの会議だった。捜査本部に隣接している会議室だ。

有働は志帆と並んで腰かけていた。亜由美の実家から町田署に戻ったのは、およそ三十分前である。波多野警部は、まだ関東医科大学病院から戻っていなかった。

「それぞれが集めた情報を分析して、筋を読んだと思います。どなたか読み筋を喋ってもらえないだろうか」

捜査班長の安西が十五人の捜査員たちを見回した。最初に発言したのは、本庁の家弓刑事だった。

「わたしは、羽場宗明をもう一度調べ直すべきだと思います」

「ＤＮＡ鑑定で、羽場はシロだと決まったんですよ」

「そうですね。しかし、事件に関わってる疑いはあります。おそらく実行犯は、羽場が雇った男なんでしょう。そいつが布施香織を殺《や》ったんではないかと推測したんですよ」

「家弓さん、待ってください。その推測通りだとしたら、おかしいでしょ？　殺しの依頼人の犯行に見せかけるなんて危険なことはしないはずですよ」

「羽場が実行犯でないことは、いずれＤＮＡ鑑定でわかります。だから、実行犯は捜査の目を逸《そ》らす目的で、依頼人の犯行《ヤマ》と見せかけたんでしょう」

「なるほどね。そういうことも考えられるな。それで、実行犯の目星はついてるんですか？」

安西が訊いた。

「残念ながら、実行犯の顔は見えてこないんですよ」

「そう。家弓さんの読み筋はどうなんでしょうか？　どなたか意見を述べてくれないだろうか」

「羽場は完全にシロだと思うな」

町田署の岡江刑事が発言した。

「誰かに香織殺しを依頼なんかしてないってことだね？」

「そうです。羽場は密告電話で交際中の香織が滝佑介と密会してると教えられ、それは腹を立てたでしょう。現に彼は滝の自宅マンションに乗り込んで、香織をぶっ殺して切り刻んでやると喚《わめ》いてます。しかし、キャリア官僚なんです。犯罪で人生を棒に振ったら、ばからしいとすぐに思い留《とど》まったはずですよ」

「そうだろうな」

「荻窪署管内の猟奇殺人の犯人《ホシ》と本件の加害者は同一人だと思われます。羽場が香織の親友だった五十嵐詩津華を殺《や》る動機はないですからね」

「とは断言できないでしょ？」

家弓が反論した。岡江が家弓に顔を向ける。

「どういうことなのかな？」

「詩津華は男関係が派手だったんです。香織がエリート官僚の妻になることを阻《はば》みたくて、羽場を誘惑した可能性もあります」

「羽場は欲望に逆《さか》らえずに詩津華を抱いてしまった。それで、詩津華に香織と別れて、自分とつき合えと迫《せま》られてた？」

のかもしれない」

「そういうことも考えられるでしょ？　だから、第三者に二人の女を始末させてしまった
「家弓、それはねえだろう」

有働は言った。

「考えられませんか？」

「有資格者《キャリア》どもは計算ずくで生きてる。だから、そこまで危ない橋は渡らねえよ」

「そうですかね」

家弓が口を閉じた。すると、本庁の紙谷等《かみやひとし》巡査長が挙手した。まだ二十八だ。

「わたしは、『モンシェリー』のオーナーの橋爪をもう一度洗うべきだと思います」

「橋爪は詩津華のパトロンだったんですよ。布施香織を殺す必要はないでしょ？」

安西が首を捻《ひね》った。

「橋爪は愛人が『ミラクル・ミュージック』の野尻社長の許《もと》に走ったと知って、詩津華と親しい香織に手を出そうとした。しかし、口説けなかった。橋爪は、まだ詩津華に未練があった。香織に手を出そうとしたことが愛人に知られたくなかったんで……」

「香織を誰かに始末させたのではないかと？」

「そうなんではないのかな。そして、橋爪は詩津華が本気で自分と別れる気でいると覚《さと》っ

て、自分の手で愛人を殺《や》ってしまったんでしょう」

「しかし、マンションの地下駐車場の防犯カメラにカラー・スプレーを噴きつけたという口髭の男性は橋爪ではないと荻窪署は断定してるんですよ」

「ええ、わかってます。顔の輪郭が橋爪とは違うって話でしたよね？　しかし、アングルによって、頬とか顎の線は実際よりも細く映ったりします。事件当夜、橋爪は愛人の自宅マンションの近くにいたんです。怪しいですよ、やっぱりね」

紙谷刑事が言った。安西は唸っただけだった。

「わたしは、犯人が女性の可能性もあると思いはじめてるんです」

志帆が口を切った。と、先輩刑事の岡江が高く笑った。

「保科、頭がおかしいんじゃねえか。精液《ザーメン》出せる女がこの世にいるのかよ？　おまえ、刑事は無理だな。マブいんだからさ、高級クラブで働けって。そのほうがいいよ」

「黙って話を聞きやがれ！」

有働は岡江刑事を怒鳴《どな》りつけた。岡江が尖《とが》った目を向けてきた。

「……………」

「廊下に出るか？　運動不足だから、ちょうど少し筋肉を動かしてえと思ってたんだ」

「おい、立てや」

有働は椅子から腰を浮かせた。岡江が視線を外して、低く呟いた。

「保科の話を聞きますよ」

「そうしな」

有働は腰を椅子に戻した。安西が目顔で志帆を促《うなが》した。

「女性が女性をレイプすることはできません。犯人は二人の被害者をクロロホルムで眠らせて殺した後、予《あらかじ》め用意してあった精液を局部に注入したんではないでしょうか？」

「意表を衝《つ》く推測だね。で、犯人は二種類の精液をどこで手に入れたのかな？　行きずりの男たちに身を任せて、使用済みの避妊具をそっとバッグに入れ、犯行時まで冷凍保存しておいたのかな？」

「そうした入手方法も考えられますが、よっぽど男ずれした女性でなければ、逆ナンパした相手とすぐ情交なんかできないでしょう」

「だろうね」

「多分、犯人は複数の精液を不妊治療を行なってる施設から不正に譲り受けたか、盗んだんでしょう」

「不妊治療を受けてる夫婦はたくさんいるようだから、体外受精用の精液は産婦人科クリニックに常時、冷凍保存されてるんだろうな」

「ええ、そうだと思います。当然、保存容器には精子採取者の氏名や血液型は記入されてるはずです」

「それなら、どんな血液型の精液も自在に入手可能だな。しかし、受精卵の培養室には部外者は立ち入れないだろう。どこもセキュリティーは厳重だろうからね」

「そうでしょうが、クリニック関係者に知り合いがいれば、防犯システムのことを探り出すのは可能だと思います」

「ま、そうだね」

「犯人が受精卵の培養室に忍び込んで複数の精液を盗み出したんではないとしたら、クリニックで働いてる看護師、医師、受精卵の胚培養《はいばいよう》をしてる技師のいずれかを抱き込んだんでしょう」

志帆が堂々と推測を語った。

有働は舌を巻いた。相棒がそこまで具体的に筋を読んでいるとは思ってもいなかった。波多野警部が期待しているだけのことはある。間違いなく有望株だ。

「犯人は、どちらかの方法で二種類の精液を手に入れたんだろうか」

「確証はありませんが、わたしはそう考えたんです。犯人は変質者の犯行と思わせたかったようで被害者の体をカッターナイフで傷つけて、性器には異物を挿入してます」

「そうだったね」

「しかし、香織も詩津華も顔はきれいにメイクされていました。犯人は被害者たちを惨《むご》い殺し方をした償《つぐな》いとして、犯行後、化粧を施《ほどこ》してやったんでしょう。償いの気持ちだけではなく、加害者は被害者たちの美貌に強く憧れてたにちがいありません。だから、香織や詩津華の醜《みにく》い死に顔を捜査関係者や遺族に見せるのは不憫《ふびん》だと思ったんでしょう」

「犯人は、レズっ気があったんだろうか」

「そうではないでしょう。美しい同性をアイドル視してただけなんじゃないかな。そんな気がしますね」

「それほど憧れてた二人の被害者をなぜ殺害しなければならなかったのか。それが謎だな」

「犯人は、憧れて信頼を寄せてた香織と詩津華の本心を知ってしまったんでしょうね。二人が自分を引き立て役として利用してたことがわかってしまった上に、それぞれの悪意を感じ取ったんでしょう」

「二人の被害者と接点があって、かわいがられてた女性というと……」

「石丸亜由美だよ」

有働は話に割り込んだ。居合わせた刑事たちがどよめき、顔を見合わせた。

「有働さんも同じ筋の読み方をされてたんですね？」

安西が確かめる口調で言った。

「ま、そうだな。保科巡査長ほど深く筋を読んでたわけじゃないが、こっちも石丸亜由美を怪しみはじめてた。彼女は交際してた羽場を香織に横奪《ど》りされて、詩津華には不正の濡れ衣を着せられた節があるんだ」

「そういう報告は上がってきてましたが、まさか女がレイプ殺人の犯人《ホシ》とは考えませんでしたからね」

「その盲点を衝《つ》かれたんだよ。六月四日の晩に和菓子屋の女店員に目撃された黒いキャップを目深に被ってた小柄な男は、石丸亜由美なんだろう。目撃証言者は、そいつが歩きづらそうだったと言ってる」

「ええ、そうでしたね」

「亜由美は男っぽい服装をして、二十六センチのティンバーランドのワークブーツを履《は》いてたんだろう。中敷きを一枚は入れたんだろうが、それでも靴はぶかぶかだった。だから、歩き方がおかしかったのさ」

「石丸亜由美は、自分から香織に乗り換えた羽場宗明の犯行と見せかけようとしたんですね？」

「そうなんだろうな。六月四日と七日の夜、亜由美がどこで何をしてたかだね。アリバイがなかったら、あの娘《こ》が重要参考人だろう」

「石丸亜由美から聞き込みはしてるが、特にアリバイ調べはしてなかったんでしょ？」

「そうなんだ。これから、われわれ二人は亜由美の自宅アパートに行って、居住者に会ってみようと思ってる」

「ええ、そうしてください」

「了解！」

有働は相棒の肩を軽く叩いた。志帆がすっくと立ち上がった。

二人は会議室を出て、エレベーターで一階に降りた。

レガシィに乗り込み、大蔵町に向かう。

十数分で、『メゾン大蔵』に着いた。二階建ての木造モルタル造りのアパートだった。外壁はペパーミント・グリーンとオフホワイトに塗り分けられ、各戸の出窓が洒落《しゃれ》ている。若い世代向けのアパートだろう。

屋根の向こうに、大蔵ゴルフセンターのネットが見える。ゴルフボールを打つ快音もかすかに聞こえた。

二人は覆面パトカーを降り、亜由美の部屋に近づいた。

窓は暗かった。まだ帰宅していないようだ。

有働たちは両隣の部屋に住んでいる大学生と派遣工の青年に六月四日と七日の夜、亜由美が自分の部屋にいたかどうかを訊いた。

左隣の部屋の主は、亜由美が六月四日は午前零時ごろに帰宅したと証言した。廊下で鉢合わせをしたらしい。

右隣の部屋の居住者の証言で、六月七日の午後七時前に亜由美が帰宅したことがわかった。数十分後に彼女が出かける気配を感じたが、深夜になっても帰宅しなかったらしい。日付が変わってから、出先から戻ったのかもしれないという話だった。

リュックサックは、よく背負っていたそうだ。しかし、二人の隣人は亜由美が黒いキャップを被った姿は一度も目にしたことはないと口を揃えた。また、彼女がごっついワークブーツを履《は》いた姿も見た記憶はないという。

ただ、何度かドルフィン・カラーのＢＭＷで真夜中に亜由美が自宅に送り届けられたのは二人とも目撃していた。

ドライバーはファッショングラスをかけた三十二、三の女性だったらしい。フリーアナウンサーの来栖鮎子だろう。

有働たちは聞き込みを終えると、覆面パトカーの中に戻った。

「アリバイは成立しないみたいですね。証言通りなら、時間的には二件の殺人は充分に可能です」

志帆が言った。

「亜由美の帰りを待って、本人に事件当夜のことを訊いてみるか」

「すぐに帰宅するかどうかわかりませんよ。わたし、先日、彼女の携帯のナンバーを教えてもらいましたから、電話してみます」

「そのほうが手間が省《はぶ》けるな」

有働は、そう応じた。

志帆がモバイルフォンを取り出し、数字キーを押した。電話がつながった。有働は耳をそばだてた。

「町田署の保科です。ちょっと教えてほしいことがあるの。いま、少し話せる？」

「…………」

当然ながら、亜由美の声は有働には聴こえない。

「参考までに訊きたいんだけど、六月四日の夜はどこにいたのかしら？」

「…………」

「知り合いの女性の事務所兼自宅にずっといて、結局、泊めてもらったのね。その方のお名前は？」

「…………」

「ううん、あなたを容疑者扱いしてるわけじゃないの。誤解しないで。容疑者が捜査線上に浮かんでこないんで、被害者の知り合い全員にアリバイをうかがってるだけなのよ」

「…………」

「もちろん、相手の方に迷惑はかけないわ。来栖鮎子さんって、もしかしたら、東洋テレビのアナウンサーだった方？　そう、あの方なのね。有名人とお知り合いなんだ。羨ましいな」

「…………」

「へえ。フリーになってから、『フォーエバー・ハッピネス』で結婚披露宴の司会もやってらっしゃるの。一回のギャラが二十万円ですって？　凄いなあ」

「…………」

「そう、有名人だもんね。そうか、あなたは来栖さんに目をかけてもらってるんだ。アシスタントにならないかとも言われてるのか。いい話じゃないの」

「…………」

「ところで、七日の夜のことなんだけど、五十嵐詩津華さんが殺された日よね。そんなふうに警戒しないで。ただ、参考までに質問しただけよ」

「………」

「六月七日の夜も、来栖さんのオフィス兼自宅に泊めてもらったわけね。いったん自宅アパートに帰宅してからじゃなく、職場から来栖さんのとこに遊びに行ったの？　そうなのか。ええ、わかったわ。ありがとう！」

志帆が携帯電話の終了キーを押し、長く息を吐いた。

「二人の隣人の証言とは、大きく喰い違ったことを言ったようだな？」

「そうなんです」

「六月四日と七日の夜は、来栖鮎子の事務所兼自宅に泊めてもらったって？」

「ええ、猿楽町の来栖宅にね。隣室の二人が嘘をつく理由はありませんから、石丸亜由美はクロなんでしょう」

「かわいがってくれてるフリーアナウンサーにアリバイづくりを協力してもらったようだな」

「その疑いは濃いですね」

「亜由美が真犯人《ホンボシ》だったら、親父さんと小夜って姉貴は悲しむだろうな。世間体ばかり気にしてると思われる母親は、自殺しちまうかもしれねえ。ひょっとしたら、亜由美は自分が殺人者になることで、憎んでる母を自死に追い込むことまで考えて、犯行に走ったんじゃねえのかな。それだけ心に負った傷は深かったんだろう。家族同士なのに、なんてことなんだ」

「あの娘《こ》がそこまで考えてたとは思いたくありませんね。どんな確執《かくしつ》があったとしても、血を分けた母と娘なんですから」

「そうだな。穿《うが》ちすぎなんだろう、おれが考えたことはさ。そうじゃなきゃ、哀《かな》しすぎるからな」

有働は口を結んだ。そのすぐあと、波多野から電話がかかってきた。

「たったいま、関東医科大学病院から戻ってきたんだ。悠子の見舞いに行って、よかったよ。彼女も再婚相手も涙を流して喜んでくれたんだ」

「で、元奥さんはどうだったんだい？」

「痛々しいほど痩《や》せ細ってたが、おれが行ったら、頬に赤みがさしたんだ。余命数カ月とドクターに宣言されたようだが、もっと長く生きられるだろう」

「それはよかった」

「いまの旦那は器《うつわ》が大きくて、何度もおれたちを二人だけにしてくれたんだ。おかげで悠子と存分に昔話ができたよ」

「再婚相手、なかなか魅力のある男だね」

「ああ、おれよりもはるかに大人だな。悠子が彼を選んだのは仕方ないよ。ただ、無器用だから、商売は下手なんだそうだ。二人で活魚料理の店をやってたらしいんだが、態度のでかい客は次々に店から追い出しちゃうらしいんだよ。だから、いつも悠子は金に苦労させられてたんだってさ。しかし、幸せだったみたいだな」

「そこまで元妻にのろけられたんじゃ、係長《ハンチョウ》も立場ないね」

「まあ、そうだな。しかし、悠子が充実した日々を送ってたと聞いて、おれも気持ちが軽くなったよ」

「係長《ハンチョウ》も無器用な男だな。相棒も心配してたから、直《じか》に喋ってやってくれや」

有働は自分の携帯電話を志帆に渡した。

2

怒声が耳を撲《う》った。

男の声だ。レガシィの運転席を降りた瞬間だった。石丸亜由美のアリバイを調べた翌日の正午前である。

志帆は、目の前の来栖鮎子の事務所兼自宅に目をやった。

古めかしい洋館だが、趣《おもむき》があった。外壁の半分は青々とした蔦《つた》に覆われている。庭木も多かった。

フリーアナウンサーの持ち家ではない。家賃二十七万円の借家だった。そのことは、すでに調べ済みだ。

またもや男の怒鳴り声が響いてきた。物が倒れる音がして、女の悲鳴も洩《も》れ聞こえた。

「来栖鮎子が誰かに怒鳴られてるようだな」

相棒の有働が言って、白い門扉を押し開けた。

数秒後、玄関のドアが開けられた。ポーチに飛び出してきたのは、東洋テレビの元アナウンサーだった。

パンツ・スーツ姿の鮎子はスリッパもパンプスも履《は》いていなかった。左の上瞼《うわまぶた》が赤く腫《は》れている。

「鮎子、逃げやがったら、ぶっ殺すぞ」

男が洋館から走り出てきた。三十八、九だった。表情が険《けわ》しい。

「どうなさったんです?」

志帆は鮎子に声をかけた。

「別れた夫がここに押しかけてきて、わたしを殴ったの。早く捕まえて！」

「わたしたちが警察の者だと知ってるのね」

「あっ、いけない！」

鮎子がうろたえ、顔を背《そむ》けた。

有働が男の前に立ちはだかった。

「元女房に何をした？」

「おたくらは引っ込んでてくれ。警察は民事介入できないはずだ」

「そっちは、元妻をぶん殴ったんだろうが。傷害容疑で現行犯逮捕もできるんだっ」

「大仰《おおぎょう》だよ、傷害なんてさ。手加減したパンチを一発入れただけだよ」

「名前は？」

「板垣展人《いたがきのぶと》だよ」

「来栖鮎子さんが被害届を出したら、そっちを逮捕するからな」

「そ、そんな！　大目に見てよ」

鮎子の元夫が両手を合わせた。志帆は鮎子に問いかけた。

「どうします？　別れた夫に殴られたことを認めれば、すぐに検挙しますが……」

「事を大きくしたくないの。わたし、フリーでテレビの仕事をしてるんですよ」

「でも、離婚後も板垣さんに暴力を振るわれてきたんでしょ？」

「ええ、時々ね。でも、元夫が傷害で捕まったことが芸能週刊誌やスポーツ紙に書きたてられたら、仕事ができなくなっちゃうわ。だから、被害届は出しません」

「それでいいんですか？」

「はい」

「鮎子、ありがとう。つい手を挙げてしまったこと、反省してるよ」

板垣が元妻に猫撫《な》で声で言った。鮎子は押し黙ったままだった。

「それじゃ、帰るよ。頼んだ件、よろしくな。おれ、必ず再起するからさ。今回だけ面倒見てくれよ」

「あなたの借金の肩代わりなんかできません。一緒に暮らしてる赤坂の会員制クラブのママさんに泣きつけば？」

「はっきり断られたから、おまえに頭を下げたんじゃないかっ」

「わたしたちは、もう赤の他人なのよ。あなたの尻拭《しりぬぐ》いはできないわ」

「冷たい女だ。おまえがそこまで強く出てくるなら、こっちも汚いことをするぞ」

「何を考えてるのよ？」

「おまえの秘密をバラせば、少しは金になるだろう」

「わたしには、他人に知られて困るようなことはないわ」

「そうかね。くっくっく」

「わたしの気が変わらないうちに、さっさと消えてよ。逮捕されてもいいの！」

「そいつは困る」

板垣が少しうろたえ、大股で歩み去った。

「結婚されてるときも、夫のＤＶに悩まされつづけてたんでしょう？」

志帆は鮎子に確かめた。

「ええ、まあ。板垣は事業が傾いてから、別人のように性格が変わってしまったの。ううん、もともと短気でわがままだったんでしょうね。だから、気に入らないことがあると、すぐに大声を張り上げて、物を投げつけたり、暴力を振るうようになったんだと思うわ」

「何か理不尽な目に遭《あ》ったようですね？」

「ええ。板垣は暴力団の息がかかった金融業者から三百万円ほど借金して、勝手にわたしを連帯保証人にしたんですよ」

「ひどい男ね」

「返済を滞《とどこお》らせたとたん、わたしのとこに柄の悪い男たちがお金の取り立てに来るようになったの。それで、昨夜《ゆうべ》、元夫に抗議の電話をかけたんですよ。そしたら、今朝《けさ》、板垣がここにやってきて、泣き言《ごと》を並べたの」

「どんな泣き言を並べたんです？」

「わたしが返済をしなかったら、自分は生きたままコンクリート詰めにされるとか、同棲中の女性をどこかに売り飛ばされることになるとか言って、せめて一年間だけ利払いをしてほしいって泣きつかれたんです。でも、わたしは離婚前にさんざん辛い思いをさせられたんで、はっきりと断りました」

「それだから、乱暴なことをされたんですね？」

「ええ、そうなの」

鮎子が腫れ上がった上瞼を手で隠した。有働が口を開いた。

「元旦那が三百万を借りた会社は？」

「新橋の『豊栄《ほうえい》ファイナンス』って消費者金融です」

「そこは、桜仁会《おうじんかい》の企業舎弟《フロント》の一つだよ。二次組織の糸居《いとい》組の中平篤久《なかひらあつひさ》って幹部が経営を任せられてるんだ」

「精《くわ》しいんですね」

「捜一に異動になる前は暴力団係の刑事をやってたんでね。中平はよく知ってる。元奥さんからは取り立てないよう言っとといてやろう」

「お願いします。その中平って男がわたしの携帯に二度ほど電話をかけてきて、気持ち悪いことを言ったの」

「何を言われたんだい？」

「東洋テレビ時代からのファンなんだとか言って、わたしを十回抱かせてくれたら、板垣の借金はチャラにしてやるよと……」

「中平の野郎は、芸能関係の仕事をしてる女たちが好きなんだよ。まだ売れてないＴＶタレントや歌手、落ち目の年増《としま》女優を金で口説いて、自慢話の種《ネタ》にしてるんだ」

「そうなんですか。そんな奴の言いなりになったりしないわ」

鮎子が腹立たしげに言った。志帆は一拍置いてから、口を切った。

「きょうは石丸亜由美さんに関することで、ちょっと話をうかがいたいと思ってお邪魔したんですよ」

「そうなの」

「あなたはきのうの午後、青山の『フォーエバー・ハッピネス』から石丸さんの実家まで、わたしたちの車を尾行しましたよね？」

「空とぼけても意味ないわね。その通りよ。亜由美ちゃんが殺人事件の容疑者扱いされてるみたいだと訴えてきたんで、わたし、あなたたちのレガシィを尾《つ》けたんです。警察は彼女が二つの猟奇殺人に関わってると疑ってるんですか？」

「まだ容疑者として見てるわけではないんです」

「でも、きのう、亜由美ちゃんに六月四日と七日の夜のアリバイを確かめたんでしょ？」

「ええ、一応ね」

「あの娘《こ》は、どちらの事件にも関与してないわ。事件のあった四日と七日の晩は、亜由美ちゃん、わたしのとこに泊まったんですから。アリバイは完璧《かんぺき》よ」

「そのことなんですが、『メゾン大蔵』の居住者たちの証言と当人の話が明らかに喰い違ってるんですよ」

「えっ!?」

「六月四日の午前零時ごろ、アパートの隣室に住んでる青年が廊下で石丸亜由美さんと鉢合わせしたと言ってるんです。それから別の隣人は、六月七日の午後七時前に石丸さんがいったん帰宅して、数十分後に出かける気配を感じたと証言してるの。その日は深夜になっても、石丸亜由美さんは戻ってこなかったとも語ってるんですよ」

「その二人は何か勘違いしてるのよ。そうじゃないとしたら、何か悪意があって、嘘をついたのね。真犯人が亜由美ちゃんに罪をなすりつけようと企《たくら》んで、隣室の二人の男性を抱き込んだんじゃない？」

「何か思い当たることがあるんですか？」

「それはないけど、その両日は亜由美ちゃん、わたしの自宅に泊まったんだもの」

「あなた以外にそのことを証明できる方がいます？」

「それは無理よ。わたしたち二人だけだったわけだから、六月四日と七日の夜は」

「この近くで外食はされなかったんですか？」

「一度も外食はしなかったわね。わたしが食事の用意をしてあげたの」

「そうですか。石丸さんがいまの結婚式場で働くようになったのは、今年の一月上旬からですよね？」

「ええ、そうよ」

「あなたが彼女と知り合ったのも、同じころでしょ？」

「そうだけど、それが何なの？」

「まだ半年も経《た》ってないのに、ずいぶん急速に親しくなったんですね。自宅に泊めてあげるのは、もう少し長くつき合ってからというケースが多いんじゃないかしら？」

「それは、人によって違うでしょ？　わたしはね、最初に亜由美ちゃんに会った瞬間、いい娘《こ》だと感じたのよ。素直で気立てがいいんで、わたし、すぐに気に入っちゃったの。彼女、母親の愛情に飢えてるみたいで、ちょっと年上のわたしを慕ってくれたんですよ。わたしは妹ができたような気がして、亜由美ちゃんの世話をあれこれ焼きたくなったの。だから、知り合って五カ月ちょっとだけど、十年来の友人のように接してるんですよ」

「そうですか」

「あの娘《こ》を純粋にかわいがってるだけよ。邪《よこしま》なことなんか少しも考えてない。とにかく、亜由美ちゃんにはちゃんとしたアリバイがあるんです。だから、彼女を変な目で見ないであげて。お願いします」

鮎子が深く頭を垂れた。志帆は目顔で相棒に指示を仰《あお》いだ。

「自立した大人の女性がそこまで言うんだったら、石丸亜由美が言った通りなんだろう」

有働がフリーアナウンサーに言った。

「よかった。あの娘《こ》は絶対に潔白です。被害者の二人には強く憧れてたという話でしたから、間違っても殺意なんか覚えないと思うわ。そもそもレイプ殺人なんか、女にはできっこないでしょ？」

「女が犯人でも、どこかで精液を調達できれば、強姦殺人を装える」

「そうだけど……」

「石丸亜由美に医療関係者の知り合いがいるって話は聞いたことがないかな？」

「一度もありません」

鮎子がきっぱりと言った。有働が小さく顎を引いた。

ペアは謝意を表し、洋館から離れた。鮎子はすぐ建物の中に消えた。

志帆たちはレガシィに乗り込んだ。運転席のドアを閉めたとき、助手席の有働が唐突な質問をした。

「来栖鮎子の視線に気づいたか？」

「はあ？」

「彼女は、保科を粘っこい目で見てたぞ」

「えっ、そうですか？　まったく気づかなかったわ」

「そっちに少しでもレズっ気があれば、気がついてたと思うな。あの目の光は、好みの相手に出会えた歓《よろこ》びの表れなんだろう。来栖鮎子は暴力亭主に殴打されてるうちに、男嫌いになっちまったようだな。だから、離婚後は同性に目を向けるようになったにちがいねえよ」

「同性愛者だと言うんですか？」

「ああ、おそらくな。さっき鮎子は、石丸亜由美に邪な気持ちなんか持ってないというニュアンスのことを口走ったよな？」

「ええ。わたし、妙なことを言うなと訝《いぶか》しく思ったんですよ。有働さんは、それで来栖鮎子はレズではないかと直感したんですか？」

「まあな」

「さすがキャリアを積んだ捜査員ですね」

　志帆は感心した。

「たいしたことじゃねえよ。鮎子の獲物を狙ってるような目を見りゃ、たいがいの野郎は彼女がレズだってわかるさ。多分、鮎子は石丸亜由美を同性愛のパートナーにしたいんだろうな。で、亜由美に目をかけてるんだと思うよ」

「亜由美のほうは、どうなんでしょう？　聡明な美女に憧れてることはわかりますが、羽場とつき合った時期もあるわけですから……」

「あの娘《こ》にはレズっ気なんかないと思うね。ただ、母親の愛情に恵まれなかったんで、年上の同性には甘える傾向があるんだろう」

「ええ、甘え上手なんでしょうね。わたしもなんとなく彼女を応援したくなるような気持ちにさせられちゃいますもの」

「おれも甘え上手になりたいね。そして、保科の胸に顔を埋めたいよ。翔太君と一緒に片方ずつ乳首を吸わせてもらうか」

「イエロー・カード！　いいえ、レッド・カードですね」

「冗談だって」

「わかってますよ」

「遊んでる場合じゃねえな。来栖鮎子は、亜由美のアリバイ工作に協力したと思ってもいいだろう」

「わたしも、そんな感触を得ました」

「おれたちが揺さぶったんで、鮎子は何らかのリアクションを起こすだろう。周辺を一《いち》巡《じゅん》したら、この通りの端っこに車を停めてくれ」

「そこで張り込みですね？」

「ビンゴだ」

有働が笑顔で答えた。

志帆は指示に従い、来栖宅の四十メートルほど手前で覆面パトカーを停止させた。

好都合なことに、三台の乗用車が路上に駐《と》められている。駐車中の三台は、恰好《かっこう》の目隠しになった。

張り込みを開始する。

亜由美の勤め先には、別班の二組が午前八時過ぎから貼りついていた。マークした予約係は九時前に職場に入り、それから一歩も外には出ていない。また、鑑取り担当の刑事たちは亜由美の知り合いに医療関係者がいるかどうか調べ歩いているはずだ。

志帆は捜査班長の安西に経過報告をして、別班の聞き込みの成果をたずねた。だが、どの班も進展がなかった。

「亜由美の知り合いに体外受精に関わってる看護師、医師、胚培養士がいないとしたら、ネットで複数の精液を手に入れたとも考えられるんじゃねえか？」

有働が呟くように言った。

「その線も考えられますね。別班の聞き込みで医療関係者がいないという結果が出たら、できるだけ多くのサイトにアクセスしてみましょうよ」

「そうしよう」

「ええ」

会話が途切れた。

志帆たちは張り込みつづけた。来栖鮎子の事務所を兼ねた自宅の車庫からドルフィン・カラーのＢＭＷが滑り出てきたのは、午後三時過ぎだった。

志帆は細心の注意を払いながら、ＢＭＷを追った。鮎子の車は二十分ほど走り、汐留《しおどめ》にある東洋テレビの新社屋の地下駐車場に潜《もぐ》り込んだ。

志帆は駐車場の出入口の近くに捜査車輌を停めた。五分ほど過ぎてから、コンビはレガシィを降りた。

一階受付ロビーに直行する。

志帆は受付で警察手帳を見せ、来栖鮎子の所在場所を教えてもらった。Cスタジオで収録準備中だという。

収録終了予定時刻は午後七時らしい。二週分の旅番組のスタジオ録画に出演することになっているそうだ。

志帆たちは車の中に戻った。

「無駄に時間を過ごすことはねえな。『豊栄ファイナンス』の事務所が近くにあるから、行ってみよう」

有働が提案した。志帆は相棒の道案内で、東新橋から西新橋に回った。

目的の企業舎弟は、西新橋一丁目の雑居ビルの六階にあった。『豊栄ファイナンス』の事務フロアには、六卓のスチール・デスクが置かれていた。四人の男性社員は、とても堅気には見えない。

彼らは巨漢刑事を見ると、一斉《いっせい》に愛想笑いを浮かべた。おどおどしていることは明らかだった。

志帆はおかしくなって、笑いそうになった。口許を引き締め、有働に従《つ》いていく。

有働が無断で奥の社長室に入った。志帆も入室した。

中平社長は四十代の後半で、ひと目で筋者とわかる風体《ふうてい》だった。上着の袖口からゴールドのブレスレットが覗いている。中背だったが、いかにも凶暴そうな面構《つらがま》えだ。

「中平、ちゃんと法定金利を守ってるか？」

有働が勝手に黒革の応接ソファにどっかりと腰かけ、コーヒー・テーブルの上に両脚を投げ出した。

執務机から離れた中平がほんの一瞬だけ顔を強張《こわば》らせた。すぐに作り笑いを拡《ひろ》げ、揉み手になった。

「捜一に引き抜かれたそうですね。おめでとうございます。ところで、きょうは何でしょう？」

「板垣の借金の返済を別れた女房の来栖鮎子にさせようとしてるらしいじゃねえか。彼女は、元亭主に無断で連帯保証人にさせられたって困ってたぜ」

「そうなんですか。事務上の手続きは、すべて下の者たちに任せてあるんで、わたしは細かいことはわからないんですよ」

「てめえ、おれをなめてやがるのかっ」

「滅相《めっそう》もない。有働さんを軽く扱える渡世人はいませんよ。関八州《かんはっしゅう》の親分衆も、有働さんには一目置いてますんでね」

「おべんちゃらを言うんじゃねえ。板垣に貸した金は本人から回収しな。いいなっ」

「は、はい」

「おまえ、来栖鮎子を愛人《レコ》にする気だったみてえだな。彼女に十回抱かせてくれたら、元亭主の借金はチャラにしてやってもいいと言ったんだって？」

「半分は冗談だったんですよ。わたしね、東洋テレビの局アナのころから来栖鮎子のファンなんですよ。でね、一度、あの女をコマしたいと思ってたんです。だけど、鮎子はどうやっても落とせません」

「なんで？」

有働が訊いた。

「板垣と離婚してからは、女一本槍《やり》なんですよ。つまり、レズなんです。女にしか興味のない鮎子はコマせっこない。拉致《らち》して監禁すりゃ、思いは遂《と》げられますがね。まさかチンピラみたいなことはできませんから、鮎子のことは諦《あきら》めました」

「彼女がレズだってことは間違いねえのか？」

「ええ、確かでさ。わたしね、若い者《もん》に鮎子を尾《つ》けさせたことがあるんですよ。あの女は夜な夜なレズ・バーに通って、お気に入りの娘《こ》をホテルや自分の家《ヤサ》に引っ張り込んでたそうです」

「そうなのか」

「いまは青山の結婚式場で働いてる石丸なんとかって娘《こ》に夢中になってるみたいで、レズ・バー通いはしてないようですがね」

「ふうん」

「相手の娘《こ》は迷惑げだったらしいが、何か借りでもあるんでしょう。よく一緒に食事をしてるようですよ。レズ・プレイを仕込まれたら、快楽地獄でしょうね。男の場合は終わりがありますが、女同士だと、エンドレスでしょ？」

「下品な野郎だ。おれの相棒は女なんだぞ。言葉を選びやがれ」

「有働さん、なに気取ってるんです？　いつもは、わたしよりもずっと下卑《げび》たことを言ってるのに」

「中平、てめえ、逮捕《パク》られてえのかっ。どうせ護身用のデリンジャーを懐《ふところ》に忍ばせてるんだろうから、手錠《ワッパ》打ってやらあ」

「丸腰ですよ、わたしは。それより鮎子が何かやらかしたんですか？」

中平が探りを入れてきた。

「そういうわけじゃねえよ」

「なのに、なんでここに来たんです？」

「てめえの馬鹿面を見たくなったんだよ、近くまで来たんでな」

有働が立ち上がり、中平に背を向けた。中平は苦虫を嚙み潰《つぶ》したような顔をしていた。

志帆は巨身の相棒の後から社長室を出て、消費者金融業者のオフィスを辞去した。二人はレガシィに乗り込み、東洋テレビの新社屋の前に戻った。

別班から亜由美が勤め先の厨房《ちゅうぼう》から外に出たという連絡があったのは、午後五時過ぎだった。

彼女は捜査車輛に気づいて、逃げる気になったのか。殺人容疑が濃くなった。志帆は、なぜか暗い気持ちになった。

午後七時半になっても、地下駐車場から鮎子のＢＭＷは出てこない。収録が長引いているのか。それとも、車を駐車場に置いたまま局員専用の通用口から抜け出したのか。

志帆は有働に断って、テレビ局内に走り入った。Ｃスタジオまで一気に駆ける。

すでに収録は終わり、Ｃスタジオには美術部のスタッフしか見当たらない。鮎子と亜由美は示し合わせて、張り込み中の捜査員を撒《ま》いたようだ。

志帆はＣスタジオの鉄扉《てっぴ》を思わず蹴ってしまった。幸い周《まわ》りには誰もいなかった。

3

朝の光が眩《まぶ》しい。

棘々《とげとげ》しい陽光が瞳孔《どうこう》を刺す。

有働は上体を反《そ》らせた。レガシィの運転席だ。

とうとう徹夜の張り込みになってしまった。捜査車輌は、猿楽町の古びた洋館のある通りに停車中だった。


相棒の志帆はいない。彼女は夜通し来栖鮎子の事務所兼自宅を張り込む気でいた。

しかし、シングルマザーに徹夜をさせるわけにはいかない。前夜八時過ぎに半《なか》ば強引に電車で帰らせたのである。

いまも車内には、志帆の残り香がうっすらと漂っている。花のように馨《かぐわ》しい。甘やかな匂いに包まれているだけで、何やら優しい気持ちになる。

有働は張り込みが少しも苦にならなかった。

だが、さすがに腰が痛い。長いこと同じ姿勢で坐りつづけたせいだろう。

有働は両脚を交互に動かしはじめた。といっても、床《フロア》を踏みつけ、腿《もも》を開閉することしかできない。それだけでも、下半身の血行がよくなったような気がする。

鮎子が外泊することは予想していた。とはいえ、捜査の手を抜くわけにはいかない。亜由美の自宅アパートの近くで二組の別班が張り込みをしている。しかし、やはり亜由美は帰宅していないという。

鮎子と亜由美は行動を共にしていると思われる。昨夕から有働たちコンビは鮎子の仕事関係者の男女に電話をかけまくった。だが、外泊先を突きとめることはできなかった。

伸びた髭をしごいていると、前方から志帆が歩いてきた。

きょうも美しい。志帆は手提《さ》げ袋を手にしていた。

有働は腕時計を見た。

まだ七時前だ。有働はレガシィの運転席から離れた。

「こんなに早く戻ってこなくてもよかったのに。息子、ブーたれてたんじゃねえのか?」

「ちょっと愚図《ぐず》りましたけど、仕方ないわ。結局、空振りに終わったんですね?」

「ああ」

「お疲れさまでした!　朝ご飯、一緒に食べましょう。有働さんの分も作ってきたんです」

「気が利くな。パーフェクトだな、女としてさ。そっちと一緒に暮らしたくなったな。事ャ件《マ》が片づいたら、おれと再婚しねえか？」

「せっかくですが、お断りします。三年後には飽《あ》きられちゃうんでしょうから」

「飽きない、飽きない」

「そういうことにしておきましょうか」

「軽くいなされちまったか」

「助手席で待ってて」

志帆が言った。

有働は車を回り込んで、助手席に坐った。

志帆が運転席に入り、手提げ袋の中からミックス・サンドイッチとポットを取り出した。ポットにはコーヒーが入っているという。

「悪いな、手間をかけさせちまってさ」

「お口に合うかどうかわかりませんが、どうぞ召《め》し上がって」

「いただくよ」

有働はハムサンドから頬張りはじめた。志帆が二つのマグカップにコーヒーを注《そそ》ぐ。いい香りが車内に拡《ひろ》がった。

「どうかしら？」

「うまいよ」

「よかった」

「お返しに翔太君とそっちに何かうまいもんを喰わせてやらなきゃな」

「そういうお気遣いは無用です」

「おれ、グレちゃうよ。ちっとも隙《すき》を与えてくれねえんだもん」

「あら、わたしは無防備に接してますよ。だって、有働さんとはペアを組んでるわけだから」

「お母さんは勁《つよ》いね。まいった、まいった！」

有働は苦く笑って、エッグサンドに手を伸ばした。

志帆もコーヒーを啜《すす》りながら、サンドイッチを食べはじめた。動く唇がなまめかしい。

有働は腹ごしらえをすると、覆面パトカーから出た。食後の一服をし、助手席に戻る。

「少し仮眠をとってください。わたし、しっかり張り込みますから」

志帆が言った。有働は目を閉じ、腕を組んだ。

まどろみかけたとき、懐で携帯電話が打ち震えた。有働は反射的に上着の内ポケットを探った。発信者は、予備班長の波多野警部だった。

「たったいま本庁初動班から通電があったんだが、来栖鮎子が死んだそうだ」

「えっ⁉」

「公園通りにある渋谷東和ホテルの六〇五号室の浴室で後頭部から血を流して、全裸で息絶えてたらしい。最初は事故死と思われたようなんだが、鮎子の右手の指に長い髪が五、六本絡《から》まってたことから、渋谷署と初動班は他殺の疑いもあると考えたみたいだな」

「昨夜《ゆうべ》、鮎子は亜由美と六〇五号室に泊まったんだろうな」

「鮎子は偽名でチェックインし、連れの女性は妹だとフロントで言ってたそうだ。そのほか詳しいことはわかってない。おまえたち二人は、ただちに臨場してくれ」

「了解！」

有働は電話を切り、相棒に波多野の指示内容を伝えた。

志帆が慌《あわ》ただしく覆面パトカーを発進させる。車は玉川通りに出て、道玄坂を下った。渋谷駅前を左折し、ヒューマックスパビリオン渋谷と丸井の間から公園通りに入る。坂道を登ると、渋谷パルコパート2の先に渋谷東和ホテルが左側に見えてきた。

外壁は煉瓦《れんが》タイル張りだ。客室数はさほど多くないが、歴史のあるシティホテルだった。公園通りがマスコミで取り挙げられる以前から営業していて、地階には有名飲食店がテナントとして入っている。

渋谷東和ホテルの前には、白黒パトカー、覆面パトカー、鑑識車などが十数台見えた。

志帆がレガシィをホテルの手前で停めた。

有働たち二人はホテルに急いだ。渋谷署の制服警官に身分を伝え、一階ロビーに足を踏み入れる。渋谷署刑事課強行犯の刑事たちがホテル従業員らから事情聴取中だった。

有働たちはエレベーターで六階に上がった。

六〇五号室の前には、本庁機動捜査隊初動班の脇坂主任がいた。

「他殺と断定されたのかな？」

有働は脇坂に訊いた。

「さっき本庁の検視官室の服部が来てくれたんだが、来栖鮎子は脳挫傷による血管破裂によって死亡したんだろうって見立てだったよ」

「例の心得の若造の見立ては信用できるのかね？」

「見立ては間違ってないだろう。シャワーノズルのフックの金具《かなぐ》に鮎子の頭皮と血糊がべったりと付着してたし、バスタブの縁《ふち》も大きくへこんでた。それから、洗い場の浴槽止めのコンクリートの角も血痕だらけなんだ」

「鮎子の手指《しゅし》に女の頭髪が五、六本、巻きついてたんだって？」

「そうなんだ。同宿した女の髪だろうね。故人はバスルームで同宿者と揉み合ってるとき、相手に突き飛ばされたんだろう。それで頭を三カ所に打ちつけて、脳挫傷を負ってしまったんだと思うよ」

「だとしたら、殺人じゃなく、過失致死ってことだな」

「そうなるね。検死官心得の見立てだと、死亡推定時刻は前夜の十一時から今日の一時の間だろうってさ」

「同宿者の身許は?」

「さっき館内の防犯カメラの映像をチェックしたんだが、来栖鮎子の連れは石丸亜由美だったよ」

「やっぱり、そうだったか」

「亜由美が昨夜零時数分前にホテルを出ていく映像も確認した」

「そう。揉めた理由は、おおよそ見当がつく。来栖鮎子はレズで、亜由美に目をつけてたんだよ。おそらく鮎子は亜由美をバスルームに誘い込んで、強引にディープ・キスでもしたんだろう。それから、体にも指を這《は》わせたにちがいねえ」

「石丸亜由美には、レズっ気がなかったんだな。だから、鮎子から逃《のが》れようとして揉み合ってて、つい強く突いてしまったんだろう。それを裏付ける物が鮎子のバッグの中に入ってたんだ」

「何なんですか、それは?」

志帆は脇坂警部に問いかけた。脇坂が困惑顔になった。

「きみの前では、ちょっと言いにくい代物《しろもの》なんだよな」

「小娘じゃないんだから、何を聞いても驚きません」

「それなら、言ってしまおう。鮎子のバッグにはレズ・プレイ用の性具がいろいろ入ってたんだ」

「来栖鮎子は若い亜由美の体を弄《もてあそ》びたくて、いろいろ世話を焼いてたんですね。亜由美は鮎子の下心を見抜けなかったんで……」

「びっくりして、鮎子を突き飛ばしてしまったんだろうね。殺意はなかったんだと思うよ」

「そうなんでしょうね」

志帆の声には、同情が込められていた。

「遺体《ホトケ》を拝《おが》ませてもらうぜ」

有働は脇坂に断って、相棒と六〇五号室に入った。ツインベッド・ルームだった。

渋谷署の捜査員たちは露骨に厭《いや》な顔をした。有働は彼らを黙殺して、志帆とバスルームに近づいた。

ドアは開いたままだった。来栖鮎子は洗い場のタイルの上に横たわっていた。

仰向けだった。胸は薄く、腿《もも》も細すぎる。

頭の下の血溜まりは大きかった。血糊は凝固している。有働は屈《かが》み込んで、鮎子の指に絡みついている頭髪をこっそりと抜き取った。髪の毛をハンカチで包み、ポケットに手早く突っ込む。

「ルール違反ですが、見なかったことにします」

志帆が小声で言った。有働は立ち上がって、相棒に笑いかけた。

二人は部屋を出た。初動班の脇坂が何か言いたげな表情を見せたが、有働は相棒と六〇五号室から離れた。

渋谷東和ホテルを後にして、レガシィに乗り込む。有働は上司の波多野に電話で報告した。

「そういうことなら、亜由美は逃走したんだろう。有働、別班が有力な手がかりを摑んでくれたよ」

「どんな手がかりなのかな？」

「亜由美は『インターナショナル・トラスト保険ジャパン』で働いてるときに夜、クッキング・スクールに通ってたんだが、生徒の中に産婦人科クリニックの胚培養士《はいばいようし》がいたんだよ。森次理加《もりつぐりか》という名で、亜由美とは同い年《おな》なんだ」

「それで？」

「亜由美は受精卵の培養の仕方を熱心に質問して、技師たちのローテーションのことまで知りたがったらしいんだ。それから、セキュリティーなんかのこともな。森次理加が勤めてるマタニティー・クリニックは信濃町《しなのまち》にあるんだが、体外受精用の精液が二種類と八百ミリリットルのクロロホルム溶液がちょうど十日前に何者かに盗まれたというんだよ」

「盗《ギ》ったのは亜由美だな」

「ああ、それは裏付《ウラ》けが取れた。クリニックの胚培養室に白衣をまとった亜由美が入るとこが防犯カメラに映ってたんだ」

「クリニックは所轄署に盗難届を出してなかったんだね？」

「そうなんだ。体外受精用の採取精液と麻酔薬が盗み出されたことが表沙汰になるとクリニックは信用を失うんで、院長の判断で盗難事件は表沙汰にしなかったらしいんだよ」

「そういうことか」

「依然として亜由美の行方は不明なんだが、自宅アパートを強制捜査することになった。別班がアパートの大家に立ち合ってもらって、間もなく亜由美の部屋に捜索《ガサ》をかける。香織と詩津華を殺《や》った物証も出てくるだろう」

「それじゃ、おれたちはひとまず捜査本部《チヨウバ》に戻ることにすらあ」

「そうしてくれ」

波多野が電話を切った。有働は志帆に電話での遣《や》り取りを伝えた。

「これで、亜由美が逮捕されるのは時間の問題ですね」

「ああ。あの娘が香織と詩津華に仕返しをして、鮎子まで死なせてしまったことは法的には許されないんだが、おれは手錠《ワッパ》なんか打ちたくねえな。亜由美は自分の母親に疎《うと》まれてしまったんで、心の拠《よ》り所が必要だったんだろう」

「ええ、そうなんでしょうね。誰かに自分の存在を認めてもらわなきゃ、生きる張りがありませんから」

「そうだな。しかし、憧れて頼りにしてた香織と詩津華は表面上は亜由美に優しく接していたが、どっちも腹の中では彼女を見下してた。自分たちの引き立て役にしてただけじゃなく、交際してた羽場を横奪《ど》りしたり、不正の濡れ衣まで着せようとした。裏切られた亜由美が残忍な方法で殺したくなる気持ちはわかるよ、おれにはな」

「ええ、同情の余地はありますね。亜由美は香織と詩津華に殺意を覚えても、とことん憎み切ることはできなかった。だから、犯行後、わざわざ二人にメイクを施《ほどこ》してやったにちがいありません」

「そうだったんだろうな。鮎子には殺意なんか持ってなかった。運悪くフリーアナウンサーは三度も頭を硬い物にぶつけ、死んでしまった。亜由美は不運ばかり重なったことを呪《のろ》わしく思ってるだろうな」

「彼女は人生に絶望してるかもしれないけど、罪をきちんと償って、生き直してほしいですね。でも、亜由美は自分で人生の終止符《ピリオド》を打つ気でいるんじゃないのかしら。若いから、生き恥を晒《さら》したくないと短絡的に考えちゃうと思うんですよ」

「そうかもしれない。亜由美を死なせちゃいけねえな。人生は捨てたもんじゃないって思いを味わわないで死んじまったら、あまりにも哀《かな》しい」

「ええ、そうですね。有働さん、亜由美を必ず生け捕《いど》りにしましょう」

「もちろん、そうするさ。とりあえず、町田署に戻ろうや」

有働は坐り直し、前方を見つめた。

4

士気が上がらない。

気分も重かった。心の裡《うち》は厚く翳《かげ》ったままだった。

できることなら、ずっと捜査本部の椅子に坐っていたい。

志帆は長嘆息《ちょうたんそく》した。

もうじき午後二時になる。石丸亜由美の自宅アパートで、別班の捜査員たちが冷凍中の精液とクロロホルムの薬壜を見つけたのは午前中だ。冷蔵庫の冷凍室に保管されていた体外受精用の精液の入った容器と麻酔溶液の壜には、森次理加の勤務先のクリニック名が記入されていた。

ティンバーランドのワークブーツ、血痕の付着した大型カッターナイフ、ゴム手袋、スイミング・キャップ、使い捨てのビニール製レインコートはごみ袋に入れられ、段ボールの中に収められていた。それらには、亜由美の指掌紋が付着していた。皮脂も検出された。

相棒の有働が渋谷東和ホテルの事件現場から密かに持ち帰った頭髪は、ただちにDNA鑑定された。別班が亜由美の自宅アパートから採取した髪の毛とDNA型は一致した。

亜由美が布施香織と五十嵐詩津華を殺害し、来栖鮎子を死なせてしまったことはもはや疑いようがない。鮎子に関しては過失致死だろう。

捜査本部は、前夜の午前零時ごろに亜由美が渋谷東和ホテルの近くでタクシーを拾ったことは確認している。しかし、その後の足取りは不明だった。

ただ、今朝九時半過ぎに亜由美は新宿西口の高速バス発着所付近で目撃されている。しかし、彼女が高速バスに乗り込んだかどうかはわかっていない。

捜査本部は裁判所に逮捕令状を求め、被疑者の全国指名手配に踏み切った。捜査員たちは鑑取り捜査に力を傾けているが、亜由美の消息は未《いま》だに摑めていない。

「保科巡査長、ちょっと来てくれ」

予備班長の波多野から声がかかった。

志帆は短い返事をして、椅子から立ち上がった。波多野の前には、相棒の有働が立っている。黒ずくめだった。

志帆は有働の横に並んだ。

「被疑者がのこのこと上池台の実家に立ち寄る可能性はないだろうが、留守番をしてる姉には電話をするかもしれない」

「そうでしょうか？　亜由美は父親にだけしか心を許してなかったみたいですから、姉の小夜には何も連絡しないような気がしますけど」

「熊本に出かけた両親は今夜、東京に戻る予定だったね？」

波多野が問いかけてきた。

「ええ、そうです」

「亜由美は、まだ九州にいる父親には連絡するんじゃないのかな。自首するにしろ、自殺するにしろ、その前に電話をすると思うんだよ」

「わたし、小夜さんに電話をして、被疑者が父親に何か連絡したかどうか確認してみます」

「いや、それはまずい。亜由美が父親に電話で大それたことをしたと打ち明けてたとしたら、長女の小夜に妹の逃亡の手助けをしてやってくれと言うかもしれないからな」

「逃げ切れるもんではありませんから、父親は長女に妹を説得して自首させてくれと言うんじゃありません？」

志帆は控え目に異論を唱《とな》えた。

「そんなふうに冷静な判断ができればいいんだがね。わが子が殺人犯として逮捕されるのは不憫《ふびん》だと思えば、できれば逃げ切ってほしいと願うんじゃないか。間違ったことだが、それが親心だろう」

「そんな気持ちになるかもしれませんね」

「有働と一緒に亜由美の実家に行ってくれないか。被疑者が父親に電話で事の経緯《いきさつ》を話してたとしたら、必ず留守番をしてる長女に連絡するはずだ」

「ええ、そうでしょうね」

「そうなら、姉の小夜は妹の潜伏先に行くだろう。自首させるにしろ、逃亡の手助けをするにしろね。急ぐんだ」

波多野が促《うなが》した。志帆は有働と慌《あわ》ただしく捜査本部を出た。

レガシィで、亜由美の実家に急ぐ。上池台の石丸宅に着いたのは、およそ四十分後だった。志帆たちは路上に覆面パトカーを駐《と》め、石丸宅の門に歩み寄った。

有働がインターフォンの押しボタンに手を伸ばした。

チャイムを鳴らす前にポーチに小夜が現われた。外出するようだ。小夜は当惑顔になった。

「妹さんから電話があったんですか？」

志帆は門扉《もんぴ》越しに問いかけた。

「いいえ、熊本にいる父から十数分前に電話があったんです。妹が泣きながら、父に電話をしたらしいんです」

「電話の内容は？」

「取り返しのつかないことをしてしまったの。お父さん、ごめんね。亜由美は泣きじゃくりながら、何度もそう言ったらしいんです。刑事さん、亜由美は町田と荻窪の事件に関与してるんですね？」

「ええ、そうなの」

「やっぱり、そうでしたか」

「残念ながら、それだけじゃないんだ」

有働が前夜、渋谷のホテルで死亡した来栖鮎子のことを話した。被疑者の姉が絶望的な顔つきになった。

「妹さんは、お父さんに居場所を教えたのかしら？」

志帆は小夜に訊いた。

「場所は言わなかったそうです。でも、山梨の富士急ハイランドから亜由美は父に電話をかけたんだと思います。通話中に園内アナウンスが聴こえたと言ってましたんで」

「富士急ハイランドは、河口湖《かわぐち》ＩＣ《インターチェンジ》の横にある大きな遊園地だよな？」

「そうです。わたしたちが子供のころ、夏休みになると、毎年、父に連れていってもらってたんです。母はロング・ドライブは苦手なんで、いつも三人で出かけてたんですよ。妹には思い出深い場所のはずです」

「近くに青木ヶ原樹海があるな」

有働が呟いた。

青木ヶ原樹海は、富士五湖の西湖《さい》、精進湖《しょうじ》、本栖湖《もとす》の一帯に広がる原始林だ。溶岩流の上に針葉樹や広葉樹が密生し、自殺のメッカとして知られている。一部の溶岩が磁気を帯びているせいで、磁石が狂ってしまう。安易に樹海に入り込むと、方向がわからなくなる。

「妹は思い出の場所を訪れて夜になったら、青木ヶ原樹海に入る気でいるんだと思います。わたし、自宅マンションに戻って、車で山梨に向かうつもりだったんです」

「お姉さん、捜査車輛に乗ってください。わたしたちと一緒に妹さんを捜しましょう」

「は、はい」

小夜が実家の戸締まりをして、アプローチを駆けてきた。

志帆は小夜をレガシィの後部坐席に腰かけさせ、運転席に入った。助手席に坐った有働が波多野に電話をし、手短に経過を報告した。

「係長《ハンチョウ》自身が山梨県警に協力を要請すると言ってたから、被疑者はじきに見つかると思うよ。おれたちも行こう」

「了解！」

志帆は覆面パトカーを走らせはじめた。サイレンを鳴らしながら、環八《かんぱち》通りを進み、高井戸《たかいど》から中央自動車道の下り線に入る。

五十分ほどで、大月Ｊｃｔ《おおつきジャンクション》に達した。本線から外れて、都留《つる》方面に走る。

数十分後、河口湖ＩＣを出た。山梨県警のパトカーに先導されて、富士急ハイランドのゲート前で車を降りる。

すでに富士吉田署の署員たちが遊園地内をくまなく捜してくれていたが、亜由美はどこにもいなかったという。現在、山梨県下には無数の検問所が設けられ、富士五湖周辺の宿泊施設や飲食店をチェックしてくれているらしい。

青木ヶ原樹海も地元署員たちが捜索中だというが、被疑者の発見には至っていないという話だ。石丸宅を後にしてから、小夜は数え切れないほど妹の携帯電話を鳴らしつづけた。しかし、いつも電源は切られていた。

志帆たち三人はレガシィの中に戻り、富士パノラマラインを進んだ。

国道一三九号線だ。鳴沢村《なるさわ》を抜けると、いつの間にか両側にうっそうとした林が連《つら》なっていた。青木ヶ原樹海だ。あちこちにパトカーが見える。

道なりに進むと、右手に精進湖があった。五湖の中で最も小さい。周囲は五キロ弱だ。

志帆は精進湖の湖岸道路を巡り終え、国道一三九号線に戻った。

少し走ると、本栖湖畔に出た。旅館や売店が飛び飛びに並んでいる。

烏帽子岳《えぼしだけ》の山裾を抜けて、本栖湖の湖岸を一巡する。亜由美はどこにもいない。

ふたたび国道一三九号線に戻る。

いつしか、薄闇が拡《ひろ》がりはじめていた。焦《あせ》りが募《つの》る。

割石峠《わりいし》を越えると、静岡県に入った。

「Uターンして、樹海のあたりを低速で走ってくれ」

助手席の有働が言った。そのとき、後部坐席の小夜が上体を低くした。

「どうしたの？」

「前方の歩道橋の上に黒いスポーツ・キャップを被った人が立ってますよね？　男か女かよくわかりませんけど、肩の線が妹によく似てるんです」

「それじゃ、確かめてみましょう」

志帆はレガシィを歩道橋の七、八メートル手前でガードレールに寄せた。ほとんど同時に、歩道橋の上にいる人物が焦《あせ》った様子で走りだした。

「被疑者だろう。挟み撃ちにしよう」

有働が志帆に言って、助手席から飛び出した。国道を突っ切って、反対側の階段の昇降口に走っていく。

志帆は運転席から出て、ガードレールを跨《また》いだ。

短く走り、歩道橋の階段を駆け上がった。

反対側から黒いキャップを被った人物が走ってくる。有働に追われる恰好だった。

「あなた、石丸亜由美ね？」

志帆は声をかけた。相手は黙したままだ。

「なぜ黙ってるの？　何か言って」

「近寄らないで！」

亜由美の声だった。彼女は鉄柵に寄って、片脚を掛けた。柵を跨ぐ形だ。

車道から吹きつける風に煽《あお》られ、キャップが舞った。黒い帽子は反対側の手摺《てすり》に当たって、車道に落ちた。

「死なせてーっ！　それ以上近づいたら、わたし、ここから飛び降ります。三人も殺しちゃったんだから、ちゃんと責任を取ります。死んで、死なせてしまった女性《ひと》たちにお詫びしますから」

「自殺は卑怯《ひきょう》だわ。あなたは布施香織と五十嵐詩津華の二人を殺害したわけだけど、来栖鮎子の件では過失致死なのよ。相手を殺す気はなかったんでしょ？」

「ええ。鮎子さんがバスルームで抱きついてきて、強引にキスしたんで、びっくりして突き飛ばしちゃったの」

「やっぱり、そうだったのね。香織と詩津華には復讐したんでしょ？」

志帆は確かめた。

「そうです。香織さんはわたしから羽場さんを奪っておきながら、ずっとポーカーフェイスを崩さなかったの。そんなのは、二重の裏切りだわ。だから、羽場さんに香織さんが滝佑介ともつき合ってることを電話で告げ口して、昔の彼氏の犯行に見せかけようとしたんです」

「羽場宗明も赦《ゆる》せなかったのね。詩津華は顧客情報を名簿業者に売った男と社内不倫して、あなたを窮地に追い込んだんでしょ？」

「そうです。彼女は、わたしの容姿や出身大学に関して侮辱的なことを面と向かって言ったんです。だから、どうしても赦《ゆる》せなくなったの」

「二人の被害者に死に化粧をしてあげたのは、かつては憧れてた年上の同性だったからなんでしょ？」

「はい、そうです。あの二人の性質《たち》の悪さは最低だけど、容姿は素敵だったから、憎みきれなかったんですよ」

「なんとなくわかるわ、その気持ち」

「わたし、姉に何かで勝ちたかったの。だから、羽場さんと結婚できればいいと思ってたんです。でも、その夢は……」

　亜由美がうなだれた。

「被害者たちはあなたにひどいことをしたんだから、極刑にはならないと思うわ。まだ若いんだから、きっと生き直せるわよ」

「でも……」

「しぶとく生き抜けや。そっちには家族がいるんだからさ」

有働がぶっきらぼうに言った。その声に小夜の声が被さった。

「亜由美、わたしはずっと待ってる。母さんや夫がなんと言おうとも、父さんとわたしはずっと待ってるわ。だから、刑に服してきてちょうだい」

「わたし、まだ生きててもいいの?」

「生きなければいけないのよ。亜由美には、やらなければならないことがあるでしょ?」

「え?」

「命ある限り亡《な》くなった三人のご供養をしなければならないんだから、亜由美は生きつづけなければならないのよ。亜由美が仮出所する日まで、わたしが被害者たちの墓参はしてあげる」

「お姉ちゃん……」

亜由美の声は、涙でくぐもっていた。小夜が妹を優しく柵から引き下ろした。

姉妹は抱き合って、ひとしきり泣きむせんだ。涙が涸《か》れると、亜由美が両手を差し出した。

志帆は有働に目顔で指示を仰いだ。

有働が無言で首を振った。志帆は亜由美の両手を押し下げた。

「町田署に一緒に来てね」

「はい」

「車に乗ろう」

有働が姉妹に言って、先に歩きだした。

志帆は巨漢刑事の大きな背を見ながら、思わず微笑した。ただの食《は》み出し者ではなさそうだ。

「行きましょう」

志帆は、亜由美の背に手を掛けた。いつしか街路灯が淡い光を放ちはじめていた。


その晩のことである。

波多野は、原町田《はらまちだ》六丁目の藤《ふじ》ビルの地階にあるジャズ・バー『HERBIE《ハービー》』のテーブル席で有働や志帆と向かい合っていた。町田駅前の『南国酒家』で二人を犒《ねぎら》った後、この店に案内したのだ。

二月の本部事件の聞き込みで訪れたとき、すっかり店の雰囲気が気に入ったのだが、なかなか立ち寄る機会がなかった。客として入店するのは初めてだった。

カウンター席がL字形に伸び、テーブルが七、八卓ある。店内は仄暗《ほのぐら》い。

卓上に置かれたキャンドルの赤い炎の揺らめきがロマンチックだ。BGMはビル・エヴァンスの洗練されたピアノ・サウンドだった。

「いい店だな。カップル向きだね。係長《ハンチョウ》も隅に置けねえな、こんな店を知ってるんだからさ」

斜め前に坐った有働が茶化して、バーボンのオン・ザ・ロックスを豪快に呷《あお》った。かたわらの志帆の前には、ソフトドリンクが置かれている。

下戸《げこ》というわけではない。スクーターで保育所に愛息を迎えに行かなければならないから、アルコールを控えているにすぎなかった。

「この二月に町田署に出張《でば》ったとき、ここのマスターに捜査に協力してもらったんだよ」

「そうなのか。てっきり町田のクラブ・ホステスをアフターに誘って、ここで口説いたんだと思ったんだが」

「波多野さんは、そんなことしませんよね？」

志帆が探るような眼差《まなざ》しを向けてきた。

「こっちは、もう五十男なんだ。そんな元気はないよ」

「五十一なら、男盛りじゃありませんか」

「そうかな」

「ええ、そうですよ」

「プライベートなことはともかく、明日から被疑者の取り調べを本格的にはじめないとな。ちょっと気が重いね。亜由美は、ある意味では被害者でもあるわけだから」

「そうですね。きっと、取り調べには素直に応じるはずです。彼女は罪は罪として、ちゃんと認めてますから」

「予備調べで、わたしもそういう印象を受けたよ。それにしても、子育ては難しいね。親の神経がラフだったりすると、子供の心は深く傷ついちゃうからな」

「わたしも少し気をつけないと……」

「きみは翔太君に心的外傷《トラウマ》を与えるような母親じゃない。五十年以上も生きてりゃ、そんなことはわかるさ」

「波多野さんにそう言ってもらえると、なんだか嬉しいわ」

「そうか」

会話が中断したとき、急に有働が立ち上がった。波多野は問いかけた。

「トイレか？」

「いや、そうじゃないんだ。バーボンをハイピッチで飲んだから、少し酔いが回ってきたみたいなんだよ。外の風に当たってくらあ」

「すぐに戻ってこいよ」

「そのつもりだが、道で飛び切りの美女に会ったら、ストーカーになっちまうかもしれねえな。ま、二人で愉《たの》しくやってよ」

有働がにたにたと笑って、大股で店を出ていった。酔った足取りではなかった。

「有働さんは少しも酔ってない感じですよね？　変だわ」

志帆が小首を傾げた。

「あいつは気を利かせたつもりなんだよ」

「えっ、そうなんでしょうか⁉」

「ああ、多分ね。別にわれわれはそういう間柄じゃないのにな」

「そうですよね」

「有働は本気できみに惚れはじめてたのかもしれないな。だから、あいつはきみの気持ちがわかったんだと思うよ。あっ、誤解しないでくれ。何もきみがわたしに関心を寄せてると言ったわけじゃないんだ」

「関心は寄せてますよ」

「えっ⁉」

「波多野さんは、わたしの目標なんです」

「ああ、そういう意味か」

波多野は煙草に火を点けた。二人は顔を見合わせ、ほほえみ合った。

しかし、急に話題が途切れてしまった。何かがはじまりかけているのか。

ＢＧＭがウェス・モンゴメリーのジャズ・ギターに変わった。ドライブのかかったナンバーだった。

波多野はグラスをゆっくりと傾けた。

今夜は心地よく酔えそうだ。志帆を酔わせてみたかったが、アルコールを無理強《じ》いする気はなかった。子育て中の身だ。

波多野は煙草を深く喫《す》いつけ、体で小さくリズムを刻みはじめた。

著者注・この作品はフィクションであり、登場する人物および団体名は、実在するものといっさい関係ありません。

異常手口

一〇〇字書評

切り取り線

購買動機（新聞、雑誌名を記入するか、あるいは○をつけてください）

□（　　　　　　　　　　　　　　）の広告を見て
□（　　　　　　　　　　　　　　）の書評を見て
□ 知人のすすめで　　　□ タイトルに惹かれて
□ カバーがよかったから　　　□ 内容が面白そうだから
□ 好きな作家だから　　　□ 好きな分野の本だから

●最近、最も感銘を受けた作品名をお書きください

●あなたのお好きな作家名をお書きください

●その他、ご要望がありましたらお書きください

住所	〒				
氏名		職業		年齢	
Eメール	※携帯には配信できません		新刊情報等のメール配信を希望する・しない		

あなたにお願い

この本の感想を、編集部までお寄せいただけたらありがたく存じます。今後の企画の参考にさせていただきます。Eメールでも結構です。

いただいた「一〇〇字書評」は、新聞・雑誌等に紹介させていただくことがあります。その場合はお礼として特製図書カードを差し上げます。

前ページの原稿用紙に書評をお書きの上、切り取り、左記までお送り下さい。宛先の住所は不要です。

なお、ご記入いただいたお名前、ご住所等は、書評紹介の事前了解、謝礼のお届けのためだけに利用し、そのほかの目的のために利用することはありません。またそのデータを六カ月を超えて保管することもありませんので、ご安心ください。

〒一〇一－八七〇一
祥伝社文庫編集長　加藤　淳
☎〇三（三二六五）二〇八〇
bunko@shodensha.co.jp

祥伝社文庫

上質のエンターテインメントを！　珠玉のエスプリを！

祥伝社文庫は創刊15周年を迎える2000年を機に、ここに新たな宣言をいたします。いつの世にも変わらない価値観、つまり「豊かな心」「深い知恵」「大きな楽しみ」に満ちた作品を厳選し、次代を拓く書下ろし作品を大胆に起用し、読者の皆様の心に響く文庫を目指します。どうぞご意見、ご希望を編集部までお寄せくださるよう、お願いいたします。

2000年1月1日　　祥伝社文庫編集部

異常手《いじようて》口《ぐち》　長編サスペンス

平成21年6月20日　初版第1刷発行

著者　南《みなみ》　英《ひで》男《お》
発行者　竹内和芳
発行所　祥《しよう》伝《でん》社《しや》
東京都千代田区神田神保町3-6-5
九段尚学ビル　〒101-8701
☎03(3265)2081(販売部)
☎03(3265)2080(編集部)
☎03(3265)3622(業務部)
印刷所　堀内印刷
製本所　明泉堂

ISBN978-4-396-33503-8 C0193

祥伝社のホームページ・http://www.shodensha.co.jp/

祥伝社文庫

南 英男 潜入刑事 凶悪同盟

その手がかりは、新宿でひっそりと殺されたロシア人ホステスが握っていた…。恐怖に陥れる外国人犯罪。

南 英男 潜入刑事 暴虐連鎖

甘い誘惑、有無を言わせぬ暴力、低賃金、重労働を強いられ、喰い物にされる日系ブラジル人たちを救え！

南 英男 刑事魂《デカだましい》 新宿署アウトロー派

不夜城・新宿から雪の舞う札幌へ…愛する女《ひと》を殺され、その容疑者となった生方《うぶかた》刑事の執念の捜査行！

南 英男 非常線 新宿署アウトロー派

自衛隊、広域暴力団の武器庫から大量の武器が盗まれた。生方猛警部の捜査に浮かぶ〝姿なきテロ組織〟！

南 英男 真犯人《ホンボシ》 新宿署アウトロー派

放火焼殺、刺殺、そして…。新宿で発生する複数の凶悪事件に共通する「真犯人」を炙り出す刑事魂！

南 英男 三年目の被疑者

夫が捜査中、殉職しシングルマザーとなった保科志帆刑事。東京町田の殺人事件を追ううち夫殺しの犯人が…。